love parade

Bartosz Kurowski

love parade

BONOBO

ISBN 978-83-922496-4-1

Miłość, siostro, jest o pocałunek stąd
Wojna, dzieci, jest tylko o jeden strzał stąd...

Gimme Shelter – Rolling Stones

Pierwsze maszyny pojawiły się o świcie. Tępy jazgot boleśnie przeszył ciszę poranka, kiedy ruszały tyralierą ku wyludnionemu kwartałowi miasta. Bezbronne, milczące, osaczone ze wszystkich stron, opustoszałe i na wpół oślepłe „Nabucco" z godnością czekało na śmierć. Stalowy pluton egzekucyjny uformowano żwawo i niemal odruchowo, z iście niemiecką precyzją.

Johann i Mateusz stali bezradnie tuż za żółtą taśmą odgradzającą świat zwycięzców od świata przegranych. Nie mieli zamiaru oglądać wykonania kary. Jak na komendę odwrócili się i wsiedli do zaparkowanego obok dużego, starego samochodu. Odjechali nie patrząc za siebie.

Srebrne BMW antykwariusza wyniosło ich najpierw na berlińską obwodnicę, a potem na ruchliwą autostradę. Jechali bez celu, byle do przodu...

Mateusz zmrużył oczy i oparł głowę o tył fotela. Zmęczonym wzrokiem rejestrował coraz to nowe busy nadciągające od strony Polski. Widok ich świetlistego węża wykoślawiał optykę i wykręcał percepcję tak boleśnie, jak tylko boleśnie można komuś wykręcić rękę. Zapadał w otępienie. Ze zdumieniem skonstatował, że przednia szyba samochodu, którym jechali zaczęła działać tak jak magiczny filtr. Oto asfalt autostrady zażółcił się piachem pustyni, niebo pokryła purpurowa poświata, stare BMW przeobraziło się w opływowy bolid, a jego pasażerowie nabrali wigoru beztroskich turystów przemierzających świat w poszukiwaniu przygód.

W międzyczasie autobusy wiozące jego rodaków przepoczwarzyły się w opancerzone pojazdy pełne gotowych na wszystko żołnierzy o kamiennych twarzach. Każdy z nich, niczym straceniec, pędził ku Przeznaczeniu...

Jak wygląda świat z okien mikrobusu

„Nająłeś się za psa, to szczekaj..." Mateusz Durski obudził się z nerwowej drzemki. Właśnie dotarli na granicę. Świtało. Stary bus przestał jęczeć i rzęzić. Siedzący w środku zmęczeni ludzie w milczeniu podawali kierowcy swoje dokumenty. Mateusz przeciągnął się i spojrzał za szybę: ogromne, czerwone słońce zalewało betonowy świat miliardami złocistych punkcików. Wydawało się, że ta czarodziejska kula wisi dosłownie na wyciągnięcie ręki, ale jej bliskość kłóciła się z logiką świata. Na dworze panował siarczysty ziąb. Promienie niczego nie ogrzewały. Były jak kaloryfery z hipermarketów: lśniące i bezużyteczne.

Rozglądał się dokoła. Chyba wszystkie przejścia graniczne są takie same. Kilka pasów ruchu, strzałki, budki, okropnej urody kantory, kioski i sklepiki. Czujni celnicy toczący pozorne dysputy o sporcie. Wiecznie spieszący się, bębniący w kierownice aut kierowcy. Przenośne toalety. Specyficzny smrodek...

– Panie inżynierze...

Smrodek przygranicza. A wszystko to przylepione do obskurnego miasteczka pełnego szmuglerów, dziwek, handlarzy i rzemieślników czekających na tę jedną jedyną życiową szansę, która zwykle przechodzi obok nich.

– Panie inżynierze!

Kierowca stukał niecierpliwie bloczkiem ośmiu paszportów w przegub dłoni. Mateusz zdobył się na przepraszający grymas i czym prędzej wręczył swój dokument wąsatemu człowiekowi o oczach głupawego poczciwca. Jechali razem od pół godziny, ale jeszcze nikt nikomu się nie przedstawił, bo i po co. Na samym początku kierowca poprosił tylko, żeby nie palić papierosów i po prostu ruszyli. Otyły celnik niespiesznie odebrał dokumenty. Dlaczego celnicy wszystko robią niespiesznie? Kiedy rozpoczął lustrację, Mateusz ponownie zanurkował w odmęty własnych myśli. Po raz tysięczny analizował splot wypadków, który pchnął go na tę drogę. Jakie gwiazdy na niebie sprawiły, że siedzi teraz w dusznym aucie z takimi jak on skazańcami i jedzie do Berlina w roli gastarbeitera? Ogarnął wzrokiem towarzyszy niedoli. Znał ten typ ze studenckich praktyk i z piwnych ogródków. Nieokrzesani, bezzębni, lekko śmierdzący, w podniszczonych butach i wzorzystych swetrach z bazaru. Cisi i pokorni w obliczu silniejszych, bezlitośni dla słabszych, zawsze gotowi ugryźć dłoń, która ich karmi. Przepoceni i realni do bólu. Od dziś koledzy z pracy. Mateusz uśmiechnął się z przekąsem.

Ruszyli. Bus zdradziecko szarpnął, prychnął i ciut za szybko podjechał ku sąsiednim stanowiskom. Polecieli w tył, potem w przód. Dokuczliwą ciszę zakłócił szum przesuwających się po podłodze tandetnych reklamówek, czyjś termos plączący się między nogami, z trudem hamowane nie do końca wyplute z ust przekleństwo. Tuż przed nimi załopotały trzy flagi: dostojna niemiecka, trochę komiksowa europejska i trzecia, której symboliki nikt z jadących nie rozumiał. Na drugim planie pojawiła się tablica z napisem „Bundesrepublik Deutschland".

Mateusz oglądał swoje odbicie w brudnawej szybie. Zwilżył językiem czubek palca i usiłował zdrapać ze szklanej powierzchni ciemną plamkę z gatunku tych nie do zdrapania. To wszystko kłóciło się z jego prywatnym życiowym manifestem ukształtowanym podczas bezsennych nocy i przeciętnych dni. Miał naturę samotnika. Nie znosił pracy „w dużych zespołach ludzkich", nie potrafił i nie miał zamiaru bawić towarzystwa oblepiającego stoły knajp, nienawidził podróży a przede wszystkim organicznie nie cierpiał Niemców i wszystkiego, co niemieckie. Przekraczał kilkakrotnie południowe i wschodnie granice Polski, raz nawet zdobył się na przelot samolotem do Pragi, ale w Bundesrepublice nie był nigdy. Gdyby zapytać go o przyczyny germanofobii, wzruszyłby tylko ramionami.

Niemiecki celnik machnął przyzwalająco ręką. Widocznie znał z widzenia wąsatego kierowcę. Wjechali na teren wroga. Wszyscy nie wyłączając Mateusza przywarli do okien, jakby w oczekiwaniu na cud. Ale żaden cud się nie wydarzył: trawa była trawą, latarnie latarniami, a asfalt asfaltem. Zamajaczyły pierwsze drogowskazy i tablice informacyjne. Berlin 149 km.

– Za półtorej godziny dojedziemy – oznajmił kierowca.

Mateusz przymknął powieki i pozwolił opaść głowie.

* * * * *

Urodził się latem 1975 roku w małej prowincjonalnej osadzie we wschodniej Polsce. Za późno by świętować trzecie miejsce drużyny piłkarskiej wywalczone podczas niemieckich mistrzostw świata, za to wystarczająco wcześnie by zapoznać się z niedorzecznością komunizmu, którego ochłapy majestatycznie wirowały wokół kolejnych czynszowych mieszkanek opłacanych ze skromnych poborów matki.

Ojciec i matka nie mieliby szansy się poznać, gdyby nie cesarskie cięcie, jakie generalissimus Stalin własnoręcznie zafundował światu w Jałcie. Zubożała szlachcianka z Kresów i sprowadzony na ziemię ekspaniczyk z Warszawy zawiązali pakt o wszechagresji w starym, przemyskim kościółku. Jedyny owoc ich pokracznej miłości odbył oczywistą drogę: szkoła podstawowa, nudne jak flaki z olejem liceum i sztywne jak namiętna Angielka studia architektoniczne. Mateusz nigdy nie był ani naprawdę młody ani naprawdę gniewny. Jego genetyczna pamięć wszczepiona przez ojców ze wstrętem spoglądała na jakiekolwiek rewolucje. Nie pielęgnował w sobie żadnej pasji. Nie wiedział co to spontaniczność. Nie miał przyjaciół. Nie bywał. Nie zapraszał i nie był zapraszany. Wśród nadziei i bałamutnych obietnic szedł przez życie tak, jak idzie się na popołudniowy spacer, bez konkretnych planów, bez parasola i bez celu. Odruchowo oskarżał o to rodziców. Ojciec był tuzinkowym ekonomistą, ale zachowywał się z taką butą i nonszalancją, jakby cały świat był dla niego za mały. Skrzywiony przez arystokratyczne wspomnienia, zagubiony w światku małej stabilizacji, całe życie grał rolę generała nieistniejących wojsk, tocząc z góry przegrane bitwy. Zahukana matka była dobrą kobietą. Miała tylko jedną, za to fatalną wadę: kochała męża i nawet wtedy, kiedy nie było go obok niej zawsze mu potakiwała. Przez całe lata gromady petentów, komorników i nabitych w butelkę ludzi usiłowały wyprowadzić ją z błędu, ale ona uparcie trwała przy nim i przynoszącej trochę grosza maszynie do szycia. Okopani w ich prywatnym Alamo, z uporem powtarzali mantrę, w myśl której wszystkiemu winni byli bolszewicy i hitlerowcy. Ślad prowadzonych przez ojca kampanii znaczyły nocne awantury, wezwania do sądów, potajemne przeprowadzki i nieoczekiwane ucieczki. Żył niczym karykatura prowincjonalnego aktora marzącego o roli Hamleta. Upadek komuny nie odmienił losu Durskich. Co prawda rolę bolszewików zajęła postkomunistyczna nomenklatura, a hitlerowców niemiecki kapitał, ale pogląd ojca na całokształt spraw pozostał ten sam: wszyscy dokoła mieli coś na sumieniu. On nie.

Komunizm rozpłynął się we mgle, a w zasadzie wyszedł z mody jak przylegające do ciała golfy albo rękawiczki z jednym palcem. Na prowincji, z dala od wichrów historii nie zmieniło się nic. Mateusz wzrastał w powiewach uczuciowego chłodu, który z biegiem czasu zamienił się z nienawiści w obojętność. Wiedział jedno, możliwie szybko opuści tych ludzi, którzy zawiedli go na całej linii. Architekturę wybrał w ostatniej chwili, na chybił trafił. Po cichu marzył o prawie, ale nie wierzył w Mateusza Durskiego – faceta w todze. W ogóle w niewiele rzeczy wierzył. Wierzył w odległość. Była jego modlitwą. Wybrał studia w Szczecinie, gdyby mógł wybrałby w Tokio. Regularnie, raz na miesiąc dzwonił do matki, raz do roku pojawiał się na Wigilii. No i dobrze. „Nająłeś się za psa...".

Studia skończył terminowo z niezłym wynikiem. W trakcie nauki pobierał stypendium umożliwiające marną egzystencję. Po otrzymaniu dyplomu skończył podchorążówkę i uległszy chwilowemu złudzeniu, że życie jest nieskomplikowaną terminową czynnością zaczął rozglądać się za pracą. Tu było gorzej. Rynek, mówili potencjalni pracodawcy, nie potrzebował architektów. Desperacja ścigała się z przerażeniem, kiedy noc w noc dopadała go myśl, że nawet taka jak on miernota, o przeciętnych ambicjach, też musi schodzić szczebel po szczeblu z drabiny aspiracji. Wreszcie, w panice, przyjął posadę młodszego kreślarza w biurze projektów o nazwie złożonej z trudnego do zapamiętania skrótu i najgorszej reputacji w okolicy.

Jeśli poszukiwanie pracy było męką, to ona sama okazała się golgotą. Zdewastowane, śmierdzące biuro projektów przypominało mu zatęchłą pracownię biologiczną z podstawówki, ale najgorsi okazali się współpracownicy. Tworzyli wręcz alchemiczny stop czekających na emeryturę przegranych ludzi z młodymi, którzy sprawiali wrażenie biegaczy rezygnujących z występu jeszcze przed strzałem startera. Mateusz miał dość tego towarzystwa już po tygodniu. Wymówienie złożył po dwóch miesiącach. Zostało przyjęte, choć szef biura, ogromny czarny gawron w fatalnie dopasowanych okularach, usiłował go powstrzymać. Nachylił się nad nim jak kapłan udzielający rozgrzeszenia. Zaśmierdziało czosnkiem, kiełbasą i czymś jeszcze.

– Rozwijamy się, kolego. Właśnie otwierają się szanse na współpracę z Belgami... Uważam pana za całkiem zdolnego człowieka. Może jeszcze przemyśli pan swoją decyzję?

Nie miał zamiaru. Za ostatni grosz wynajął obskurne mieszkanko i zaczął studiować oferty pracy. Chodził na dziesiątki rozmów kwalifikacyjnych: do banków, agencji reklamowych, biur wojewody a nawet nocnych klubów i zakamuflowanych burdeli, ale nie potrafił wykrzesać z siebie choćby odrobiny szaleństwa, którą kupuje się znudzonych pracodawców.

* * * * *

– Panie inżynierze! Patrzy pan!

Lewym pasem autostrady mijało ich srebrzyste BMW cabrio. Młody, szczupły chłopak w granatowej koszulce polo i ciemnych okularach pomachał przyjaźnie ręką.

– Jego dziadek pewno Warszawę palił. – Kierowca nie odwzajemnił gestu, za to nagle obudził się w nim showman. Wychylił głowę przez okno. – Eeee! Palił twój dziadek Warszawę?

Pasażerowie busa zarechotali. Chłopak dotknął uszu przepraszającym gestem i pomknął przed siebie. Mateusz spoglądał za nim tak długo, jak tylko się dało. Ukłuło go przez moment uczucie bezinteresownej zawiści, ale odgonił je jak muchę, która zawsze wraca. Skupił się na trzymającej go przy życiu wizji.

Niemcy, jakich znał, rekrutowali się z dwóch źródeł: z opowieści urodzonego dwa lata po wojnie ojca, bądź ze szczecińskiego targu. Ci pierwsi biegali po lasach i strzelali do wszystkiego, co żyło. Ci drudzy kłębili się całymi chmarami wokół straganów. Przyjeżdżali na zakupy: hałaśliwi, prostaccy, butni. Wykłócali się z polskimi handlarzami o każdy grosz w dziwnej mieszaninie polsko-niemieckiego, który tak naprawdę nie był ani polskim ani niemieckim. Targ w Szczecinie nie różnił się niczym od innych targów. Także tam dominowały okręcane gumką banknoty, czerwone dłonie i nosy, zabłocone alejki i tandetna muzyczka płynąca z przenośnych zestawów stereo. To właśnie tam Mateusz ujrzał po raz pierwszy BMW cabrio i doznał olśnienia. Stał moknąc na deszczu z reklamówkami w rękach i spoglądał na szpakowatego, postawnego Niemca stawiającego brezentowy dach nad tą jedyną w swoim rodzaju bawarską doskonałością.

Do tej pory brakowało mu pomysłu na życie. Brakowało mu także, a może przede wszystkim, świadomości tego faktu. Być może kabriolet nie jest pomysłem najoryginalniejszym, ale niewątpliwie jest przynajmniej jakimś. Nareszcie zrozumiał: potrzebna mu była Wielka Zmiana.

Pędem, byle tylko się nie rozmyślić, wrócił do mieszkania i zaczął gwałtownie szukać pewnej starej gazety. Znalazł ją pod stosem innych, upstrzoną flamastrem. Tymi wszystkimi kółkami, kreskami i znakami zapytania świadczącymi o desperacji. Niecierpliwie przerzucał ogłoszenia. W końcu znalazł: „Polska firma budowlana działająca od dziesięciu lat w Niemczech zatrudni pracowników. Wymagana znajomość języka niemieckiego...".

Wykąpał się, przebrał w jedyny porządny garnitur i z miejsca pojechał pod wymieniony adres. Przepełniała go radość, jakaś niezrozumiała euforia charakterystyczna dla wieku zdobywców świata.

W gustownym, chociaż oszczędnie urządzonym biurze przyjął go osobiście kierownik do spraw eksportu. Żadnych długonogich sekretarek, pozornej krzątaniny, niszczarek dokumentów, ochroniarzy i laptopów najnowszej generacji.

Zasiedli do negocjacji. Miły, spokojny, czterdziestokilkuletni blondyn o nazwisku Tarczyński na samym początku spytał o znajomość języka. Mateusz jeszcze wygodniej rozparł się w fotelu.

– Mówię dosyć biegle – ze zdumieniem dosłyszał we własnym głosie nutę chełpliwości. – Czytam bez większych problemów. Trochę gorzej z pisaniem...

– Świetnie! – Tarczyński poprawił niezbyt modny krawat. – Chodzi głównie o mówienie. Rozumie pan, że nie możemy zagwarantować panu pracy w wyuczonym zawodzie. Oni tam mają wystarczająco dużo swoich architektów.

– Rozumiem doskonale. Po prostu zależy mi na wyjeździe.

– Postawię sprawę jasno, żeby potem nie było żadnych niedomówień. Czeka pana praca w charakterze fizycznego. Jeśli dobrze się pan będzie sprawował jest szansa awansu na majstra.

– Odpowiada mi to.

Ich oczy spotkały się na moment.

– Nie pytam, czy pan pije, bo i tak powie pan, że nie...

– I tu pana zaskoczę – uśmiechnął się figlarnie Durski. Nie miał pojęcia skąd brał się ten jego nagły luz. – Otóż piję. Nie za dużo, ale piję... Tylko, że trzeba wiedzieć z kim i kiedy. Na pewno nigdy nie robię tego w pracy.

Tarczyński wrócił do swoich papierów.

– Przepraszam, że pytam, ale nie miał pan żadnych zatargów z prawem?

– Jestem czysty jak łza. – Mateusz podniósł obie dłonie do góry. – Mam pewne zatargi z samym sobą, ale to chyba nie jest karalne.

– Proszę wypełnić ankietę, którą zaraz panu dam – Tarczyński chytrze nie podjął śliskiego tematu. Schylił się i zaczął gmerać w jednej z szuflad.

Mateusz przystawał na każdy warunek. Wychodząc z biura czuł się równy bogom. Ankietę personalną niósł w tekturowej teczce z dostojeństwem atlety zapalającego znicz olimpijski. W progu ponownie zatrzymał go głos Tarczyńskiego.

– Chwileczkę!

– Tak?

– W ogóle nie spytał pan o warunki... no... o wysokość poborów. Ta sprawa pana nie interesuje?

Niedoszły fizyczny z perspektywami awansu na majstra machnął ręką.

– Interesują mnie same pobory. Wysokość to sprawa drugorzędna.

„W końcu i tak kiedyś zbiorę na to przeklęte BMW" – dopowiedział w duchu.

– Jak pan uważa – Tarczyński podrzucił ramiona w górę. – Tak czy siak proszę czekać na sygnał. Odezwiemy się niebawem.

Odezwali się po ośmiu dniach. Na dworze panował wczesnowiosenny ziąb. W euforii zadzwonił do rodziców. I wkrótce tego pożałował. Matka zwyczajowo zaczęła biadolić; w końcu całe jej życie składało się z biadolenia. Mateusz przymknął uszy. Z kolei ojciec zabrzmiał agresywnie.

– To po to studiowałeś? Po to, żeby teraz płaszczyć się przed tymi bydlakami?

– Kto mówi o płaszczeniu... Jadę do pracy.

– Mój syn... U Szwaba worki będzie nosił. Ale się doczekałem, nie ma co... Tak, worki! Tysiące worków. A co? Myślisz, że będziesz u nich architektem?

– Nie tato. Nie myślę. Jadę pracować fizycznie.

– Nigdy nie miałeś ambicji... Mężczyzna musi stawiać sobie wielkie cele. Może przegrać, ale poprzeczka musi być wysoko. Latami ci to wbijałem...

– Tato – mocno ścisnął słuchawkę. Nie chciał go dzisiaj obrażać. – Przynajmniej teraz dajmy sobie spokój. Dyskutowaliśmy o tym setki razy. Jadę i już.

I wtedy ojciec to powiedział.

– A zresztą... Nająłeś się za psa, to szczekaj...

Gorąca lawa uderzyła Mateuszowi do głowy i rozlała się po ciele. Poczuł ukłucie niesprawiedliwości, tak delikatne, że prawie nieodczuwalne. Tak dojmująco bolesne, że można by nim obdzielić tysiące biedaków.

– Wolę szczekać u Niemca niż być takim zerem jak ty.

– Słuchaj no, parszywy...

Odłożył słuchawkę i poszedł do pierwszego lepszego baru na wódkę. Na dużą wódkę. Rzadko pijał, ale z drugiej strony nigdy nie udawał abstynenta. Alkohol go uspokoił i wyciszył. Barman kłócił się z kucharzem, chuda jak szczapa kelnerka szczebiotała przez telefon komórkowy o planowanym ślubie, a jedna i ta sama, ciągle przeskakująca płyta wprowadzała nielicznych gości w specyficzny bezruch i bezwład. To była dobra knajpa. Knajpa ludzi, którym jest wszystko jedno. Mateusz wychylił trzy pięćdziesiątki i poczuł, że już prawie nic nie trzyma go w tym kraju. Prawie. Była jeszcze Aneta.

* * * * *

Najwyraźniej dojeżdżali do rogatek metropolii. Po obu stronach autostrady ciągnęły się hipermarkety, olbrzymie hurtownie i magazyny. Mateusz zauważył zjazd na lotnisko Tempelhoff, słynne przed laty ze śmiałych ucieczek desperatów porywających samoloty. Zamyślił się: ciekawe, kiedy wylądował tu ostatni porywacz z Europy Wschodniej, z Polski... Może na dzień przed upadkiem całego tego bajzlu. Dostał kilka lat ciupy, a jego znajomi nazajutrz świętowali koniec pewnej epoki.

Kierowca uruchomił odtwarzacz i włożył kasetę. Wjazdowi busa na przedmieścia Berlina towarzyszyły jednostajne dźwięki bliżej niesprecyzowanej muzyki dance, jak określił ją tonem znawcy wąsacz. Mateusz nie interesował się muzyką, za to z rosnącą fascynacją przypatrywał się okolicy. Zjechali z autostrady, ale droga nadal miała cztery pasma. Wiła się teraz między schludnymi, niskimi domkami, wśród których przeważały hoteliki i gospody. Szyldy greckie mieszały się z jugosłowiańskimi, niemieckie z tureckimi. O tej porze ulice były niemal puste i tylko widok dzieci spieszących do szkół świadczył o powszedniości dnia. Parterowy, cichy, sielski Berlin. Suburbia Dobrobytu.

Nagle serce podskoczyło Mateuszowi do gardła. Dojrzał przebiegającą na drugą stronę ulicy opaloną dziewczynę w czerwonej sukience. Te ruchy, ta burza włosów. Ale nie... Obserwowana dziewczyna była zgrabniejsza, poruszała się z większą gracją. Ułuda minęła tak szybko, jak szybko się pojawiła.

* * * * *

Jego życie erotyczne niewiele odbiegało od standardów. Nic zaskakującego, skoro jest się jednym wielkim standardem. Chociaż... Jeśli już gdziekolwiek wyrastał nieco ponad przeciętność, to może właśnie tam? Był dosyć przystojnym facetem, o urodzie „skacowanego młodego Jamesa Caana", jak określiła go swego czasu Aneta. Kiedy opuszczał niegościnne mury uczelni, miał na koncie całkiem sporą ilość miłosnych podbojów. Częściej jednak to on był podrywany niż sam podrywał. Podświadomy, podszyty strachem z powodu nieodpowiedzialnych wyczynów ojca fatalizm i wyssana z mlekiem matki niepewność nakazywały mu trzymanie sztywnego dystansu w stosunku do kobiet. Ale całkiem nieoczekiwanie jego słabość urosła w siłę. Dziewczyny miast stremowanego mieszczucha szybko dostrzegły w nim kogoś, kim nigdy nie był: mężczyznę okrytego tajemnicą, faceta z wewnętrzną blizną, z raną postrzałową serca.

Mateusz dość szybko zorientował się jak silną bronią dysponuje. Daleko mu było do tytułu uczelnianego Casanovy, ale widok zawoalowanych prawiczków prężących się bez widocznego rezultatu przed koleżankami dał mu wiele do myślenia. W rezultacie ciasne łóżko skromnego pokoiku zamienił w salkę treningową do odreagowywania własnych problemów i uprzedzeń. Spełniając się w seksie chwytał za ogon ułudę bycia kimś innym, kimś lepszym. Nigdy nie czytał Freuda, bo czytał niewiele. W odróżnieniu od partnerek, z którymi przebywał, bardziej niż miłość interesowały go powierzchowne przyjemnostki i kolejne orgazmy celebrowane w skupionym milczeniu. Nie był draniem: każdej kochance jasno dawał do zrozumienia, że założenie prezerwatywy oznacza brak akceptacji na założenie rodziny.

Anetę poznał przypadkowo, pod sam koniec studiów. Była najbliższą koleżanką Wioli, dziewczyny z drugiego roku, na którą szykował się od dawna. Do kawiarni poszli we czwórkę: wystrojonemu w dyżurny garnitur Mateuszowi towarzyszył organizujący całe spotkanie Adam, student z rodzaju „żelaznych", łysiejący mężczyzna w okolicach trzydziestki, hulaka i bon vivant. Jedyna barwniejsza postać całego wydziału. Połączyła ich chuć: Mateuszowi zależało na Wioli, Adamowi – na pierwszej z brzegu. Początkowo Mateusz bardziej milczał niż mówił, zerkając od czasu do czasu na imponujące zaokrąglenia wypełniające ciasnawą bluzeczkę Wioli. Brzoskwiniowa skóra kontrastowała niepokojąco z nienaganną bielą materiału. Wkrótce obu spiskowcom niebo zaczęło walić się na głowy. Wyszło na jaw, że Wiola jest dziewczyną jakiegoś miejscowego biznesmena, w ogóle nie pije alkoholu, a w dodatku ma tylko godzinę.

Wychodząc z założenia, że lepszy rydz niż nic, Mateusz zostawił mrzonki o udach Wioli Adamowi i odruchowo przerzucił się na Anetę. Przedtem raz jeszcze zlustrował ją dyskretnie. Choć sprawiała wrażenie tęgawej, o wyraźnie zbyt szerokich biodrach, to miała przecież kilka atutów nie do podważenia. Burza rudych włosów otaczała ładną, nieco wyzywającą twarz. Mały nosek i biel zębów kontrastowały z błękitem oczu. Zauważył, że w odróżnieniu od Wioli, Aneta nie przesadzała z makijażem: malowała się delikatnie, pastelowo, oszczędnie. Dekolt czerwonej sukienki odsłaniał wierzchołki foremnych na pierwszy rzut oka piersi.

Po kilku minutach z zadowoleniem skonstatował, że Aneta należy do dziewczyn wyraźnie zyskujących w miarę obcowania z nimi. Miała dar dowcipnej riposty, która potrafi doprowadzić mężczyznę do euforii. Wyraźnie lubiła flirtować, ale dawała partnerowi do zrozumienia, że pragnie pozostawać w obrębie terytorium dobrego smaku. Nie mając do zaproponowania ani wspomnień z fascynujących podróży, ani wypchanego portfela, ani choćby krztyny wiedzy na temat najnowszej narzeczonej Toma Cruise'a, Mateusz odszedł w stronę niezobowiązująco ogólnej „rozmowy o życiu".

Rozsmakowali się w słowach i wolniutko sączonym alkoholu przyrządzanym wyjątkowo dobrze przez miejscowego barmana. Wkrótce zapomnieli o bożym świecie do tego stopnia, że ledwie zauważyli markotnego Adama i szczebioczącą Wiolę opuszczających kawiarnię. Niewiele ich to obchodziło, tym bardziej, że wspólnie docierali do sedna sprawy.

Wyszło na jaw, że Aneta nosi jeszcze duchową żałobę po swoim ostatnim chłopaku.

– Był pilotem – pokręciła nieznacznie głową i zamoczyła usta w szklaneczce z drinkiem.

– Cywilnym czy wojskowym?

– Pilotem wycieczek, wariacie.

– Ach… Co się z nim stało?

Wzruszyła ramionami.

– To, co z każdym z was. Poznał kogoś. W Australii czy gdzieś…

Mateusz podniósł ramiona w górę.

– Tylko bez uogólnień.

– Co? Jesteś może inny niż ci wszyscy…?

– Ja nie. Ale wierzę, że ci inni gdzieś istnieją.

To był bardzo celny strzał. Spojrzała na niego z jeszcze większą uwagą. Zamówili po następnym drinku.

– A ty? – Utopiła w nim spojrzenie stalowoszarych oczu.

– Co ja?

– Oj Boże… Jesteś z kimś teraz związany?

Szybko przeliczał koszta tej wyprawy. Cztery drinki, czterdzieści osiem, plus dwie kawy dwanaście… Sześć dych… W kieszeni miał niecałe siedem. Trzeba będzie się grzecznie zmyć i zapomnieć o napiwku. Niech dają ci, co mają. Taksówka też nie wchodzi w rachubę. Czyżby romantyczny spacer?

– Ja? Nie. Nie jestem z nikim związany.

– O czym myślałeś przed chwilą?

– O tej czerwonej sukience, którą masz na sobie. Lubię takie.

– Kłamiesz, ale ci wierzę. Rozumiesz?

– Nie rozumiem, ale fajnie jest.

– Jest bardzo fajnie, Mateuszu.

* * * * *

Miasto gęstniało. Parterowe domki płynnie przeszły w kilkupiętrowe kamienice. Narastał ruch. Okiem architekta wyłapywał urbanistyczny porządek. Szukał śladów szarpnięcia pazurem wojny i krwawień okresu powojennego. Berlin widziany przez szyby mikrobusu nie był ani największym europejskim placem budowy ani bezkształtnym betonowym monstrum w rodzaju Warszawy. Z nietajoną zazdrością dostrzegał to, czego nie widziały ciągnące ulicami tłumy nieświadomych swojego szczęścia tubylców. Odnowione fasady kamienic z herbami czeladniczymi, balkony eksplodujące dynamitem kwiatowych mieszanek, równiutkie chodniki, plamy zieleni wmontowane perfekcyjnie w cały ten miejski kalejdoskop. Zagospodarowane podwórka i ażurowe daszki nad fikuśnymi pasażami. Wielokondygnacyjne parkingi, podjazdy dla inwalidów, ruchome schody, przyjazne krawężniki. Stragany, stadiony, sklepienia… Każde okno, każda cegła, każda kostka bruku zdawały się być na swoim miejscu. Westchnął głęboko… Tak, tak tato, przyjazne temu Szwabowi, który przegrał wojnę i łazi teraz po Berlinie z oczami wbitymi w babskie tyłki i wystawy sklepów.

Podniósł wzrok i poszukał charakterystycznych dla wizerunku miasta punktów: Bramy Brandenburskiej, wieży telewizyjnej, filharmonii. Żadnego z nich nie dostrzegł. Miał na dnie walizki przewodnik po Berlinie, ale nie zamierzał z niego korzystać. Zwiedzać można Florencję, Paryż, nawet Londyn, ale Berlin?

Pasażerowie busa trochę się ożywili. Zwracali uwagę głównie na witryny sklepów i co ładniejsze kobiety, opatrując swoje obserwacje najczęściej wulgarnymi komentarzami. Ale ich największą uwagę przykuwały samochody. Naraz każdy zapragnął błysnąć wiedzą. Ogarnął ich amok. W motoryzacyjnym zapamiętaniu przekrzykiwali się, zaperzali, licytowali. Rocznikami, cenami, kolorami lakierów, rodzajami tapicerek. Rej wodził kierowca, jak się okazało, posiadacz sześcioletniego Audi.

Mateusza znów dopadło to dziwne uczucie, którego jeszcze nie potrafił zdefiniować. Drażnił go narodowy fetyszyzm. Taki Polak będzie gnieździł się w komórce albo w chlewie, będzie przyjmował dwa skromne posiłki dziennie, będzie spłacał kredyt znacznie przewyższający jego dochody, byle tylko jeździć szykowną furą, jest gotowy na każde poniżenie, każdą wiarołomność, każde bluźnierstwo, byle tylko stać się właścicielem samochodu. Potem, już jako posiadacz, przejedzie się swoją wypucowaną maszyną do kościoła i z powrotem, truchlejąc w trakcie nużącej go Eucharystii na myśl o innych Polakach-złodziejach. Ci, jeśli nie dziś to jutro albo pojutrze i tak ukradną mu auto. Wtedy Polak rozpocznie długą, wyczerpującą walkę z ubezpieczycielem o należne mu odszkodowanie. W jej trakcie przeniesie się z komórki pod most, ograniczy posiłki do jednego dziennie, ale nawet jako pół-żebrak i obszarpaniec będzie miał nowy wspaniały, cel – jeszcze większą, jeszcze bardziej szykowną furę.

A on sam? A Mateusz i jego BMW? Wydął wargi w podkówkę. Po pierwsze tak naprawdę ma gdzieś BMW a po drugie jest w końcu Polakiem. Genetyczna skaza, piętno nie do wywabienia. Po co walczyć.

* * * * *

Aneta była inna niż wszystkie dziewczyny, które znał dotychczas. Inny był także ten romans, ten związek, ten amok. Już po tygodniu czuł się, jakby spędził z nią całe życie. Przeżywane wspólnie pierwsze dni i noce splotły się ze sobą w czarodziejski łańcuch bezczasu.

Lubiła seks. Bez utajonej pruderii, nawet z cieniem wrodzonej desperacji poddawała się pieszczotom i potrafiła oddawać je

z nawiązką. W łóżku była taka sama jak poza nim: szczera, za-
angażowana, solidna.

Opowiadała mu dużo o sobie. O sobie i o reszcie starszego
rodzeństwa: dwóch przykładnych siostrach i braciszku alkoholiku,
czarnej owcy familii. O pochodzących z Poznania porządnych,
prostych rodzicach. I o tej kilkunastoletniej dziewczynie, która
zawsze chciała być aktorką i która trzy razy oblała egzamin do
szkoły teatralnej, zanim zdecydowała się na architekturę.
Pasjonowała się filmem i kochała gwar miasta. Wkrótce przeniosła się do jego ciasnego mieszkanka wraz z całym swoim życiem upchniętym kolanem w dwóch sportowych torbach. Stali
się nierozłączną parą. Wcielając się w przewodniczkę po szczecińskich kinach, kawiarniach i muzeach odkrywała przed nim
całe wszechświaty, o istnieniu których nie miał pojęcia. Mateusz
dopiero przy Anecie zaczynał orientować się, jakim fatalnym
sztywniakiem, jakim nieciekawym, zakompleksionym i mętnym
typem był w istocie. Wypierając z głowy wspomnienia z dzieciństwa nie zaproponował sobie nic w zamian.

Zorientował się, że powoli, acz konsekwentnie dopadała go
miłość. I dopiero to przeraziło go nie na żarty. Nie chciał miłości.
Bał się miłości. Tylko miłości brakowało mu w katalogu prywat-
nych nieszczęść. Toteż wykręcał się od deklaracji, na które Aneta
czekała dzień w dzień, spoglądając mu głęboko w oczy. Czuł na
sobie jej wzrok, wiedział, co usiłowała przekazać mu każdym
dotykiem, wdychał w płuca ciężkie od problemów powietrze,
ale milczał jak zaklęty.

Własne tchórzostwo, własną nikczemność tłumaczył sobie
brakiem dojrzałości, brakiem pieniędzy, brakiem pracy, ale wiedział, że wszystko to bzdury. Brakowało mu charakteru. Brakowało mu męskiego spojrzenia na sprawę. Brakowało mu kinder-
sztuby. Samcza natura nie dawała za wygraną. Ani myślał o utracie
Anety, ale jako egoista domagał się również Wioli, Marty, Baśki
i całej reszty dziewczyn, jakie trzymał w ramionach.

Pewnej nocy, tuż po tym jak się kochali usłyszał po raz pierwszy jej płacz. Łkała wtulona w poduszkę. Przemknęło mu przez myśl, że dla zmęczonego seksem faceta nie ma bardziej godnego pożałowania widoku niż partnerka płacząca po drugiej stronie łóżka, ale przezwyciężył naturalną niechęć i przysunął się do Anety.

– Co się stało? Aneta…

– Boję się, tak bardzo się boję.

– Czego? – Odruchowo przymknął oczy. Oblał go zimny pot. Teraz oświadczy mu, że zaszła w ciążę.

– Tak dobrze mi z tobą. Nawet nie wiesz jak.

– Cieszę się skarbie – musnął ustami jej odsłonięte ucho. – Mnie też jest bardzo dobrze. Ale dlaczego płaczesz?

Odwróciła się na boku. W załzawionych oczach odbijała się księżycowa poświata.

– Bo wiem, że to minie, do cholery… Że się skończy. Że umrze… Już niedługo. Nie mam szczęścia do bajek.

Tamtej nocy jeszcze długo uspokajał ją wizjami wspólnego życia w małym domku opodal plaży. Usnęła nad ranem w jego ramionach. On jeszcze jakiś czas wpatrywał się w brudnawe okno i targane wiatrem gałęzie rosnącego przed kamienicą drzewa. Zastanawiał się nad różnymi sprawami. Nad przenikliwością kobiecej intuicji. Mniej więcej w tydzień potem ujrzał na parkingu szczecińskiego targowiska kabriolet BMW.

* * * * *

Korek sprawiał wrażenie nieskończonego. Mateusz spojrzał na zegarek. Od dwudziestu minut nie posunęli się praktycznie ani o metr. Trzy pasma po obu stronach pasa zieleni zajmowała monstrualna stalowa wstęga sięgająca widnokręgu. Co bardziej nerwowi kierowcy trąbili, inni posilali się polanymi tanim majonezem trocinami z barów szybkiej obsługi, reszta zastygła w katatonicznym bezruchu, godząc się z niedogodnościami życia.

– Ształ jest ształ – dowodził kierowca. – Kiedyś żem siedem godzin tutaj spędził.

Mateusz wydobył z kieszeni spodni zmięty kawałek papieru. Rozprostował go i korzystając z kompletnego bezruchu podał wąsaczowi.

– Wie pan, gdzie to może być?

– Inżynierze, każdą dziurę tu znam.

– Podwiezie mnie pan tam?

– Oczywiście. Nawet się dobrze składa. To niedaleko hotelu. Zawieziemy ludzi… może pan zostawić walizkę… Pasuje?

– Pewnie.

Schował z powrotem do kieszeni karteczkę, którą dał mu przed wyjazdem Tarczyński. Zawierała nazwisko niejakiego Biłży, faceta, który właśnie kończył swój kontrakt i adres baru, w którym mieli się spotkać. Biłża zgodził się wprowadzić Mateusza w meandry berlińskiego życia na eksporcie.

Rozległy się głośne okrzyki pasażerów. Palcami wytykali dziwną postać, jaka ukazała się ich oczom. Środkiem chodnika kroczyła siedemdziesięcioletnia na oko kobieta. Ubrana była w nieskazitelnie białą, za to zbyt obszerną suknię ślubną, której zręby wlekły się posłusznie za właścicielką. W lewej dłoni dzierżyła bambusową parasolkę, w prawej wianuszek zasuszonych kwiatów. Na głowie zamiast welonu pewnie tkwił motocyklowy kask.

– Odjebało szwabskiej kurwie – padło z tylnego rzędu.

– Hajtnij się z nią, to dostaniesz stały pobyt!

– Nie widzisz, że dupa zajęta?

Gruchnął śmiech. Ostatnie słowo należało jak zwykle do kierowcy. Nachylił się ku Mateuszowi.

– Jeszcze dużo wariatów pan tu zobaczy inżynierze. Dużo… To panu gwarantuję.

Durski nie odpowiedział. Po raz kolejny coś go ukłuło. I znów nie potrafił postawić diagnozy cóż to takiego. W wymuszony sposób uśmiechnął się tylko półgębkiem i milczał.

* * * * *

Jego plan wyjazdu do Niemiec Aneta przyjęła ze spokojem. Zbyt dużym, żeby mógł być prawdziwy. Ostatnie dni poprzedzające potwierdzoną już eskapadę spędzali ze sobą, starannie unikając niewygodnych tematów. Wybrali się do ogrodu botanicznego, skoczyli do kina, przede wszystkim zaś buszowali po sklepach, dokonując ostatnich niezbędnych sprawunków. Kupiła mu z własnej inicjatywy i za własne pieniądze nowy model telefonu komórkowego, on zrewanżował się jej seksowną bluzeczką z butiku. Najpierw myślał o pierścionku, ale przestraszył się dwuznaczności takiego prezentu. Chciał zostawić jej w spadku ich wspólne lokum, ale odmówiła. Zdecydowała się na powrót do akademika. Godziny tuż przed pożegnaniem upływały wyjątkowo spokojnie i choć powietrze ciężkie było od niewypowiedzianych zaklęć i niewyśnionych snów, oboje zachowywali się jak gdyby nigdy nic. Ale o seksie nawet nie było mowy.

W dniu wyjazdu wstali o szóstej rano. Zjedli namiastkę uroczystego śniadania, po czym wspólnie odnieśli klucze gospodarzowi posesji i ruszyli ku Wałom Chrobrego na miejsce odjazdu busa. Aneta miała na sobie tę samą czerwoną sukienkę z hotelowej kawiarni. Szli w milczeniu zakłócanym szmerem kółek ciągniętej przez niego walizki. W końcu postanowił przerwać milczenie.

– Będę dzwonił.

– Liczę na to – ścisnęła mocniej jego dłoń.

– To tylko sto pięćdziesiąt kilometrów…

– Fajnie. Będę mogła cię często odwiedzać.

– No właśnie – uśmiechnął się tak nieprawdziwie, że Anecie nie pozostało nic innego jak wybuchnąć śmiechem.

– Nie przejmuj się. Będziesz wolny jak ptak.

– Wiesz skarbie, że nie o to chodzi… Eksport jest jak więzienie. Praca, sen, praca, sen, oszczędności i tak w kółko Macieju…

– To po co jedziesz?

– Przywiozę ci BMW

– Pieprzę BMW... Chcę ciebie.

– Będziesz mnie miała...Już mnie masz – szybko się poprawił. Przystanęła. On mimo woli uczynił to samo. Wspięła się na czubki palców. Musnęła ustami jego czoło. Celowo przywarła do niego całym ciałem, by czuł na sobie ciężar jej piersi. Wiedziała, że sprawia mu to przyjemność.

– Chciałabym, żebyś to nosił...

Zapięła mu na szyi rzemyk z bliżej niezidentyfikowanym srebrnym amuletem. Przyjrzał się z zaciekawieniem symbolowi, którego nie znał, ale który mu się podobał.

– Mój talizman?

– Mhh... Odpędza niezamężne Niemki.

– Wariatka... Dziękuję.

– Kocham cię, Mateuszu...

– Ja też cię kocham – już sam nie wiedział czy mówi prawdę czy kłamie.

W mikrobusie opuszczającym rogatki Szczecina poczuł trochę ulgi, trochę żalu, trochę nostalgii za nie wiadomo czym. I strach. Dużo strachu.

* * * * *

Ruchome schody niosły Mateusza ku światłu. Dojrzał wynurzające się z mroków przejścia podziemnego nogi Berlińczyków. Przez moment miał wrażenie, że ujrzy mrowie ludzi bez głów. Ale wkrótce pojawiły się głowy. A wraz z nimi cała reszta: szyldy, kamienice, chodniki, latarnie i wszędobylskie samochody.

Raz jeszcze spojrzał na kartkę. Był niewątpliwie we właściwym miejscu. Rozejrzał się dokoła... Gdzieś tu musi być ten cholerny Imbiss Bar. Przeskakiwał wzrokiem z numeru na numer. Czterdzieści dwa, czterdzieści cztery... Jest! Nieco schowany

i nieco parszywy. To musi być ta speluna. Miał jeszcze ponad
pół godziny do spotkania z Biłżą. Postanowił napić się aromatycz-
nej kawy.

A więc dopiął swego. Jest w Berlinie. Sam. Dość daleko od
Anety i bardzo daleko od rodziców. Całe życie przed nim. Jest
młody, zdrowy, silny, wykształcony. Poradzi sobie. Uśmiechnął
się do przechodzącej obok dziewczyny. Ta odwzajemniła uśmiech. Przyspieszył kroku, czując jak buzująca adrenalina rozsa-
dza mu głowę. Czas skończyć z mrzonkami o BMW i małżeństwie
z Anetą. Czas wyłożyć karty na stół. Berlin jest tylko częścią jego
Wielkiej Ucieczki. Całe życie przed czymś uciekał, ale nigdy nie
zdołał ukryć się przed ścigającymi go koszmarami. Teraz wykona
swój plan perfekcyjnie. Nie wie, gdzie rzuci go los, ale postara
się już nigdy nie wrócić do Polski. A nawet jeśli wróci, to…

Gwałtowny pisk hamulców wyrwał go z zamyślenia. Stał na
środku przejścia dla pieszych oko w oko ze starym, zielonym volkswagenem. Zza szyby spoglądały na Mateusza czarne jak węgle
oczy wygolonego na łyso faceta. Ubrany na czarno, potężnie
zbudowany, sprawiał wrażenie osobistego kierowcy Lucyfera.
Mateusz szukał w tych oczach choćby śladu przeprosin. Ale łysy
ani drgnął, omiatał go pełnym buty, zaczepnym wzrokiem.

„Jeszcze dużo wariatów pan tu zobaczy inżynierze. Dużo…"
Mateusz machnął w myślach ręką i ruszył przed siebie.
Wszedł do baru.

Dziennik Arnego

Chaos…

Zgiełk…

Otępienie…

Koszmar…

Po raz tysięczny zastanawiam się czy to wszystko ma sens.
Czy warto? Porządkuję myśli i wracam do punktu wyjścia.

Nie... nie mogę zgodzić się na taki świat.

Dziś rano, na zebraniu tłumaczyłem chłopakom początek ...*Zaratustry* Nietzschego. A konkretnie – przypowieść o ostatnim człowieku. Moje ukochane fragmenty takie jak: „Czas by człowiek cel sobie wytknął. Czas by zasiał ziarno swej najwyższej nadziei.", czy też „Powiadam wam, trzeba mieć chaos w sobie by, porodzić gwiazdę tańczącą." i przede wszystkim: „Biada! Zbliża się czas, gdy człowiek żadnej gwiazdy porodzić nie będzie zdolen. Biada! Zbliża się czas po tysiąckroć wzgardy godnego człowieka, – człowieka, co nawet samym sobą już gardzić nie zdoła. (...) Ziemia się skurczyła, a po niej skacze ostatni człowiek, który wszystko zdrabnia."[1]

Okazało się, że to, co dla mnie jest oczywiste, dla nich tak oczywiste nie było. To nie jest tylko kwestia wykształcenia, ale i mentalności. Ci młodzi ludzie chętnie golą głowy, wkładają czarne uniformy i tatuują sobie swastyki na plecach. Chętnie maszerują w takt pieśni z Tamtych Lat, a najchętniej wykrzykują to swoje „Heil!". Pasjonuje ich otoczka, sztafaż, rytuał, nimb tajnej, podziemnej organizacji. Mówią o sobie: „Jesteśmy rasą nocy". Tylko, że tak naprawdę noszą w środku mieszczańską, demokratyczną duszę zeuropeizowanych, skarlałych Niemców. Nie interesuje ich triumf woli, hart ducha i heroizm. Bawią się w faszystów, tak jak ja w dzieciństwie bawiłem się w rycerzy. Są mieszkańcami Kraju Wielkiego Brata, który kiedyś nazywał się Rzeszą i dyktował warunki całemu światu, a teraz sam boi się własnej Mocy.

Socjologowie bądź strasznie mylą się, nazywając ich frustratami z patologicznych domów, bądź też gorliwie wykonują swoje badania pod zamówienia Różowych. Niech mają świa-

---

1] Fryderyk Nietzche, *Tako rzecze Zaratustra*, tłumaczył Wacław Berent, Wyd. Tenet, Gdynia.

domość tego, że nikt z mojej grupy (może poza Franzem) nie pochodzi z rozbitej rodziny, nie ma ojca alkoholika, ani nie grzebał sobie ołówkiem w odbycie jako zaniedbany pięciolatek.

Wracając do Nietzschego... Jak zwykle z wypiekami na policzkach i drżącym ze wzruszenia głosem opowiadałem im o ostatnim człowieku. O naszej teraźniejszości. O tym, iż ostatnimi ludźmi jesteśmy my sami. Wszystko zdrabniamy i rozdrabniamy. Rozdrobniliśmy miłość, boga, patriotyzm, honor, szacunek, tradycję, naród...

Sam przed chwilą rozdrobniłem te święte słowa pisząc je z małej litery. A więc raz jeszcze: Miłość, Bóg, Patriotyzm, Honor, Szacunek, Tradycja, Naród.

Rozdrobniliśmy, co tylko się dało i dajemy się rozdrabniać na coraz mniejsze cząstki. Ustępujemy krok po kroku przed napierającymi hordami małych ludzi w garniturach, specjalistami od kłamstw i manipulacji. Brakuje nam owej gwiazdy tańczącej, o której mówił Zaratustra, a przede wszystkim brakuje nam Chaosu. Dzikości. Barbarzyństwa, jeśli wolicie nazywać rzeczy po imieniu. Brakuje nam siły, jaką może dać tylko zerwanie z demokracją, naszym prawdziwym Tyranem.

Wyobrażam sobie smród i duchotę Republiki Weimarskiej. Każdego dnia, kiedy opuszczam kamienicę, wsiadam do auta i ruszam w to zaczarowane, potężne niegdyś miasto. Czuję w powietrzu padlinę. Republika Weimarska musiała cuchnąć tak samo. Kiedy mijam roześmiane mordy przechodniów, widzę zadowolonych z siebie kapitulantów sprzed lat. Widzę ocean Orientu: galabije, turbany, czadory, chusty... I kilku przestraszonych Niemców przepraszających za to, że żyją. Tak... Jesteśmy ostatnimi ludźmi, którzy już nawet sobą nie potrafią gardzić...

Gdzie się podziały mity? Dokąd uciekli prorocy? Schowaliśmy się za podwójną gardą politycznej poprawności wymieszanej z poczuciem winy za wojnę, której prawie nikt już nie pamięta. Wojny strasznej, okrutnej i bezlitosnej, ale historycznej.

Skoro dziś nikogo poza historykami nie obchodzą hekatomby dokonywane przez Aleksandra Macedońskiego, zbrodnie Hannibala czy mordy popełniane przez Francuzów w Afryce i Anglików w Indiach, skoro nikt nie płacze nad losem Kambodży ani nad dziejami Kurdów, którzy kręcą się pod moimi oknami i rozdają ulotki wzywające do światowej rewolucji, skoro wzruszacie ramionami nad tragedią afrykańskich plemion i przechodzicie do porządku dziennego nad bałkańską rzezią, to nie każcie mi pamiętać o tamtej wojnie!!! Znam was jak zły szeląg; zasłonicie się „ostatecznym rozwiązaniem kwestii żydowskiej", dymami Auschwitz i zdjęciami żywych szkieletów spychanych do rowów. Zakrzyczycie mnie, albo co gorsza każecie zignorować. Niewątpliwie zrobicie ze mnie antysemitę, którym nie jestem i którym nigdy nie byłem. Wiem, wiem... i tak nie uwierzycie, ale co tam... Nie przed wami będę odpowiadał za swoje postępki. Powiem wam tylko, że od śmierci ciała straszniejsza jest śmierć nieujarzmionego Ducha. A tu, na moich oczach dokonuje się Zagłada Niemieckich Dusz.

Do rzeczy jednak... Moich podwładnych za grosz nie interesuje filozofia... Tylko Karl zapytał, czy to prawda, że Nietsche był szalony, że leczył się psychiatrycznie, i że pomagał mu w tym Ryszard Wagner... Pomieszanie z poplątaniem. Ręce opadają. Historii Niemiec uczą zdrajcy. Jak mam wytłumaczyć Karlowi, iż rzekome szaleństwo Nietzschego wynikało z jego geniuszu? Z jego nadludzkiego intelektu. Z jego męki i pasji docierania tam, dokąd nikt jeszcze nie dotarł. A co tu robi Wagner? Niedługo dowiemy się, że i on był obłąkany.

Postanowiłem kuć żelazo póki gorące: pytałem ich o *Parsifala*. O *Śpiewaków Norymberskich, Złoto Renu* i w ogóle – o *Pierścień*... Gdzie tam. Wiedzą tyle, że Hitler kochał te opery, że jeździł do Bayreuth, że wystawiano je czasami wyłącznie dla niego. Takie ploteczki rodem z bulwarowej prasy. Ale, ale! Byłbym niesprawiedliwy: chłopaki pamiętają również nalot na wietnamską wioskę z *Czasu Apokalipsy* Coppoli. Podobał im się. Ale o jaką operę chodzi? Szkoda pytać... Niemniej cały czas i ja i oni czekają, ja na duchowy przełom, oni na Wodza.

Teraz, pogrążeni w pedalskim dostatku, dopisujemy chyba ostatni, być może najbardziej tragikomiczny rozdział naszej historii. Jako część europejskiego gulaszu, zmiksowani, sformatowani, postmodernistyczni. Zabrali nam walutę, wykupili Mercedesa, ograbili z tożsamości. Dawniej Niemcy, nawet nie tworząc jednolitego państwa zawsze byli ludem. Obecnie jesteśmy rozproszoną duchowo masą.

Następne zebranie pojutrze. Zupełny bezsens. Czasem wydaje mi się, że mam im tyle do przekazania, do powiedzenia... Ale to inny świat, inne pokolenie. Im wydaje się, że słuchanie płyt Rammstein i Laibacha rozwiązuje sprawę. Czy w takim razie dobrze zrobiłem rzucając pracę nauczyciela i idąc na dobrowolne bezrobocie? Pytania, pytania... Wracając z zebrania byłem tak zamyślony, że o mały włos nie przejechałem jakiegoś faceta pod Europa Center.

Z rzeczy bardziej przyziemnych: chrzani mi się samochód, a w nim dodatkowo odtwarzacz kompaktów. Trzeba go oddać do naprawy.

Zaraz kładę się spać, ale muszę coś dopisać. Przed chwilą dzwonił Harald. Przyjedzie specjalnie z Monachium. Przedstawił mi w bardzo ogólnych zarysach pewien plan. Podobno szalony, okrutny. Może nawet obłąkany. Czuję za plecami ścianę. Jeśli jutro ma należeć do nas, jeśli jutro w ogóle nadejdzie, muszę być gotów na poświęcenie.

Nowe znajomości

Biłża spóźnił się dwadzieścia pięć minut. Wyglądał na trzydzieści osiem, może czterdzieści lat. Miał brudne, zabłocone buty, krzywo obcięte paznokcie i wysokie mniemanie o sobie. Jego zwaliste ciało okrywał dżinsowy mundurek, twarz chomika dekorował cienki fryzjerski wąsik a włosy opadały w nieładzie na wymięty kołnierz błękitnej koszuli. Mateusz z miejsca poczuł narastającą falę antypatii do tego człowieka.

Zamówili po piwie. Biłża z napięciem obserwował napełniającego kufle barmana.

– Trzeba pilnować skurwysynów, bo oszukują – zagaił. – Posiedzisz pan tu ze trzy lata, to sam pan zobaczysz, jakie numery z tych Helmutów.

– A pan tu siedział trzy lata? – Mateusz zagryzł zęby, walcząc z ogarniającą go niechęcią do kontynuowania tej konwersacji.

– Z przerwami, kolego… Z przerwami.

Zapadła krótka cisza. Biłża pociągał z kufla.

– No, a co pan powie w ogóle o Berlinie? Jakie to miasto?

Rozmówca Mateusza wzruszył ramionami, odstawił niemal opróżnione naczynie i otarł usta wierzchem dłoni.

– Miasto jak miasto… Zresztą, kto tu ma czas na podziwianie miasta. Zobaczysz pan, całe życie kręci się tak: praca – hotel – sklep. Jeden tani sklep. A propos: pan będziesz mieszkał w hotelu czy na stancji?

– Na stancji, o ile mi wiadomo.

– No i dobrze… Albo i gorzej. Będziesz pan sam jak palec.

– Żadnych rozrywek?

Biłża uśmiechnął się chytrze. Przysunął się bliżej Durskiego.

– Ani zadupczyć, ani się zabawić. Nie na naszą kieszeń. Ale zdradzę panu kilka tajemnic. Polskie kurewki stoją pod dworcem. Ale to drogie zdziry. Idź pan lepiej do Bułgarek. One dadzą po promocyjnej cenie – roześmiał się gardłowo i chrapliwie.

– Nie o takich rozrywkach myślałem – Mateusz celowo postarał się by jego głos zabrzmiał wyniośle. Biłża zrozumiał aluzję. Zmrużył oczy.

– Czujemy się lepsi, co? Bo jesteśmy po studiach… Pan się nie gniewa, ale te wasze studia są tutaj o dupę…

– Wiem, słyszałem to już wiele razy – przerwał czym prędzej. Postanowił nie zadrażniać sytuacji. Dziwił się sam sobie: czegóż on chce od tego prostego w końcu człowieka. – A inne tajemnice?

– Postawi pan jeszcze jedno?

Postawił jeszcze kilka, sam pozostając przy samotnym kufelku. W zamian dowiedział się o najtańszym sklepie spożywczym w okolicy. O tym, że jedzenie najlepiej przywozić ze sobą z Polski, a jedynym miejscowym produktem kupowanym masowo przez „eksportowców" jest makaron. Ten najtańszy oczywiście. Mało kosztuje a syci. Podobno rekordziści potrafią przeżyć miesiąc na makaronie za sto euro.

Dowiedział się także o rejonizacji i przybliżonych datach „wystawek", na których można było się nieźle obłowić.

– Helmuty wystawiają wszystko. Ciuchy, gary, komputery… Sam dla syna wieżę stereo wyciągłem. Do naprawy, ale za darmochę.

Mateusz zaczerwienił się ze wstydu. Wyobraźnia podsunęła mu widok samego siebie gmerającego w niemieckich śmieciach.

– Podczas roboty na Czeczeńców trzeba uważać. Ci są najbardziej pazerni. I trzymają się osobno. Niech pan ich mocno złapie za mordę i nie puszcza. Z chamami trzeba po chamsku…

– Pracujemy wspólnie z Czeczeńcami? – Zdziwienie Durskiego nałożyło się na chrapliwy śmiech Biłży. Zaległa cisza. Po chwili kolejny kufel był pusty.

– Widać, że pan jeszcze zielony, inżynierze. – Biłża z wyższością poprawił się na krześle, dostojnie beknął, po czym kiwnął w stronę baru. – Czeczeńcy to robole spod Myślenic. Jest ich tu najwięcej, bo właścicielem firmy jest jakiś palant z tamtych rejonów. Oni się rozpychają łokciami, bo myślą, że dużo mogą.

Nachylił się bliżej. Wbił mętny wzrok w Mateusza.

– Jak o mnie chodzi to mi mogą... Rozumiesz pan?

– Ale dlaczego Czeczeńcy? – Nie wiedział dlaczego o to pyta. Mało go to obchodziło.

– A chuj ich wie... Że z gór są czy coś...

W międzyczasie zza chmur wyszło Słońce i przemyciło do mrocznego baru dużo światła. Niezwykłego, nieziemskiego światła. Mateusz patrzył na mówiącego Biłżę. Widział jego wymięte wilgotne usta, jego niezgrabne ręce, których ruchami nadrabiał braki erudycji, jego falującą grdykę polującą na każdą kroplę darmowego piwa. Wszystko widział, ale niczego nie słyszał. Do jego uszu docierała jedynie tęskna, zapomniana przez Boga i ludzi melodia ze starych płyt, a berlińska mordownia otulona całunem świetlistej łuny wydała mu się nagle najpiękniejszym miejscem na Ziemi. Poczuł cudowne odrętwienie; lekkość, szczęście, euforię.

Za zakurzonymi szybami chodzili ludzie. W lekkiej poświacie wyglądali jak anioły wędrujące niebiańskimi estakadami. Mateusz uległ na sekundę przyjemnej halucynacji i ukazał mu się obraz świata rodem z filmu fantastycznego. Oto wszystkie budynki połączyła gęsta sieć napowietrznych chodników a uśmiechnięci przechodnie ignorując wszelkie prawa fizyki frunęli dostojnie w powietrzu. Faceci w słomkowych kapeluszach, z teczkami w dłoniach mijali w locie uduchowionych żonkosiów z wózkami, młodzi, koziołkując i kpiąc z grawitacji przeskakiwali nad głowami szacownych emerytów, zakochani płynęli objęci ponad dachami. Zajęci sobą, żeglowali ku gwiazdom.

Słońce schowało się za chmury, Durski wrócił na ziemię, Biłża odzyskał głos, a rzeczywistość wróciła boleśnie. Musi zadzwonić do Anety zaraz jak skończy tutaj.

– Tak, że mówię, inżynierze… Dobrze, żeśmy im wpierdol pod Grunwaldem spuścili. – Biłża spojrzał badawczo na Mateusza.

– Chyba, że lubi pan Szwabów?

– Nie… nie lubię.

– Bo też nie ma za co. Bogaci są, bo najpierw cały świat okradli podczas wojny, a potem dostali pomoc. No a u nas ta komuna… Dobrze mówię?

Poczuł panikę. Duch Ojca, niczym w *Don Juanie* Mozarta powrócił i zawisł nad kawiarnianym stolikiem jak ciężka chmura. Ostentacyjnie spojrzał na zegarek.

– Świetnie się rozmawia, ale wybaczy pan… Muszę powoli…

– No pewno. I na mnie czas…

Kiedy już stali przed barem, Biłża przytrzymał nieco dłużej jego dłoń.

– Słyszałeś pan kiedyś o nabuko?

– *Nabucco?*

– Mhh….

– Owszem, ale nie pamiętam czy to opera czy operetka.

Biłża machnął ręką. Rzekł z pilnie wystudiowaną mgiełką tajemnicy w głosie.

– Dla mnie to może być nawet filharmonia, ale uważaj pan na ten szyld.

– Nie rozumiem… To znowu coś à la Czeczeńcy?

– Żegnam pana.

Tłumek przechodniów połknął zwalistą, lekko zataczającą się postać Biłży. Mateusz spoglądał za nim przez chwilę po czym pogrążony w myślach ruszył przed siebie.

Ktoś kiedyś opowiadał o dziwnym chybotliwym stanie umysłu, który jak ulał pasował do jego najnowszych zmartwień. Cyklofrenia. Huśtawka miotająca człowiekiem od euforii do rozpaczy. Od świetlistych wizji do cichego łkania duszy. Żadnych stanów pośrednich, żadnych kompromisów. Doznawał tych nieznanych sobie wrażeń zaledwie od kilku tygodni, ale tak naprawdę nie miał pojęcia, co się z nim działo. Stanął przed wystawą sklepiku z płytami winylowymi. Przywarł czołem do chłodnej szyby. Rozejrzał się dokoła. Naraz zrobiło mu się słabo. Krew odpłynęła z głowy ku nogom i poniosła sygnały o wyczerpaniu i rozdrażnieniu. Pomyślał, że umrze w Berlinie i ta myśl go rozbawiła. Usłyszał własny nerwowy chichot, ale nikt nie zwracał na niego uwagi. Ze sklepu wytoczył się gruby brodacz taszcząc pod pachą stos płyt. Na jego rumianej twarzy malowała się bezgraniczna błogość. Niechcący potrącił Polaka i pobiegł niecierpliwym truchtem ku stacji metra. Mateusz znał dobrze dalszy bieg wypadków; widywał już takich opętańców w Szczecinie. Według wszelkich znaków na niebie i ziemi Brodacz wskoczy do najbliższego pociągu i przesiedzi całą trasę na brzeżku fotela oglądając zdobyte skarby. Potem przyjdzie do domu, włączy zestaw stereo, naleje sobie miarkę wódki albo zapali trawkę i zacznie smakować muzykę. Wariactwo… A swoją drogą, szczęśliwi ci, co potrafią cieszyć się kawałkiem plastiku…

Durski oprzytomniał na tyle, że ruszył wolniutko naprzód. To proste: lewa noga, potem prawa. I tak na przemian.

No dobrze. A on? Czy jest cokolwiek, co potrafiłoby mu przynieść szczęście? Czy w ogóle istnieje ktoś taki? Aneta… Wracała natrętnym wspomnieniem. Czuł w powietrzu jej zapach. Być może nawet ją kochał. Ale wolał kochać ją na odległość. Znów musiał wyznać sam przed sobą, że jest szubrawcem. Wielbiącą go dziewczynę traktował jak polisę na miłość, jak wkład na książeczce upoważniającej do pobierania stałych kwot i grantów. To ohydne.

Znów przystanął. Dokąd tak naprawdę idzie? Ach, racja… Trzeba zajrzeć na budowę i odebrać swoją walizkę. Już od dawna powinna poniewierać się gdzieś w biurze, rzucona przez kierowcę poczciwca. Razem z nią odpoczywa nieszczęsny kretyński wisiorek, który zdjął z szyi zaraz po wejściu do busa. Z drugiej strony czegóż on chce od wisiorka, Anety i świata? Ech…

Szum ulicy, tak inspirujący i ożywczy nagle zrobił się nie do zniesienia. Durski znów przystanął, skrzywił się i sięgnął do podręcznego plecaka. Sprawdził w notesie dokładny adres budowy i plan sytuacyjny naszkicowany jeszcze w Polsce przez Tarczyńskiego.

Nie musiał jechać metrem. Z rysunku wynikało, że budowa znajduje się nie dalej niż pięćset metrów od miejsca, w którym pił piwo z Biłżą. Zebrał się w sobie i ruszył bardziej żwawym krokiem. Jak to powiedział ten Polaczek-pijaczek? „Życie na kontrakcie to regaty samotnych żeglarzy po wodach Trójkąta Bermudzkiego"... Musiał od kogoś usłyszeć; był za głupi, żeby samemu na to wpaść. Zresztą nie samotności obawiał się Mateusz. Tak naprawdę liczył na nią. Przerażali go ludzie. Westchnął głęboko i przyspieszył. Nagle potrzebował głosu Anety.

Ponownie sięgnął do plecaka. Telefon komórkowy, w pretensjonalnej obudowie, również od niej... Wybrał odpowiednią kombinację cyfr. Odebrała po trzecim dzwonku.

– Tak, słucham?

– Cześć... Mateusz z tej strony.

– No cześć, Berlińczyku. Gdzie jesteś?

Ukrył słuchawkę w rękawie kurtki tak, by nie sprawiać wrażenia polskiego parweniusza z telefonem przy uchu.

– Idę na budowę...

– Kiepsko cię słyszę... Nie możesz rozmawiać?

– Mogę...

Cisza.

– Tęsknię tu za tobą.

– A ja za tobą... – głupia gadka, a pieniądze lecą.

– Jestem mokra jak cię słyszę.

Przełknął ślinę.

– Zwariowałaś?

– Tak... Potrzebuję cię...

– Anetko, zadzwonię potem... Wchodzę w jakiś tunel...
Przepraszam.

Wyłączył aparat, wyjął go z rękawa i wrzucił ze złością na dno plecaka. Cóż ona sobie wyobraża? Choć, z drugiej strony, to sympatyczne...

– Przepraszam...

Elegancki młody mężczyzna w szykownych okularkach uniósł w przepraszającym geście ręce. W jednej dłoni trzymał płachtę ulicznego planu. Mateusz zatrzymał się czujnie jak taksówkarz polujący na przypadkowy kurs.

– Tak?

– Szukał dom towarowy... Znaczy Kadewe... Na planie tu... Godzinę szukał... – tak fatalnego niemieckiego nie słyszał od dawna. Uśmiechnął się.

– Przykro mi. Nie wiem. Jestem pierwszy dzień w Berlinie.

– Ach... Przepraszam pan...

Zostawił bezradnego turystę i uspokojony faktem, że nie tylko on ma życiowe problemy ruszył szerokim chodnikiem.

* * * * *

Budowa rozciągała się na olbrzymiej, ogrodzonej wysoką siatką powierzchni w samym sercu miasta, bardziej przypominając ruiny gotyckiego zamczyska po dywanowym nalocie eskadry bombowców, niż fundamenty dźwigającego się w górę centrum handlowego. Dziesiątki osób w błękitnych drelichach karnie przemieszczały się po zabłoconej brunatno-żółtawej diunie nieistniejącego oceanu.

„Praca czyni wolnym" – pomyślał z przekąsem i powlókł się w kierunku głównego wejścia.

Nagle brama zatrzasnęła się Mateuszowi przed samym nosem. Odskoczył jak oparzony od zakratowanego żelastwa, które runęło ze świstem w kierunku jego głowy. Łoskot zatrzaskiwanego zamka zbiegł się z gwizdkami funkcjonariuszy w czarnych uniformach, którzy jak duchy esesmanów rozbiegli się po terenie budowy. Widok był tak nierzeczywisty, że Mateusz rozejrzał się szukając potwierdzenia wydarzeń, na które patrzył. Szybko zrozumiał, że nie śni, inni sprawiali wrażenie równie zaskoczonych. Kilka przypadkowych osób stanęło przy ogrodzeniu, obserwując darmowe przedstawienie.

Zdyscyplinowane dotychczas oddziały robotników rozpierzchły się. Część stłoczyła się w centralnej części placu, inni zaczęli wracać spokojnym krokiem do baraków, jeszcze inni stanęli w miejscu i sięgnęli po papierosy. Ale to nie ich poszukiwało komando czarnych kruków. Mundurowi z bezlitosnym profesjonalizmem rozpoczęli metodyczną obławę na najbardziej przerażonych i spanikowanych. Na tych, którym w sekundzie zwalił się na głowę cały świat.

Jeden z nieszczęśników zawisł po drugiej stronie siatki, tuż nad głową Mateusza. Ciężko oddychał, spoglądając raz po raz za siebie. Kruki już nadlatywały, a wraz z ich majestatycznym nadejściem gasła nadzieja w oczach uciekiniera. Miał oliwkową karnację, tygodniowy zarost i parę tanich, dziurawych tenisówek na bosych stopach. I właśnie te tenisówki przykuły wzrok Durskiego. Jeden z butów tkwił zaklinowany w ciasnym oczku siatki oplatającej płot, podczas gdy noga szarpała się desperacko przypominając wielką egzotyczną rybę usiłującą wydostać się z podstępnej sieci. Konstrukcja ogrodzenia falowała, blacha biła o blachę, a Mateusz, jak zahipnotyzowany obserwował nierówne zmagania. Kiedy wreszcie uciekinierowi udało się oswobodzić bosą stopę, było już za późno; pierwszy z kruków chwycił go w pół i odlepił od płotu. Drugi zakuł w kajdanki, podczas gdy trzeci zacisnął mu na przedramieniu szeroką opaskę o fosforyzującej, jasnopomarańczowej barwie. Zrezygnowanego i pokonanego odprowadzili ku reszcie schwytanych, pracujących nielegalnie mężczyzn. Uderzenie było szybkie, zdecydowane i precyzyjne. Ostatnie wątpliwości rozwiewano legitymując tych, co do których istniały choćby szczątki podejrzeń.

A potem dymy i emocje opadły. Brama się otworzyła, czarne komando znikło tak niespodziewanie jak niespodziewanie się pojawiło, zabierając ze sobą zaobrączkowanych na pomarańczowo winowajców. Pracownicy nadzoru opuścili baraki i wyszli, a robotnicy wrócili na budowę. Również gapie rozchodzili się do codziennych zajęć. Starszy mężczyzna wyglądający na emerytowanego urzędnika państwowego zmierzył bacznym spojrzeniem czubki butów Mateusza, po czym rozłożył bezradnie ręce i odezwał się głosem, w którym zabrzmiała nutka wstydu za pruskich oficerów, gazy bojowe I Wojny Światowej, Auschwitz i nieudaną wersję małolitrażowego Mercedesa.

– Taaak… Cóż my na to poradzimy… Porządek musi być.
– Rzecz jasna.
– Najlepszego.

Mężczyzna uchylił kapelusza i wraz z resztą kibiców odszedł ku swoim problemom. Ale nie to było ważne. Mateusz poczuł coś znacznie istotniejszego. Poczuł zbawczą ulgę i spadający z piersi ciężar. Prawda do której właśnie dotarł zmroziła go nie na żarty. Czuł, że całym sobą sprzeniewierza się nie tylko rodzicom, ale wszystkim prawom i obowiązkom, przywilejom i nakazom własnego otoczenia i własnego plemienia. Oślepił go flesz Prawdy. Jakby Pan Bóg pstryknął fotografię zza chmur. Zrozumiał, że wstydzi się być Polakiem. Mało tego – wzięty za Niemca przez zakompleksionego urzędnika poczuł niewypowiedzianą dumę.

* * * * *

Biuro było w baraku. Zmęczony majster Tadeusz Kłosek siedział na zmęczonym krześle. Zmęczony ekran komputera wypluwał z trzewi zmęczony wygaszasz ekranu z umęczoną striptizerką prezentującą zmęczone wdzięki zmęczonemu otoczeniu. Kłosek, wbity w ciasnawy garnitur popijał lurowatą kawę i przeglądał codzienną porcję listów, faksów i ulotek. Na czole szkliły mu się kropelki potu. Mateusz siedział naprzeciw i przyglądał się skupionej, poczciwej twarzy ciężko pracującego człowieka. Pierwszej poczciwej twarzy od kilkuset kilometrów. Przed chwilą majster przedstawił się nowo przybyłemu pracownikowi i podał mu dłoń. Teraz przeszedł do sedna.

– Zaczyna pan od jutra, panie Mariuszu.

– Mateuszu – uśmiechnął się do majstra.

– Przepraszam… Panie Mateuszu – zgodził się bez entuzjazmu Kłosek podkreślając jednocześnie długopisem jakiś szczególnie istotny fragment jednego z pism. – W każdym razie jutro pan startuje. Morgen, rozumie pan? Widzimy się tutaj. Pracujemy od siódmej trzydzieści do siedemnastej z godzinną przerwą na posiłek o czternastej. Większość chłopaków biega na kebab do Turka… Blisko… Pięćdziesiąt metrów stąd.

– Rozumiem.

– Kebab nie jest obowiązkowy. Punktualność tak. Tu wszystko musi być becalen.

Durski rozciągnął mechanicznie usta, dając do zrozumienia Kłoskowi, że zrozumiał dowcip. Ten kontynuował, ze wzrokiem utkwionym w sterty papierów.

– Wprowadza się pan na Neudorf, na miejsce tego, który ostatnio zjechał… Szeli. Czy tak?

– Tak mówił inżynier Tarczyński.

– To dwa przystanki metra stąd. Chodzą trzy linie: piątka, siódemka i ósemka. Pociągi są co dziesięć minut.

– Zdążyłem się już dziś przejechać metrem.

– To dobrze – zabrzmiało to jak „do jutra".

Mateusz wstał.

– Przepraszam… Czy ten człowiek… – cmoknął zniecierpliwiony. Cholera, nie pamiętam jak ma na imię kierowca, z którym przyjechałem. Obiecał zostawić w biurze moją walizkę.

Kłosek zmarszczył brwi. Odłożył na moment papiery. Ale zaraz do nich wrócił.

– Ach… walizkę. No pewno. Jest na podłodze w kuchni – ręka majstra powędrowała ku górze wskazując kierunek.

Miejsce zwane mocno na wyrost kuchnią stanowiła wydzielona część pakamery zaopatrzona w mikroskopijny stolik nakryty ceratą, dwupalnikową kuchenkę, kolejny ekspres do kawy i półki najeżone białymi filiżankami oraz pomarańczowymi przezroczystymi spodeczkami. Ścienny zegar wskazywał godzinę 17:23. Dziupla była jasna, czysta i schludna. Na podłodze po swojej lewej ręce Mateusz dostrzegł przechyloną na bok, opartą o ścianę walizkę.

Wychodząc, uznał za stosowne raz jeszcze zajrzeć do Kłoska.

– No to do jutra… – rzucił w przelocie.

– Do jutra – powtórzył jak echo majster. Nagle sobie o czymś przypomniał. – Panie Mariuszu!

– Tak? – Durski zawrócił, postanawiając dać sobie spokój z poprawianiem zmęczonego człowieka.

– Pan się nie przejmuje tym, co się dzisiaj stało… Takie naloty są bardzo rzadkie. Miał pan po prostu pecha.

– Jasne… Tylko trochę szkoda tych złapanych, nie?

– Zależy komu szkoda. Mnie akurat ani trochę. Posiedzi pan trochę, to pan zobaczy… Porządnym ludziom pracę odbierają, zatrudniają się na czarno, opinię nam szargają. No i przez nich mniej zarabiamy.

– Co się z nimi stanie?

– Dostaną niedźwiadka do paszportu i będą szukać roboty gdzie indziej…

– Niedźwiadka?!

– Zakaz wjazdu do Niemiec. Ferboten znaczy się… Ale niech się pan o nich nie martwi; kupią fałszywe dokumenty i znowu przyjadą. Rekordziści po siedem razy do roku się tu zjawiali. Nie do wyplenienia.

– Potrzebują roboty.

– A my to nie?

– My przede wszystkim – uśmiechnął się. – No to jeszcze raz: do jutra.

– Cześć.

* * * * *

Stanął przed bramą prowadzącą w głąb kamienicy. Cztero-piętrowy budynek z czerwonej cegły nie różnił się niczym specjalnym od innych w tej okolicy. Wszedł w podwórko i rozejrzał się dokładniej, kubły na posortowane śmieci, garaże, mikroskopijny żwirowy placyk z rachitycznym drzewkiem. Cisza i spokój. Jego dom na następne dni, miesiące, może lata...

W urządzonej na parterze stróżówce poznał zarządcę kamienicy. Był nim niejaki Abdullach. Samo imię plus kruczoczarne włosy upięte w koński ogon i tegoż koloru przycięta w szpic broda nie pozostawiały wątpliwości, że ich właścicielem jest Turek. Ale Mateusz pomylił się. Abdullach pochodził z Albanii, i co podkreślał na każdym kroku, czuje się Niemcem. Okazał się sympatycznym, żywiołowo reagującym młodym człowiekiem. Cóż z tego, skoro komunikację z nim utrudniały względy natury technicznej. Abdullach posługiwał się niezrozumiałą dla nikogo gwarą łączącą mowę ciała ze szczątkami niemieckiego i angielskiego. Mateusz co prawda kiwał głową, ale pojmował co trzecie słowo.

– Polska good! Polska very gut! – uśmiechał się Abdullach, wręczając Polakowi mały niebieski kluczyk.

– Senkju – Mateusz instynktownie przeszedł na angielski, o którym miał słabe pojęcie.

– Prysznic bang, bang, uwaga!!! Okna ready, king size bed ha ha ha! – Albańczyk nawijał jak opętany, kiedy wspinali się po schodach na pierwsze piętro.

Po otwarciu drzwi, oczom Mateusza ukazało się schludne, jednopokojowe mieszkanko z rzuconym na podłogę ogromnym materacem, stolikiem i dosuniętym do ściany pod oknem więk-szym stołem pełniącym rolę biurka. Linoleum w czarno-białą szachownicę powodowało oczopląs, toteż któryś z poprzednich lokatorów zasłonił je przytomnie, choć mało gustownie ni to wykładziną, ni to dywanem o kolorze spłowiałego granatu.

Na stole, pysznił się czarny aparat telefoniczny rozmiarów tak potężnych, iż można było ulec złudzeniu, że trafił tu z rekwizytorni teatralnej po premierze sztuki o Guliwerze wśród olbrzymów. Obok stała lampka z plastikowym czerwonym kloszem i kilka segregatorów.

Do stołu dosunięte było jedno z dwóch znajdujących się w pomieszczeniu krzeseł, drugie, szczyt marzeń potencjalnego wisielca, stało samotne pod baniastym żyrandolem. Elementami dekoracyjnymi okazały się: plastikowa podróba samurajskiego miecza, wisząca na ścianie oraz doniczka z bliżej nieokreślonym na poły zwiędłym kwiatem na parapecie ogromnego okna.

– This is ładne… nie? This komfort… ha, ha, ha…

Mateusz zapomniał, że nie jest tutaj sam. Kiwnął głową do szczerzącego zęby Abdullacha.

– Bardzo ładne.

– Poszedł już – oznajmił stróż i opuścił lokum.

– Dzię… – szczęk zamka uprzedził słowa Polaka.

Położył walizkę na materacu i machinalnie podszedł do okna. Odsłonił firankę. Dojrzał ulicę, spokojną i prowincjonalną jak na pulsujący popołudniowym rytmem Berlin. W blasku zachodzącego słońca kilku rowerzystów udawało się na przejażdżkę, pojedynczy przechodnie wracali do domów z pracy, a saksofonista z pustym kapeluszem na datki przenosił się w inne miejsce. W sąsiedztwie „swojej" kamienicy Mateuszowi udało się ponadto dostrzec serbską knajpę z wypalonymi przez ostre światło podstarzałymi markizami, zapyziałą księgarnię, eksponującą nieaktualne plany miasta i mapy regionu, wreszcie cukiernię z dyndającym na wietrze plastikowym koszmarem w kształcie lodowego rożka. Potężny billboard z posągową blondynką reklamującą wczasy na Karaibach dopełniał całości. Wszędzie brudnawo, ale nie brudno, sennie, ale nie smutno, kiczowato, ale jakoś. Zamknął okno. Umył się w łazience wielkości wanny i przejrzał zawartość lodówki w aneksie kuchennym; w lodówce było tylko światło. Na dziś musiało mu starczyć to, co Aneta rano włożyła do plecaka. Wyjmując smakowite kanapki znowu pomyślał o niej cieplej. Zjadł skromny posiłek przy stole-biurku, wypił herbatę, zmył naczynia. Odnalazł żółtą ściereczkę z mapą Australii i powycierał wszystko do sucha. Najprostsze czynności sprawiały mu niezrozumiałą radość. Rozpierała go duma, adrenalina buzowała. Czuł się jak odkrywca Nowego Świata. Był tylko sto kilkadziesiąt kilometrów od Szczecina, ale miał minę astronauty samotnie eksplorującego kosmiczne pustki. Radził sobie.

Przed snem wykręcił numer Anety. Odezwała się poczta głosowa. Wzruszył ramionami i poczuł coś na kształt irytacji. Podszyta zazdrością złość uleciała wraz z przerwanym połączeniem. Zaledwie przepłukał twarz, rzucił się na materac i niemal natychmiast zasnął.

Śnił mu się jakiś wypadek na budowie, plamy krwi przy betoniarce i Biłża, który stał nad nim z bandażem i opatrunkami. Kiedy przewrócił się na drugi bok, Biłża nagle zmienił się w szarżującego nosorożca, a Berlin w Australię wymalowaną na ścierce. Stojąc z pozbawioną amunicji strzelbą w dłoni Mateusz usiłował wystrzelić, ale nie potrafił. Kiedy nosorożec dosłownie przeleciał pędem przez jego wnętrze skrzywił się niemiłosiernie. Zadzwonił budzik. Wstając z łóżka poczuł ulgę.

Wziął prysznic, założył wisiorek od Anety (a niech tam!!!), ubrał się w garnitur, zamknął mieszkanko na klucz i pojechał do biura. W metrze było tłoczno, ale cicho. Niemal każdy z podróżujących osłaniał niewyspane oblicze białą płachtą gazety. Jedynie pięć zakwefionych Turczynek wpatrywało się w mijane kilometry cegieł, neonów, stali, żelaza i szkła. Mateusz poszedł za ich przykładem, ale nie potrafił uwolnić się od kłębiących się myśli. Powtórzył po cichu najważniejsze przykazania: Nie myśleć. Nie analizować. Nie uczestniczyć. Nie dyskutować. Nie mieszać się. Nie krytykować. Nie potakiwać. Nie brać. Nie dawać. Nie dawać się. Dekalog kapitulanta. Zapowiedziano jego stację. Wstał z miną faceta, który mieszka w Berlinie od zawsze i poczekał aż automatyczne drzwi wypuszczą go na zewnątrz.

❄ ❄ ❄ ❄ ❄

W baraku był już komplet. Wszyscy kłębili się w prowizorycznym sekretariacie. Oprócz Kłoska przebywało tam pięć innych osób. Całe towarzystwo przygotowywało się do pracy, przekładając papiery z lewa na prawo i popijając lurę serwowaną darmowo z ekspresu. Na widok Mateusza Kłosek zdobył się na coś w rodzaju przemowy powitalnej.

– Aaa, witamy nowego pracownika. Wilkommen, że tak powiem. Jak się spało?

– Świetnie. – Mateusz mimowolnie skrzywił się na myśl o szarżującym nosorożcu.

Kłosek na ile tylko potrafił, usiłował pełnić obowiązki wprowadzającego. Przedstawił Durskiego uzbrojonym w papierowe kubki ludziom. Nastąpiły uściski wilgotnych rąk i słowa powitania wypowiadane ze sztampową bezbarwnością. Po pewnym czasie Mateusz zaczął rozpoznawać współtowarzyszy i kojarzyć konkretne nazwiska z osobami. Odróżniał mizernego, sprawiającego wrażenie ciągle przerażonego inżyniera Runickiego od Giezy, milczącego i ponurego szefa biura, urzędniczą jąkałę pod tytułem Sztaba oraz brzydką sekretarkę o krzywych nogach i mało wyszukanym imieniu Andzia.

– To nasza Pamela Anderson – zagalopował się Kłosek.

– Ależ panie Włodku… – Andzia nie mogła odpowiedzieć nic innego, a Mateusz, czując jej zażenowanie pomyślał, że kiedyś uważał za mało atrakcyjną swoją Anetę. Teraz przepraszałby ją za to na kolanach.

I tyle… żadnych pączków ani kanapek, żadnych fałszywych uścisków rąk, żadnego składkowego bankieciku. Równo z wybiciem siódmej trzydzieści wszyscy rozpełzli się do naznaczonych cierpieniem rutyny zajęć.

Pierwszy dzień niewoli minął Mateuszowi na sprawach porządkowo-organizacyjnych. Zauważył, że choć tytularnie jest majstrem, to tak naprawdę z samą budową nie będzie miał najprawdopodobniej zbyt wiele do czynienia. Powód był prosty, poza Giezem, nikt nie potrafił swobodnie rozmawiać po niemiecku. Przeważnie gdy dzwonił telefon, sekretarka z oznakami paniki w oczach ograniczała się do kurtuazyjnych zwrotów typu „dzień dobry", „proszę" czy „dziękuję" i szybko przekazywała słuchawkę najbliższemu pracownikowi. Ale sprawnie parzyła kawę i potrafiła szybko stukać w komputerową klawiaturę.

Durski zajął miejsce Szeli w jednej z trzech kanciap na obrotowym fotelu vis-à-vis Sztaby i zajął się archiwizowaniem starych segregatorów, zgodnie z zaleceniem Gieza. Ten zresztą wkrótce został wezwany przez niemieckiego odbiorcę robót i musiał opuścić biuro.

Archiwizowanie szło na tyle gładko, że wkrótce między Mateuszem a wypełniającym bliżej nieokreślone podania Sztabą nawiązała się konwersacja. Pełna dystansu, wzajemnych obaw i niepotrzebnej ostrożności.

– To o której mamy przerwę? – Tak kretyńskiego pytania Mateusz nie spodziewał się po sobie.

– O dru… druuuuugiej… Tu, w pobliżu jee… jest bardzo dobry keeeebab…

– Tak, Słyszałem.

Cisza.

– Jak pan inżynier chce toooo jaaaaaa mogę pokazać. Zaprooowadzić...

– Świetnie. Dzięki. – Jednego był pewien. Nie pójdzie z innymi jeść tego zasranego kebaba.

– Piiiikantny...

Zza węgła wychynęła głowa Andzi, z ręką uzbrojoną w słuchawkę telefonu.

– Panie inżynierze... Przepraszam bardzo...

Karnie udał się do sekretariatu i odbył rozmowę z urzędnikiem bankowym pytającym zawodowo pewnym siebie głosem o jakieś przelewy. Zgodnie z sugestią Andzi przekazał Niemcowi, że przelewy właśnie zostały wysłane i wrócił do segregatorów. I tak to trwało: segregatory, Andzia, telefon. Archiwizacja, polski, niemiecki. Spacer, postój, spacer. Nawet nie zorientował się, kiedy o czternastej pięć wkraczał z pseudo-kolegą z pseudo-pokoju do tureckiego baru. Zastali tam już Runickiego i Kłoska pochylonych z nabożeństwem nad gorącymi bułkami. Pozdrowili się skinieniem głów. – Polska mafia kebabowa.

– Dwa na ostro – zaordynował Mateusz po krótkiej konsultacji ze Sztabą.

Siedli przy stoliku, uzbrojeni w tekturowe tacki i plastikowe sztućce. Sztaba wgryzł się łapczywie w wypełniony mięsem miąższ i obserwował Durskiego, który po chwili uczynił to samo.

– Pyyyszne, prawda?

Co to za obsesja? Pyszne? Mateusz miał ochotę wygarnąć Sztabie, że byle Turek w Szczecinie robi trzy razy lepsze kebaby. Że wypełniacze są źle doprawione a pieczywo nieodpowiednie. Że knajpa jest obskurna, właściciel niesympatyczny a towarzystwo fatalne.

Już otwierał usta, kiedy znowu odezwał się w nim zdrowy rozsądek i odradził gwałtowne działania. Na dodatek dojrzał w pytającym spojrzeniu Sztaby smutek graniczący z rozpaczą. Zrozumiał, że kebab jest dla tych ludzi jednym z nielicznych, o ile nie jedynym, dowodem bycia kimś w kraju, w którym na co dzień jest się nikim. Plugawy turecki bar zamieniał się w „Ritza", a polskie szaraczki na moment przeistaczają się w szastających walutą japiszonów. Biłża, Sztaba, Kłosek...

– Re – we – la – cja! – Mateusz cmoknął między jednym a drugim kęsem.

– Mówiłem, paaanie inżynierze... Szef to po dwa zaaa... zamawia... – uśmiech rozświetlił twarz Sztaby.

– Dajmy spokój z tymi „panami". Mateusz jestem – wiedział, że to niezbyt elegancko, ale jeśli on nie zrobi tego kroku, jego towarzysz, choć starszy, nigdy się nań nie zdecyduje.

– Zdzisiek... – Sztaba potrząsnął prawicą Durskiego. – Panowie byli kiedyś, ale wyginęli, noooo nie?

To ty powiedziałeś, pomyślał Mateusz, ale odparł:

– No pewno, że tak.

* * * * *

Wrócił do mieszkanka o szóstej wieczorem. Ledwie zdążył umyć ręce, zdjąć ubranie i przebrać się w dres, rozległo się natarczywe pukanie do drzwi. Zdziwiony, posłusznie otworzył.

Te płonące gniewem oczy... ta poważna, skupiona twarz... Ta wygolona głowa... Już je gdzieś widział. Nie zdążył zastanowić się nad szczegółami, bo rosły, umięśniony typ rzucił go o ścianę. Mateusz upadł, tłukąc się boleśnie, ale jego umysł rozpracowywał akurat inne zagadnienie: z autentycznym rozbawieniem zorientował się, że jeszcze nigdy w życiu z nikim się nie bił. Panie i panowie w niebieskim narożniku pretendent Mateusz Durski, zwany Polskim Buhajem: zero walk stoczonych, zero wygranych i zero przegranych. W narożniku czerwonym... No właśnie, kto to u licha jest?

Mięśniak złapał go za koszulkę, postawił na nogi i zamachnął się pięścią. Mateusz nie miał pod ręką ręcznika ratującego bokserski honor. Widząc wiszącą nad sobą pięść pomyślał o wezwaniu policji, Allacha bądź Abdullacha i odruchowo zmrużył powieki. Kiedy spodziewany cios nie nadchodził dłuższą chwilę, zaryzykował i otworzył je ponownie. Napastnik przyglądał mu się z wyraźnym zaciekawieniem.

– To jakaś pomyłka – Mateusz użył najwytworniejszego niemieckiego, na jaki go było stać. Wroga pięść opadła.

– Skąd to masz? – Mięśniak chwycił w palce wisiorek od Anety. Oglądał go pod światło, ważył w dłoni.

– Możesz sobie wziąć... To nic nie warte...

– Jak dla kogo – nieznajomy uspokoił się całkowicie. – Skąd to masz? – Powtórzył.

– Od dziewczyny... Na szczęście.

Intruz podniósł ręce do góry, po czym odsunął się od Mateusza.

– Brałeś dziś rano prysznic?

– Nie rozumiem... – Durski zaczynał obawiać się propozycji randki.

– To proste... Mieszkam pod tobą. Zalałeś mi cały pokój. Wszystko tam pływa. Abdullach nic nie mówił ci o prysznicu?

Ach, więc o to chodzi! Przynajmniej wiedział na czym stoi.

– Owszem, brałem prysznic. Nie miałem pojęcia o tym, że jest zepsuty... Abdullach coś mówił, ale nic z jego gadki nie zrozumiałem... Przepraszam...

– Jeśli tak, to nie ma o czym mówić – wygolony kiwnął głową. Coś na kształt smutnego uśmiechu przemknęło mu przez oblicze.

– Podejrzewałem mały sabotaż. Już parę razy specjalnie mnie zalewali. A Abdullachowi nie chce się uczyć niemieckiego... Jestem Arne, teraz to mnie jest głupio. – Jeszcze jedna ręka wyciągnięta do zgody.

– Mateusz... Nic się nie stało.

– Skąd z takim akcentem?

– Z Polski.

– Polak? – Arne świdrował go wzrokiem.

– Najprawdziwszy.

– Od dawna w Berlinie?

– Od wczoraj.

Arne wydął wargi. Pokiwał głową. Szerokim gestem wskazał wisiorek na szyi Mateusza.

– Noś go. Na pewno przyniesie ci szczęście.

Dziennik Arnego

Gwałtowna rozmowa z Haraldem... Argumenty i kontrargumenty. Chodzenie z kąta w kąt, przeżuwanie i obwąchiwanie trudnego tematu. Picie wódki, chłeptanie kawy. Wielkość poplątana z małością. Własne rozdęte ego w konfrontacji z hierarchią organizacyjną.

Harald przedstawił mi imponujące osiągnięcia monachijskiej delegatury Naszej Wspólnoty. Pokazał zdjęcia i dane statystyczne: czterokrotny wzrost liczebności, ogłoszenie kilku bawarskich enklaw czystymi rasowo, zdjęcia z masówek gwałtownie rozpędzanych przez policję. W planach mają witrynę internetową, gazetki, gadżety... Chcą uruchomić wytwórnię płyt z muzyką narodową. Jest, rzecz jasna druga strona medalu: pałki, gaz, aresztowania. Sam Harald sześciokrotnie zmieniał miejsca zamieszkania. Ale trud nie idzie na marne.

Nie mogłem przedstawić mu jakichś oszałamiających wyników. Region berliński od lat jest czerwono-różowym królestwem i nic na to nie poradzę. Tutaj, w cieniu Bramy Brandenburskiej, nad grobami germańskich bohaterów odbywa się socjalistyczny karnawał. Proletariuszy wszystkich krajów zastąpili socjalni liberałowie.

Ale przecież i my mamy swoje skromne osiągnięcia. Choć w ukryciu, to przecież istniejemy i działamy. Prowadzę nabór, z trudem tłumacząc garstce zapaleńców, że można i należy zmieniać świat. Czasami za wszelką cenę.

Cena, o której mówił dość ogólnikowo Harald, to najprawdopodobniej cena wielu istnień; być może i mojego. Nie zostałem wtajemniczony w szczegóły. Mam siedzieć cicho i czekać na znak.

Noc spływa na miasto, zastaje mnie gryzmolącego coś na kartce papieru i okrywa swoim purpurowym całunem. Jest już późno, może nawet za późno...

Błogosławiona noc niemiecka z jej wszystkimi odmianami: spektakularną nocą frankfurcką, słodką nocą weimarską, rozsądną nocą stuttgarcką, majestatyczną nocą monachijską... A noc berlińska? Co to za stwór? Jakimi chodzi drogami? Dokąd prowadzi moje myśli? Ku Nocom Kryształowym, ku Nocom Długich Noży. I jak zwykle się pomylicie.

Kiedyś za czasów profesorowania w gimnazjum, lubiłem pętać się po labiryncie podziemnych sklepów oplatających Europa Center. Takie tam... Księgarnie, butiki, stragany, bary szybkiej i kiepskiej obsługi. Można było spotkać wielu miejscowych oryginałów, dziwki wszelkiej rasy, płci i wieku, alfonsów, szaleńców, kloszardów i milionerów, dla których berlińska noc stawała się mętnym parawanem.

Zawsze, gdy nadchodziła wulgarna pora świtania stawałem przed sklepem. Sklepem niezwykłym. Jedynym. Niepozornym, a przecież najważniejszym. Sklepem płatnerskim, choć ja wolę określenie rycerskim. Stałem tam godzinami i oglądałem miecze. Nie jakieś marne kopie dla turystów, ale prawdziwe repliki. Czegóż tam nie było... Albion nasycony siłami Dobra i Zła, miecz Robin Hooda, dwuręczne stalowe potwory średniowiecznej Europy i wykwintne japońskie brzytwy samurajów. Islamskie szamsziry, sudańskie kaskary i młodsze od średniowiecznych europejskie rapiery. Na głównym miejscu wisiał święty Excalibur, podarowany Lancelotowi przez Panią Jeziora. Miecz, który przyniósł potęgę i chwałę królestwu Artura i który pogrążył się w otchłani wód zaraz po śmierci władcy Kamelotu.

Berlińska noc wzywa. Czas próby już dawno nadszedł, ale nasz niemiecki Excalibur ciągle jeszcze nie wypłynął. Tak, wiem, że Himmler uważał się za personifikację Artura. Że majestatycznie rozpanoszył się na zamku Wawelsberg, gdzie odbywał narady i przyjmował zakutych w zbroje towarzyszy w sali z okrągłym stołem. Że na ścianach widniały trupie główki z mundurów poległych w walce o Rzeszę braci czarnego zakonu, a w pomieszczeniu panowało dostojeństwo półmroku. I że jedynie dwunastu generałów SS miało zaszczyt siadania w magicznym kręgu, zaś na środku stołu tkwił płonący lampion ze świętym nieśmiertelnym aryjskim ogniem, który oświetlał ich kamienne twarze.

Bufonada? Maskarada? Kpina? Chyba jednak tak. Bo przecież faktem jest, że Himmler był osobnikiem głupim, tępym i okrutnym. Że masowo wysyłał ludzi na śmierć. Że takiej łachudrze wara od Excalibura. Ale przynajmniej próbował. Pokracznie i potwornie. Ale próbował. My nie czekamy na Himmlera. Raczej na kogoś, o kim pisał młody Goebbels:

„Siedzę w sali, w której nigdy wcześniej nie byłem. Pośród nieznanych mi ludzi. Większość z nich biednie, źle ubrana. Robotnicy, żołnierze, urzędnicy, studenci. Zaledwie zwracam uwagę na człowieka, który staje na końcu sali i zaczyna mówić.

I nagle fala słów. Nad mówiącym rozbłyska światło. Słucham go i jestem urzeczony. Honor! Praca! Sztandar! Czy te słowa mogą mieć jeszcze jakikolwiek sens dla ludu, którym Bóg przestał się interesować?

Słuchacze są rozpaleni. Nadzieja rozświetla szare twarze. Ktoś zaciska pięści, ktoś inny wyciera pot z czoła. Stary oficer płacze jak dziecko. Czuję gorąco, a potem lodowaty chłód.

Nie wiem co się ze mną dzieje. Zdaje mi się, że słyszę łoskot dział. Kilku żołnierzy podrywa się z krzeseł krzycząc „Heil!" i nikt nie wydaje się tego zauważać. Ci, którzy mnie otaczają, nie są już obcy. Są braćmi. Idę w stronę podium, żeby zobaczyć z bliska oblicze tego człowieka. To już nie mówca, to prorok! Pot zalewa mu twarz trupiobladą, w której żarzy się tylko dwoje rozgorączkowanych oczu. Tak jak w godzinie sądu ostatecznego jego słowa grzmią, zdanie po zdaniu.

Nie wiem, co robić. Zdaje mi się, że oszalałem. Zaczynam klaskać i nikt nie jest tym zdziwiony. On, z wysokości podium spogląda na mnie. Jego błękitne oczy przeszywają mnie jak płomień i odczuwam rozkosz."[2]

Dopiero w pięć lat po proroczym widzeniu Goebbelsa w polityce Niemiec pojawił się Hitler... Ale i on nie był godzien łaski Pani Jeziora. Zaczął dobrze, skończył fatalnie.

Opary berlińskiej nocy... Parę tygodni przed złożeniem rezygnacji z pracy byłem na Wawelsbergu ze szkolną wycieczką. Sala Himmlera była zamknięta dla zwiedzających, ślady historii zatarte, na podzamczu wzniesiono kompleks rozrywkowy dla nowoniemieckich przygłupów. Mnie pozostały wędrówki po lochach Europa Center.

Stojąc przed wystawą rycerskiego sklepiku nieraz błogosławiłem jego brodatego właściciela, który Excaliburowi przypiął metryczkę „nie na sprzedaż". Śniłem o mieczu wychylającym się z brudów Szprewy i o cięciu, za pomocą którego należałoby pozbawić cuchnącą hydrę wszystkich jej haniebnych głów. Ale póki co burmistrzem Berlina jest homoseksualista i plakaty krzyczą że to właśnie jest „okej".

2] Marek Tabor, *Ezoteryczne źródła nazizmu*, Fundacja Brulionu, Kraków-Warszawa 1993

Pierwsza w nocy. Patrzę w krzywe lustro szyby i widzę samotnego faceta w zalanym wodą mieszkaniu. Faceta, który zadaje pytania. Co gorsza, ten facet zna większość odpowiedzi. Mamy tutaj własną rewolucję, a gra idzie o ostateczną stawkę. Pytania, wyrzuty, głosy... Jeszcze można zawrócić, ale nie ma dokąd. Można odlecieć do ciepłych krajów, ale nie ma z kim. Możnaby zapomnieć, ale trzebaby się zeszmacić.

Czy wobec całej mojej pisaniny wychodzę na nazistę? Faszystę? Totalistę? Nie pytam was, zmiękczonych medialnie pachołków, nadętych dziennikarskich bufonów i oszukanych na starcie najemnych mułów. Pytam siebie, bo jestem poetą własnej tajemnicy. I tylko odpowiedź dana samemu sobie może o czymkolwiek zadecydować.

Karol spytał kiedyś czy jestem wierzący. Uważam, że jestem. Przez świętej pamięci rodziców zostałem wychowany na rzymskiego katolika i choć nie regularnie, to staram się chadzać do kościoła. Uznaję prymat Papieża i Jego nieomylność w sprawach wiary. I jakkolwiek by to śmiesznie nie zabrzmiało w świetle tego, co dotąd naskrobałem, usiłuję dzień po dniu napełniać osobisty Dekalog wiarą i nadzieją. Taka postawa całkowicie wyklucza się z faszyzmem, który nienawidził księży, wiary i Boga, który wprowadził pokrętne socjalistyczne święta ludu i posługiwał się pogańską symboliką.

Owszem, interesuje mnie Hitler, tak jak zoologa interesuje rzadka odmiana jakiegoś gatunku zwierząt. Mało tego, fascynują mnie losy tego ambitnego człowieka, który zaczynając od zera doprowadził ojczyznę do niewidzianej przedtem potęgi. Powiem więcej, pewne aspekty działalności Hitlera do roku 1939 popieram z całego serca. Potrafił zahamować marazm gospodarczy i mentalny, dał ludziom pracę a Narodowi nadzieję. Jakże słusznie potępiał demokrację, ów ustrój miernot i meneli, królestwo obłudy i fałszu, w którym naiwni ludzie tumanieni ułudą wolności fabrykowanej w manufakturach manipulatorów, wykonują bezwolnie czynności narzucane ich podświadomości. Pamiętajcie zatem, smętne robaczki: harujcie pięć dni jak woły, potem jedźcie na weekend do Holandii, skoczcie na grilla do ciotki, na piwko do gospody, albo na amerykański film do kina. Broń Boże nie czytajcie, nie dociekajcie, nie wchodźcie głębiej. Ciułajcie pieniądze, ubezpieczajcie się i terminowo wracajcie do pracy, by ciągle powiększać nieznany bliżej majątek ponadnarodowej firmy, której wirtualne pieniądze fruwają w powietrzu, a siedziba jest nieznana. A kiedy wreszcie zostaniecie wyrzuceni na bruk i otrzymacie pozłacany zegarek albo lornetkę, albo tylko niedbały uścisk dłoni jednego z szefów, to wasza bezradność będzie miarą mojej nienawiści do diabelskiego ustroju, którego sami jesteście bezmyślnym fundamentem.

Nie mogę sobie zarzucić sprzyjania faszyzmowi również dlatego, iż nigdy nikogo bez powodu i dla własnego widzimisię nie uderzyłem, o zranieniu czy zabiciu nie wspominając. Nie potrafiłbym pewnie zabić bezpańskiego psa czy kota. Żeby jednak być tak do końca precyzyjnym i szczerym, pozwolę sobie nadmienić, że nie mam złudzeń: nadchodząca walka wymaga krwi i krew się poleje. Ale to dwie diametralnie różne kwestie: osobisty dystans do przemocy a jej kreowanie.

Podziwiam czasami terrorystów obwieszonych granatami, bądź chętnych do ginięcia w imię sprawy żołnierzy. Podziwiam samobójców skaczących z niebotycznych mostów i kochanków podcinających sobie żyły. Podziwiam szeregowców, niemniej samego siebie kreuję na lidera. Na szefa. Na dowódcę. Na wysyłającego w bój. Jeśli prawdą jest, że dla przeprowadzenia udanego powstania potrzeba jest myślicieli i chuliganów, to ja zaliczę siebie w szeregi tych pierwszych. Tutaj grzeszę pychą i wiem, że kiedyś za nią odpokutuję.

Myślę, że nie mogę być faszystą, bo nie czuję nienawiści do Żydów. W dodatku nie kwestionuję Holokaustu, ani nie sprzeczam się o liczby. W tych sprawach staram się być zawsze zdroworozsądkowy do bólu. Jestem ślepy na kolory skóry i dzielę świat na bydlaków, herosów i przeciętniaków, nie na Żydów, Szwedów czy Chińczyków. Zawsze nazwę żydowskiego bydlaka bydlakiem, tak jak niemieckiego szubrawca szubrawcem. Podobnie będzie z jednostkami wybitnymi: trafiają się pośród nich przedstawiciele wszystkich nacji. Nie zmienia to w żadnym stopniu mojego krytycznego poglądu na kwestię potężnego obelisku ku czci ofiar Zagłady wznoszonego w centrum miasta. Nie kwestionuję zasadności jego powstania, jedynie jego gabaryty.

Nieprawdą jest, iż nie przepadam za obcokrajowcami. Nie przepadam jedynie za obcokrajowcami łamiącymi prawo, którzy potem ustami niemieckich prawników winę za prawomocny wyrok sądu zwalą na niemieckich rasistów. Nigdy w życiu nie pozbawiłbym tych ludzi ani życia ani dobytku, tylko dlatego że nie są Niemcami. Niechże nasi goście żyją wtopieni w niemiecką społeczność, cieszą się owocami uczciwej pracy, przeżywają swoje małe zwycięstwa i porażki. Ale niech przybywając tutaj szanują zwyczaje gospodarza domu, wszakże my odwiedzając meczety zdejmujemy buty...

Byłbym zapomniał... Poznałem dzisiaj Polaka. Tak, Polaka z Polski. Myślałem, że zalał mi celowo mieszkanie. Chyba ogarnia mnie mała paranoja. Złapałem faceta, trochę go spomiewierałem. Potem okazało się, że gość jest zupełnie niewinny, dopiero co przyjechał pracować do Niemiec. W dodatku na szyi miał wisior z celtyckim krzyżem. Mówi, że dostał od dziewczyny. Kto go wie, może i tak było...

Zastanawiam się, czy cokolwiek wiem o Polsce? Mają Papieża, mieli kilku niezłych piłkarzy. Podobno napadli na jedną z naszych radiostacji, wywołując II Wojnę Światową. Przypominam sobie, jak w jakimś filmie na temat Goethego w odniesieniu do Polaków padły słowa: „niepoprawni romantycy". Ale wygląda na to, że tu, do Berlina, przebył jakiś mało romantyczny szczep: nasi Polacy znani są niemal wyłącznie ze złodziejstwa, brudu, daru do kombinowania i pijaństwa. Niemniej temu z celtyckim krzyżem na szyi dobrze patrzyło z oczu. Zawstydzony własnym wybuchem, w przypływie dobrego humoru, zaprosiłem go na piwo. Teraz ociupinkę żałuję tej pochopnej propozycji, ale odkręcać nie będę. Co ma być będzie, a co z tego wyjdzie – zobaczymy.

Szare dni i czarne godziny

Mijał drugi miesiąc kontraktu i Berlin stawał się powoli miastem Mateusza. Lubił przychodzić piątkowymi wieczorami w okolice Prenzlauerbergu by obserwować kipiący ferią barw i neonów organizm. Knajpy i kluby wypluwały z przepastnych wnętrz raz po raz kolejne grupy żądnych atrakcji turystów przemieszanych z tubylcami. Stacje benzynowe i sklepy całodobowe wabiły przechodniów zapachem, kształtem i bogactwem. Każdego takiego wieczoru Mateusz czuł jak serce przepełnia mu nieznana wcześniej radość, a duszę ogarnia spokój. Berlin należał tylko do niego. Stał na tarasie gwarnej kawiarni i przymykając oczy wdychał zapachy i łowił dźwięki. Nie dbał ani o kraj, który zostawił, ani o rodziców, ani o Anetę, która nagle zaczęła wydawać mu się odległa. Rozmawiali kilkakrotnie przez telefon, dowcipkowali, wyznawali sobie zwyczajowo miłość, ale „kocham cię" Mateusza nie odbiegało od tonu, jakim zamawiał kebaba w tureckim barze. Także dwie krótkie konwersacje z matką odarte były z wielkiej tajemnicy, jaka przeważnie łączy synów z matkami. Ojciec, zapiekły w skorupie rozdętego „ja" w ogóle nie miał zamiaru fatygować się do telefonu. Musiał znów coś nabroić, bo matka cichym głosem skarżyła się Mateuszowi, że chcą im odłączyć media. Winni byli jak zwykle „oni".

Niemcy otuliły Polaka trójkolorową szatą tłumiącą krzyki i zagłuszającą wszelkie wątpliwości. Życie na eksporcie podzielił na dwie nierówne części. Oficjalną, zawierającą punktualne uczęszczanie do pracy, odkładanie zarobionych co tydzień pieniędzy i unikanie biurowych sporów oraz bardzo prywatną, wręcz intymną polegającą z grubsza na włóczędze po labiryncie metropolii. Początkowo ograniczał się do zamieszkiwanego przez siebie kwartału, ale już po kilku dniach począł zapędzać się coraz dalej i głębiej.

Nie szukał towarzysza wypraw, zresztą jego niemal jedyni znajomi, krajanie z budowy, serdecznie nienawidzili miejsca jak to określali „zsyłki". Jedli makaron dnia codziennego zwyczajowo doprawiany polskimi przysmakami zawiści, złości i chamstwa. Ich Berlin był przedsionkiem piekła Dantego, miejscem, gdzie należało czynić pokutę za błędy europejskiej cywilizacji. Zgodnie z proroctwami Biłży, nikt z pracujących na wydmie Polaków nie wyściubiał nosa spoza trójkąta: robota – wyro – tani sklep. Durski bardzo szybko odkrył, iż w baraku-biurze nie znajdzie sojusznika i zaraz przypomniał mu się dyszący smrodem gawron ze szczecińskiego biura projektów. Trochę cieplej myślał jedynie o Kłosku, człowieku otwartym i mimo oczywistych braków, niegłupim oraz szczerym szczerością naiwnego dziecka. Pewnego popołudnia przeszli ze sobą na „ty".

* * * * *

Zdecydowanie największą niespodzianką tamtych wiosennych dni stała się dla Mateusza znajomość z Arne. Propozycja chmurnego Niemca dotycząca wspólnego wypadu na piwo zaskoczyła go i przestraszyła do tego stopnia, że… na nią przystał. Nie wiedział co go czeka i nie miał ochoty pakować się w żadne problemy, toteż zwlekał tak długo jak mógł, z wyznaczeniem konkretnego terminu. Starał się unikać sąsiada i wziąć go na przetrzymanie. Nasłuchując odgłosów na klatce schodowej, przemykał na palcach po stopniach, zamykał bezszelestnie drzwi, ale Arne, widocznie zajęty własnymi sprawami ani go nie nagabywał ani nie ścigał. Durskiemu zrobiło się głupio i wstyd. Kiedy już myślał o oficjalnych przeprosinach, z opresji wybawił go przypadek. Któregoś dnia Mateusz wpadł na sąsiada w wagoniku metra.Tam, już bez ceregieli i przy licznych świadkach ustalili datę spotkania.

Umówionego dnia, w drugi czwartek kwietnia, punktualnie o siedemnastej zero zero, Mateusz, w dżinsach i czerwonej koszulce z azteckim wzorem zbiegł po schodach do mieszkaniu Arnego. Ten musiał czatować z uchem przy drzwiach gdyż, ponury jak zwykle i cały w czerni, powitał go na klatce schodowej. Polak usiłował choćby kątem oka zerknąć na mieszkanie tajemniczego sąsiada, ale nie powiodło się, zajączki puszczone przez tafle wyglansowanych na wysoki połysk szyb sprowadziły nań chwilową ślepotę.

Spojrzeli sobie w oczy. Mateusz zareagował tak szybko jak tylko mógł.

– Już po powodzi? – Ruchem głowy wskazał drzwi.

– Proszę? Och... – Arne machnął ręką. – Nie przesadzajmy z tą powodzią. Sufit trochę namókł w rogu i tyle...

– Jeszcze raz przepraszam... Usterkę już usunęliśmy z Abdullachem.

– Bomba! Ruszamy?

Jasne.

Taksówką popłynęli w nieznanym Mateuszowi kierunku. Mijali kolejne przecznice i kwartały w rytm piosenek Eltona Johna emitowanych z odtwarzacza, którego właścicielem musiał być sam... Elton John. Przynajmniej takie można było odnieść wrażenie. Kierowca wyglądał na z lekka pomylonego fana Anglika. Miał odpowiednio spreparowaną łysinę z dobrych dawnych czasów, kiedy młody Elton wyglądał jeszcze staro, zakrywające pół twarzy okulary w pomarańczowych grubych oprawkach i spodnie, jakich produkcji zaprzestano przed naszą erą. Jedną ręką nonszalancko prowadził auto, drugą beztrosko wystukiwał rytm każdej kompozycji. Zdjęcie Eltona dyndało pod wstecznym lusterkiem, a tam gdzie bogobojni kierowcy mocują statuetkę Matki Boskiej tkwiła osadzona pewną ręką miniatura z modeliny przedstawiająca artystę przy fortepianie.

Durski wydął wargi w bezradnym geście podziwu pomieszanego z lekceważeniem i zerknął przez ramię; interesowało go czy te okoliczności przyrody śmieszą Arnego. Ale wydawało się, że Arnego nie potrafi rozśmieszyć nic. Siedział wyprostowany, z twarzą, na której nie malowały się żadne emocje.

Ciekawe, dokąd jechali? Polak zaczął poddawać się domysłom. Gdzie takie przyjemniaczki spędzają wolny czas? Przy czwartej piosence doszedł do wniosku, że zostają dwie opcje: ponury, ciemny klub rockowy pełen odzianych w skóry, naćwiekowanych, chłepcących wódę „niezależnych", oddających się porywom ekstazy w rytm zespołu tworzącego muzykę przy użyciu betoniarek i kotłów parowych albo intymny burdelik z obracającą się u sufitu kulą i podstarzałą pijaną tancerką egzotyczną gibającą się przy rurze. Tertium non datur. Mateusz nieznacznie przesunął lewą ręką po kieszeni spodni. Z ulgą wyczuł pod palcami banknoty. Wziął ze sobą na wszelki wypadek kilkadziesiąt euro. Nie miał pojęcia jak rozwinie się sytuacja i czy taka suma wystarczy… Co prawda był zaproszony, ale… Nigdy nie ufaj niemieckiej gościnności, bębniła mu w uszach jedna z sentencji ojca.

Dość raptownie przycumowali do portu przeznaczenia. Arne postanowił pełnić honory gospodarza wieczoru, nie znoszącym sprzeciwu gestem odsunął rękę Mateusza uzbrojoną w portfel, zapłacił Eltonowi za kurs, dodał całkiem niezły napiwek, by już po chwili stanąć obok niego przy wejściu do typowej niemieckiej piwiarni. Zaskoczenie malujące się na twarzy Mateusza było aż nadto widoczne.

— Idziemy do środka czy siedzimy na zewnątrz?

– Jak wolisz – Polak przyglądał się wyciosanemu w drzewie staremu herbowi wiszącemu nad kutą z żelaza bramą.

Arne zadarł głowę i przez chwilę lustrował mapę nieba.

– No to do środka. Wygląda na to, że może padać…

– W porządku. – Mateusz z jednej strony ucieszył się, że ominie go dom publiczny, ale z drugiej strony już zaczynał tego żałować.

Ruszyli przed siebie. Knajpa, a w zasadzie hala, była potężna i niemal w całości wypełniona rozbawionym tłumem. Przeważali brzuchaci Niemcy w średnim wieku. Kilku z nich skinęło głową na widok przybyszy.

– Znają cię tutaj…

– Wpadam od czasu do czasu… Chodźmy tam, pod ścianę.

Zasiedli. Nad ich głowami wisiały trofea myśliwskie, obrazki i zdjęcia przedstawiające niemieckie lasy, zamki i miasta, a także fotografie dziewcząt i chłopców ubranych w tradycyjne, ludowe stroje. Za czymś w rodzaju kontuaru, niskiej palisady z opalonych desek muzykowała sześcioosobowa trupa folklorystyczna.

– Jak ci się tu podoba? – Znowu ten przeszywający, palący, intensywny wzrok.

– Bardzo fajnie. – Durski nie zabrzmiał przekonująco. – Ale szczerze powiem, że po tobie spodziewałem się czegoś innego.

– To znaczy czego? Klubu pełnego oszołomów w skórach?

– Tak.

Po raz pierwszy tego wieczora Arne się uśmiechnął.

– Nie przepadam za… – długo szukał określenia, – …nowoczesnością.

– A co lubisz?

– Bo ja wiem? Tradycję. Spokojną atmosferę. I dobre piwo.

– Nie wątpię, że tylko takie tutaj dają.

– I to na trzydzieści sposobów.

W kwadrans później milutka kelnerka ubrana na seksowną bawarską biało-niebieską modłę podawała im litrowe kufle wypełnione po brzegi piwem oraz nieśmiertelną rzepę. Obaj odprowadzili ją wzrokiem.

– Christine... Zajęta. Jest żoną szefa – Arne podniósł kufel.

– Mówią, że z dziewczynami jest jak z miejscami na parkingu...

– ???

– Wszystkie najlepsze dawno są zajęte. Zostały tylko te dla inwalidów.

Roześmieli się. Stuknęli kuflami.

– Zdrowie! – Polak pociągnął potężny haust.

– Poczekaj – Arne odstawił naczynie. – Gdzie patrzysz?

– Proszę?

– Mamy tu taki zwyczaj, kiedy pijesz czyjeś zdrowie, musisz patrzyć mu w oczy. To oznaka szczerości. Przekazujesz wiadomość: nie mam złych zamiarów, nie mam nic do ukrycia. Jestem czysty jak łza.

– Hmmm... coś, jak braterstwo krwi u Indian?

– Taki niewinny rytuał, ale lubię go.

– Owszem, sympatyczny. No to jeszcze raz...

Wypili po łyku spoglądając na siebie. Mateusz odniósł wrażenie, że piwo od razu nabrało większych walorów smakowych. Podzielił się tą obserwacją z Niemcem.

– A widzisz! To tylko sugestia, ale lepiej wchodzi!

– Arne... Można wiedzieć, czym się zajmujesz?

– Uczę w gimnazjum... Historii... A ty?

Mateusz lekko się skrzywił.

– Jestem architektem. Pracuję jako majster na budowie niedaleko Prenzlauerbergu.

– Na której? Tam teraz jest jedna wielka budowa.

– Właśnie gdzieś tam – przywołał na twarz grymas wymuszonego uśmiechu – Stawiamy centrum handlowe.

Tym razem skrzywił się Arne.

– Jeszcze jedno?

– Nie lubisz centrów handlowych?

– Nie lubię zbyt wielu centrów handlowych...

Zapadła krótka cisza. Mateusz zagłębił paznokieć w tekturowym krążku spod kufla.

– W którym gimnazjum uczysz?

– Och... powiedzmy... w markowym.

Zabrzmiało to jak „nie życzę sobie żadnych pytań na temat mojej pracy", ale na całkowity odwrót było za późno.

– Chodziło mi tylko o to czy daleko od naszej kamienicy?

– Dosyć daleko... Można nawet powiedzieć bardzo...

– Rozumiem. Ja mam na budowę dwa przystanki metrem. Zresztą, co ja mówię. Przecież wiesz...

– Zdrowie!

Po dwóch kuflach browaru i półtorej godzinie konwersacji, mieli z grubsza przedyskutowany problem zaniku pozycji klasycznego skrzydłowego w piłce nożnej, zamkniętą kwestię twórczości Spielberga (Arne uwielbiał *Szeregowca Ryana*; Mateusz, kiepski kinoman, pamiętając mgliście sugestie Anety, skłaniał się w stronę *Koloru purpury*) oraz opracowaną w najdrobniejszych detalach taktykę w stosunku do dwóch naprawdę ładnych blondynek siedzących samotnie opodal. Cała taktyka wzięła w łeb wkrótce, do blondynek dosiadło się dwóch wymuskanych absztyfikantów i obrzuciło dziewczyny naręczami róż.

Arne i Mateusz wymienili znaczące spojrzenia.

– Znowu nic z tego? – Niemiecki kompan Durskiego mrugnął doń lewym okiem.

– No właśnie, dlaczego one wszystkie wybierają zawsze takich... takich dupków?

– Bardzo subiektywna ocena, panie M. Zresztą, jeśli dupków wybrały to na nikogo lepszego nie zasługują... Powiedz lepiej jak tam ta twoja dziewczyna... Ta od wisiorka.

– Już nie jest moją dziewczyną. – Wystrzelił zbyt szybko i zbyt gwałtownie. – Przelotna historia – złagodził, zwolnił i wyprostowal. – A ty…?

– Co ja?

Durski kiwnął głową. Doskonale znał odpowiedź na pytanie, na które odpowiedzią było inne pytanie.

– Czyli też nie masz.

– Chwilowo… Od paru lat…

– He he he… Znam ten ból…

– Jakoś nie mogę się zakochać… Jeszcze po jednym?

– Uczciwie ostrzegam, że może nie starczyć mi…

– Nie szkodzi. Ja stawiam – Arne machnął ręką w kierunku „ich" kelnerki. – Christine! Po dużym!

– Dzięki! I przepraszam na moment… Muszę skorzystać.

Czas był najwyższy. Wychodząc z toalety, Mateusz stanął przed długą na kilkanaście metrów ścianą luster. Zerknął na muśniętą pierwszymi oznakami dojrzałości twarz, spojrzał przelotnie na pieprzyk za uchem, wreszcie wyszczerzył zęby w nieszczerym, kłamliwym uśmiechu. Jeszcze przez dłuższą chwilę stał i przyglądał się swojemu odbiciu bez entuzjazmu. Odsunął się od lustra i wyszedł spłoszony nagłym wtargnięciem głośnej watahy pijanych sześćdziesięciolatków.

Kim właściwie jest Aneta? Skarbem czy ciężarem? Wakacyjną przygodą bez happy endu czy wyrzutem sumienia i uosobieniem zemsty poprzednich partnerek? Kulą u nogi czy zbawieniem? Eee tam… Pewnie ani jednym ani drugim. Nie dalej jak parę godzin temu liczył na wizytę między nogami dojrzałej, dobrze zbudowanej prostytutki. Nie dalej jak godzinę temu snuł plany podrywu dwóch nieznanych sobie blondynek. Nie dalej jak kwadrans temu miał ochotę zabawić się z niemal każdą kobietą w tej piwiarni. Co gorsza, ochota nie przechodziła. Na Boga, seks jest potrzebny jak tlen. Przecież chyba żadna z żon tego świata nie ma złudzeń… Na co ona liczy? Bzdura… Po co demonizować miłostkę… Aneta jest po prostu kolejną dziewczyną w długiej kolejce partnerek. Rozmówią się i wtedy zrozumie. A jeśli nie zrozumie? Machnął ręką i zaczął przepychać się w kierunku stolika. Teraz jest w Berlinie. Siedzi z dziwnym Niemcem i pije pyszne piwo. Obserwuje nieznajome dziewczyny. Rozmawia o futbolu i dupie Maryni. Teraz jest dobrze.

– Christine pytała o ciebie – na jego widok Arne ruszył znacząco brwiami.

– Zalewasz… – Odsunął krzesło i opadł na nie ciut za szybko. Czyżby alkohol zaczynał już działać?

– Ani trochę… Podobasz się jej.

Mateusz przybrał minę niewiniątka, ale oblał go rumieniec zadowolenia..

– Ona też jest niczego sobie.

– I dobrze o tym wie.

Wypili patrząc sobie w oczy.

Tymczasem palisadę dla muzyków ogarnął półmrok, który rozpełzł się wkrótce po całej sali. Na pierwszy plan wysunęła się młodziutka, może szesnastoletnia grubawa dziewczyna. Zespół umilkł, jedynie stary, siwiutki jak gołąbek akordeonista położył dłonie na klawiszach instrumentu. Gdy tylko rozbrzmiały pierwsze dźwięki i dziewczyna zaśpiewała w piwiarni zrobiło się cicho. Smętna, wpadająca w ucho melodia rozsiewała wokół ziarna niewypowiedzianego bólu, tęsknoty i smutku.

Vor der Kaserne
Vor dem großen Tor
Stand eine Laterne
Und steht sie noch davor
So woll'n wir uns da wieder seh'n
Bei der Laterne wollen wir steh'n
Wie einst Lili Marleen.

Stopniowo, twarze berlińskich piwoszy ogarniała postępująca nostalgia. Przerwano toczone rozmowy i spory. Błyszczące oczy anonimowych ludzi szukały w ciemnościach przyczyn, dla których życie każdego z obecnych potoczyło się tak, a nie inaczej. W stożkowatych snopach świateł przemieszanych z kłębami dymu widać było krótkie jak myśl urywki filmów emitowane przez podświadomość słuchaczy. Ostatnie takty utworu zbiegły się z potężną owacją. Kiedy ta umilkła, piwiarnia wróciła jak gdyby nigdy nic do poprzedniego stanu. Za palisadą rozbłysło światło, a smutni bohaterowie na powrót przeistoczyli się w wesołych herosów.

Durski odczuwał coś, czego przeważnie starał się nie zaznawać. Emocje.

– Co to było? – Zwrócił się do Arnego.

– Lili Marlen... Witaj w Niemczech.

Zakończyli biesiadowanie grubo po jedenastej. Kiedy w drodze powrotnej taksówka przecinała jedną po drugiej tętniące życiem przecznice, Mateusz z niekłamaną wdzięcznością pomyślał o ojcu. Poczciwy staruszek, gdyby nie jego germanofobia, nigdy nie zrobiłby mu na złość i pewnie po dziś dzień tkwiłby w Polsce. W Polsce, czyli nigdzie...

Bezczelnie wykorzystał gościnność Arnego do końca, pozwalając zapłacić i za powrotny kurs. W drodze do klatki schodowej wciąż pogwizdywał wciśniętą w zakamarki mózgu melodię z piwiarni.

I wtedy Arne przystanął. Przystanął i zaśpiewał. Cicho, ale stanowczo. Pogodnie, lecz z naciskiem. Bez cienia fałszu.

Auf dem Atlantik,
Auf dem weiten Meer,
Schwimmet unser U-Boot
So langsam hin und her,
Und wenn wir denn auf Tiefe gehn,
So habęn wir meistens was gesehn,
Wie bei dir, Lili Marlen

Mrugnął znacząco do Mateusza.

– Kiepski ze mnie Pavarotti…

– Nie pamiętam tej zwrotki z knajpy…

– Nie możesz. Ta zwrotka, powiedzmy… niechętnie jest widziana w publicznych miejscach.

– Skąd ją znasz?

– Wszyscy ją znają. Tylko nie każdy chce ją śpiewać.

– Przecież tam nie ma nic zdrożnego, o ile mój niemiecki jest jeszcze jako taki?

– Chodzi o niemiecki Niemców.

Mateusz wydął wargi. Przebiegł mu przez twarz błysk zrozumienia.

– Taki pożytek z uczenia historii?

– Jedyny.

– To był naprawdę… – Szukał odpowiednich słów – …ważny wieczór. I miły. Następnym razem ja zapraszam.

Arne machnął beztrosko ręką. W chwilę potem każdy z nich zamknął się w swoim pokoju.

* * * * *

Mateusz nie mógł usnąć. Wiercił się i kręcił. Wstawał z łóżka, popijał wodę, wyglądał przez okno i kładł się z powrotem. Zmieniał pozycje, zaciskał oczy, uspokajał oddech. Wreszcie chwycił się ostatniej deski ratunku: zaczął powtarzać w myślach nudne jak flaki z olejem matematyczne wzory i definicje, sprawdzony sposób na zniechęcenie opornej żywotności organizmu. Ale i ta kuracja nie pomagała, jakaś siła dosłownie wyrzucała go z pościeli. Wypity alkohol potrącił struny starego niepokoju, przyspieszone tętno tłoczyło do mózgu poplątane myśli. Natrętne obrazy wyuzdanej Anety mieszały się z fantazjami oddającej się mu na zapleczu piwiarni jędrnej Christine. Spocony i zły, zerwał się na równe nogi i zapalił światło. Rzucił okiem na cyferblat zegarka. Dochodziła druga.

Trudno, polezie do roboty nieprzytomny. Nie wiedział, co chce robić. Wiedział tylko, że nie chce spać.

Berlin już spał. Mateusz przyłożył czoło do ulotnego chłodu szyby. Wpatrywał się w świecące latarnie, szukając uspokojenia. Potem siadł przy biurku, wyciągnął długopis oraz czystą kartkę papieru i napisał list do Anety.

Anetko Droga,

jest siedemnasta dwanaście, dziś (wyjątkowo) już po pracy. Słońce, choć coraz niżej horyzontu, grzeje niemiłosiernie. Siedzę wygodnie, zapadnięty głęboko w wiklinowym fotelu na tarasie vis-à-vis Hotelu Kempinski. Popijam Pina Coladę Strawberry (tego mnie tu nauczyli smakować) i obserwuję zgrabnych, wysportowanych chłopaków podwożących smukłymi kabrioletami piękne dziewczyny. Przed moimi oczami rozgrywa się akcja jakiegoś fantastycznie barwnego filmu, znacznie ciekawszego niż te, na które chadzaliśmy w Szczecinie. Mam nadzieję, że się nie obrazisz.

Berlin podnieca mnie tak jak twoja czerwona sukienka wtedy... Pamiętasz? Doprawdy trudno oddać słowami to, co tu przeżywam... Czuję się wyzwolony, u ramion mam skrzydła a pod stopami nieśmiertelność. Świat należy do mnie. Do mnie i do Ciebie. Bo liczę na to, że już niedługo się zobaczymy.

W Szczecinie niby było wszystko, ale tak naprawdę nie było niczego (poza nami i smaczniejszymi kebabami oczywiście). Tutaj niemal każdy przedmiot, każde zjawisko, każdy człowiek jest taki sam jak u nas w Polsce, ale nie do końca. Nie potrafię tego wyrazić słowami, jestem tylko przeciętnym architektem a nie jakimś tam myślicielem.

W biurze jak w to w biurze, odwalam za półgłówków całą czarną robotę. Gdybym napisał Ci bliżej o układach i układzikach, jakie tu panują między Polakami, ze wstydu chciałabyś zapaść się pod ziemię. Ja też mam czasami takie odruchy. Ale co zrobić – pracować trzeba. Gra jest warta świeczki.

Coraz poważniej myślę o dużym apartamencie bez ścian działowych z wanną wpuszczoną w podłogę. Przypominasz sobie jak w Szczecinie urządzaliśmy go w marzeniach? Teraz mogę po cichutku powiedzieć, że tu, w Berlinie marzenia są po to żeby je realizować...

Zamyślił się głęboko. Potem odłożył długopis na bok i staranie przedarł kartkę na pół. Kogo tak naprawdę chciał oszukać tą mieszaniną kłamliwej bufonady, pozerstwa, nieuzasadnionej megalomanii i przypudrowanej lukrem czułych słówek niechęci? Jakież plany miał prawo snuć po dwu miesiącach pracy i trzech piwach postawionych przez gościa, który niedawno chciał mu rozkwasić gębę? To trzeba zrobić inaczej. Bardziej radykalnie i bardziej uczciwie. Przede wszystkim uczciwie.

Na kolejnej płachcie papieru skreślił:

Aneto,

piszę, bo dłużej tak nie można. Gadamy ze sobą przez telefon, wymie niamy co drugi dzień pozdrowienia, przesyłamy całusy, a ja czuję się coraz bardziej podle. Wiem, że mnie kochasz. Nie pragnąłbym niczego innego jak tylko tę miłość odwzajemnić. Ale czy to moja wina, że jestem takim sukinsynem jakim jestem? Może to wina moich rodziców, może mojego charakteru. Nie wiem, jestem tylko prostym architektem a nie żadnym myślicielem.

Prawda jest taka, że Cię nie kocham, Aneto. Próbowałem, ale po prostu nie potrafię. A ja muszę kochać, żeby nie mieć wyrzutów sumienia w stosunku do drugiej osoby. Szczególnie takiej, którą cenię tak jak Ciebie.

Nie będę dorabiał żadnej ideologii do tego, co przed chwilką napisałem. Jestem wypalony, zmęczony, jak tam tylko chcesz… Może będzie dla Cie bie jakimś pocieszeniem fakt, że jestem sam. Mam dość romansów. Póki co, chcę skupić się na pracy i karierze. Na razie nie chcę opuszczać Berlina.

Wiem, że jesteś zbyt ambitna nu to by pozostać moją przyjaciółką. Niemniej proponuję ci przyjacielski układ. A wybór należy do Ciebie. Masz najświętsze prawo uważać mnie za skurwysyna. Przepraszam…

M.

p.s. Wisiorek noszę. Już raz przyniósł mi szczęście.

Wściekłym ruchem zrzucił kartkę z biurka na podłogę. Papier sfrunął mu pod nogi. Znowu kłamstwa, tyle że mniej i lepiej podane. Przecież on tak z ręką na sercu ani nie uważał się za sukinsyna, ani nie próbował kochać Anety, ani przez głowę nie przechodziła mu myśl o wypaleniu. Co zaś do kobiet, to rajcowały go jak nigdy przedtem.

Podniósł list z podłogi. Raz jeszcze przebiegł jego treść wzrokiem. Takie eleganckie „spierdalaj...". Może się jeszcze przydać. Włożył kartkę do szuflady na samo dno i dopiero wtedy ogarnęło go zmęczenie. Dochodziła czwarta nad ranem.

W krainie płytkiego snu dopadły go rozmyślania o rodzicach. W ułamku sekundy rozmyślania przeistoczyły się w wyrzuty sumienia. Co prawda staruszkowie zagrywali z nim nie fair, ale i on nie ułatwiał im kompromisu. Pomyślał o spracowanych dłoniach matki, o stukocie przeklętej maszyny do szycia, o cichej, mało efektownej gehennie życia z ojcem despotą i synem bydlakiem.

Zasnął smacznie dosłownie na sekundy przed warkotem budzika. Wściekły i rozespany wypluł z siebie mało oryginalne przekleństwo. Strącił z szafki dzwoniący budzik. Zwlókł się z posłania i chwiejnym krokiem ruszył w kierunku łazienki.

* * * * *

W biurze nikt nie odnotował ani jego dwuminutowego spóźnienia ani zaciętego przy pośpiesznym goleniu prawego policzka. Zgodnie z wypracowywaną miesiącami rutyną wszyscy kłębili się w sekretariacie pijąc kawopodobną ciecz. Niezgodnie z rutyną, Giez tryskał humorem i opowiadał stare jak świat dowcipy, z których należało śmiać się tym głośniej, im większą miało się ochotę na pogrążenie konkurentów. Nic dziwnego, że nawet sprawiający wrażenie zapędzonego przez życie w kozi róg Runicki rżał, aż miło, Andzia odsłaniała zalotnie krzywą nóżkę uzbrojoną w ciemne buciki i opasaną płachtą niemodnej spódniczki przywiezionej z Polski a Sztaba, jąkając się jeszcze bardziej niż zazwyczaj, wychwalał pod niebiosa „cięty język szefa". Jedynie

Kłosek miał w sobie na tyle spokojnej godności, by obserwować cały ten barakowy cyrk z boku. Podszedł do Durskiego, podał mu rękę i zaproponował kawę.

– Naleję sam… Dzięki Tadziu.

– Właśnie się zagotowała. Masz ją fertig.

Ciągle zmęczony, Mateusz podreptał do kuchni. Napełniając wrzątkiem filiżankę usłyszał kolejną eksplozję śmiechu. Ktoś nawet głośno zaklaskał.

– Ha! Ha! Ha! Aaaale nuuumer! Ha! Ha! Ha!

– Panie Mateuszu, prosimy szybciutko do nas! – Runicki odezwał się do niego bodaj drugi raz w życiu. Durski posłusznie udał się ku współpracownikom.

– Wie pan, dlaczego blondynki mają ciągle zatkane uszy? – Runicki przejął rolę wodzireja.

Wiedział. Wiedział jeszcze w Szczecinie, ale pokręcił przecząco głową.

– Bo mają nasrane w głowie… Aaaa ha, ha, ha!!!

– Naaaasraaaane… – Sztaba sprawdził czy Mateusz zrozumiał.

Grzecznie się roześmiał. Nie za głośno, nie za cicho. W swoim stylu. Pomogła mu myśl o Sztabie stojącym w brudnych majtkach i czarnych skarpetkach przed Lili Marlen.

Giez odtrąbił odwrót.

– No dobra. Pożartowaliśmy trochę a teraz praca wzywa. Pani Andziu, proszę połączyć mnie z inżynierem Schmidtem…

Z ulgą wcisnął się w obrotowy fotel. Kawa i skupienie nad wypełnianymi mechanicznie formularzami pomagały w przezwyciężeniu zmęczenia. Chciał dotrwać do przerwy obiadowej. Bez pytań, odpowiedzi i innych niedogodności życia.

Diuna tętniła własnym rytmem. Karkołomne tańce pracujących na pełnych obrotach dźwigów przypominały zaloty mechanicznych potworów. Samochody dostawcze wypluwały z plandek coraz to nowe sterty budulca. Krążąc wahadłowo po terenie budowy przypominały mrówki budujące kopiec. Tylko czy wszystkie mrówki budują swój kopiec czy też może chodzi jedynie o samiczki? Albo o samce? Zaraz, zaraz, przecież uczyli go tego w szkole... Nie pamiętał. I za diabła nie mógł sobie przypomnieć.

– Zdzichu... Nie pamiętasz przypadkiem, jakie mrówki zajmują się budowaniem mrowiska?

– Żeee co?

Że gówno.

– Jakie mrówki kopiec budują? Samce czy samice?

– Naaa coo ci too? – Sztaba zastrzygł czujnie uszami.

– Potrzebuję do miesięcznego rozliczenia.

Czujność przeszła w niepokój.

– Jak tooo... do rozliczeeeeniaaa?

– Żartowałem. Nie było rozmowy... – Zapomniał dodać: „zasrany tłuku".

Przeciągnął się i powrócił do papierów. Alfabetycznie i karnie stali przed nim w jednym szeregu wszyscy pasażerowie busów. Znani z imienia i nazwiska, a przecież całkowicie anonimowi. Mularczyk, Mulwa, Mulwer, Naborski, Nagórski, Niebodziej...

Byle do lunchu...

* * * * *

Żądnych kebaba Polaków czekał niemiły psikus. Drzwi tureckiej knajpy zastali zamknięte na cztery spusty. Wywieszka nie pozostawiała złudzeń, właściciela baru zalała woda. Nieczynne do odwołania.

– Mhhh, jak umfal to umfal – zawyrokował Kłosek.

Złorzecząc i psiocząc poleźli w stronę biura. Innej restauracji w ogóle nie brali pod uwagę. Matoły... Mateusz postanowił wykorzystać moment, odłączyć się od reszty i napić się gdzieś w pobliżu prawdziwej kawy.

– Warto to dewizy wydawać? – Napomniał Durskiego po ojcowsku Giez.

Cóż miał odpowiedzieć? Wzruszył ramionami i rozstali się. Samotność, choćby krótkotrwała, działała kojąco. Uwolniony od niewolników nadspodziewanie raźnym krokiem ruszył przed siebie. Przeszedł obok kebabiarni, przeskoczył z fantazją uliczne łańcuchy rozpięte między metalowymi palikami, łamiąc wszelkie prawa, przeciął mało ruchliwą uliczkę, kierując się ku rzędowi kamienic. Niektóre z nich zaopatrzone były w szyldy.

Minął kolejno, sklepik z tanią odzieżą, perfumerię pachnącą wszystkimi kolorami tęczy i nędzny kramik z hot-dogami. Dochodząc do rogu przecznicy machinalnie przyspieszył, zauważył bajkową, wręcz śródziemnomorską oazę spokoju. Oto za misternie kutymi kratami, pośród wijącej się i oplatającej wszystko zieleni schowała się knajpka-marzenie. Biały piaskowiec, marmury, fontanna z amorkami, puste wiklinowe fotele ustawione przy gustownych stoliczkach przykuwały wzrok, a posypana drobniutkim żwirem alejka kusiła spragnionego wrażeń wędrowca. Było cicho, upalnie i pięknie. Było jak w Grecji.

Bez chwili zastanowienie Mateusz postanowił zapuścić się w głąb tego tajemniczego ogrodu. Nacisnął klamkę, ale furtka nie ustąpiła. Ponowił próbę. Znowu nic. Dopiero teraz dostrzegł masywny łańcuch opasujący zamek i obłażącą z farby tablicę informacyjną.

„PHRAXOS – GRECKIE SPECJAŁY"
PRZENIŚLIŚMY SIĘ NA MOZARTSTRASSE 11
DO ZOBACZENIA

Właśnie tak – „przeniśliśmy się"... W dodatku tablica wisiała na jednym jedynym gwoździu i była przymocowana w najgorszym z możliwych miejsc. Ech ci Grecy... Zamyślony i rozczarowany, odwrócił się, by wracać.

I wtedy to dojrzał. Spadło na niego jak grom z jasnego nieba. Jak zahipnotyzowany przemierzył całą powrotną drogę ku zamkniętej tureckiej restauracji ze wzrokiem utkwionym w punkt, którego do tej pory nie dostrzegał. Dopiero z perspektywy przeciwległej ulicy widać było mały, jakby cofnięty o pół kroku w głąb szeregu innych domek. Piętrowy, z elewacją stylizowaną na pruski mur i krzakiem dzikiego wina przytulonym do starych okiennic. Nad wejściem wisiała zielona tablica z nieco wypłowiałym, aczkolwiek dobrze widocznym szlaczkiem układającym się w napis NABUCCO. Nogi same poniosły Mateusza ku Przeznaczeniu. Zanim przestroga Biłży „uważaj pan na ten szyld" zdążyła zmusić go do rejterady i zanim zastanowił się nad tym cóż tak naprawdę wyczynia, odważnie naparł na klamkę.

W półmroku pomieszczenia zadźwięczał ostrzegawczy dzwonek, ale nikt nie wyszedł mu na spotkanie. Było pusto. Pachniało drzewem, starymi papierami i czymś gorzkim w rodzaju migdałów. Wszedł głębiej i dokładniej zlustrował wnętrze. „Nabucco" wyglądało na stary antykwariat: porcelana w kunsztownych drewnianych szafkach, złota i srebrna biżuteria za pancernymi szybami, broń i obrazy na ścianach. Głębokie pluszowe fotele o zielonych obiciach otaczały wiekowy stoliczek do kawy, ale ani kawy ani właściciela miejsca nie można było zlokalizować. Durski postanowił dyplomatycznie się wycofać, kiedy zza pleców dosłyszał ciche acz zdecydowane słowa.

– Bądź pozdrowiony przybyszu.

Odwrócił się. Na progu „Nabucco" stał potężny, siwy facet z elegancko przyciętą hiszpańską bródką. Ubrany był w stylu wyrośniętego dżokeja, sportowa kamizelka, bryczesy i kowbojskie buty. Był po sześćdziesiątce, ale nie widać, by go to zbytnio martwiło. Uśmiechał się.

– Przepraszam… Myślałem, że to wnuczka… Byłem na tyłach, wie pan, małe wiosenne porządki. – Wystrzelił ręką w wystudiowanym geście. – Witam w moich skromnych progach. Czym mogę służyć?

– Ja… Właściwie…

– Momencik – właściciel zbliżył się do Mateusza. Palcami prawej dłoni ujął talizman, prezent od Anety. – Nie obrazi się pan?

– Ależ skąd… – zaczynał wierzyć w cudowną moc tego kawałka metalu.

– Czym mogę służyć… – Siwy celowo wydłużał każdy wyraz i zawieszał całą frazę – panie M a t e u s z u? Czyż nie tak? Talizman opadł Durskiemu na pierś. Polak zamarł w niemym zdumieniu. Dopiero po chwili odzyskał dar wymowy.

– Owszem… Mateusz – bąknął. – Ale… Skąd pan? – Spanikowany sam począł wywracać medalionem w poszukiwaniu odpowiedzi.

– To proste, jeśli potrafimy czytać nienapisane słowa. Mamy tu do czynienia z typowym celtyckim krzyżem, popularnym szczególnie w Irlandii. Tamtejsi jubilerzy i rzemieślnicy tworzą takie cacka od wieków, a najpopularniejszymi motywami są symbole czterech Ewangelistów. Sam miałem kilkanaście sztuk u siebie.

– To prezent. – Durski nie miał pojęcia na co tamtemu taka wiedza.

– Ma pan znajomych o dużym wyrobieniu estetycznym, jeśli wolno mi się tak wyrazić.

Ponownie ujął blaszkę i podsunął ją Mateuszowi pod nos.

– Proszę spojrzeć raz jeszcze… Widzi pan te trzy małe sakwy i wyobrażenie miecza na jednym z ramion krzyża?

– Widzę…

– Sakwy to symbole Mateusza, który zanim się nawrócił był najzwyklejszym celnikiem…

– A miecz?

– Od miecza podobno zginął. Śmiercią męczeńską… Pozwoli pan, że się przedstawię: Johann Volker. Historyk

– Mateusz Durski. Polak.

– Dobry zawód.

Roześmiali się. Antykwariusz wskazał jeden z foteli.

– Napije się pan kawy?

Mateusz rzucił okiem na zegarek. Miał jeszcze trochę czasu.

– Właściwie to marzę o niej, ale…

– Bez dyskusji. Tak rzadko miewamy gości.

Chciał zapytać o Biłżę, ale coś blokowało mu krtań. Tymczasem Johann rozłożył miedziane utensylia z przełomu wieków i rozpoczął rytuał parzenia aromatycznego napoju.

– Kawa nie jest jakąś tam używką. Kawa to brązowa ambrozja… Sprostytuowana i uproszczona jak wszystko w naszych pogańskich czasach. Pierwszy błąd, grzech pierworodny teraźniejszości to pośpiech. Ziarna kawy wymagają skupienia. Natomiast zalewanie ledwo co zagotowanym wrzątkiem sypanego proszku nazwę bez ogródek barbarzyństwem!

Johann perorował, kawa się parzyła, a Mateusz zbliżał się krok po kroku do prywatnej Nirwany. Chciał tylko jednego: poznawać coraz więcej berlińskich wariatów. Pragnął, by nieświadome proroctwo wąsatego kierowcy sprawdzało się dzień po dniu.

– Należy spożyć w ciągu kwadransa. Inaczej aromat wywietrzeje. – Przed jego oczami pojawiła się filiżanka utkana z mgły. Pastelowe kwiaty o odcieniu różu poranka naniesione na kruchą fakturę dłonią niezrównanego mistrza wyglądały na wiecznie świeże i ciągle gotowe do zakwitnięcia.

– Dziękuję. – Pokręcił głową. – Nie znam się na porcelanie… W ogóle nie znam się na sztuce, ale to przepiękna robota. Aż strach podnosić do ust.

Antykwariusz uśmiechnął się, ale tym razem inaczej. Ten uśmiech wyglądał na grymas łagodnego pobłażania. Ustawił w centralnym miejscu stolika dzbanek z kawą, napełnił własną filiżankę i wygodnie rozparł się w fotelu. Bez ceregieli przeszedł na „ty".

– Porcelana Kobayashi. Osiemnasty wiek. Podnoś do ust bez najmniejszych obaw. Wracając zaś do twojej tezy… Na sztuce nie trzeba się znać. Wystarczy, kiedy sztuka się podoba bądź nie. To prawda skrzętnie chroniona przez samych twórców. Odarci z niej, tracą co najmniej połowę swojej charyzmy, tajemniczości i czego tam chcesz… Pomyśl tylko, miliony fachowych analiz uśmiechu Mony Lisy mogą iść do kosza, kiedy albo ty albo ja krzykniemy głośno: nie podoba się nam to malowidło!

– Ale przecież ten obraz jest klasyką – upił łyk kawy i założył nogę na nogę.

– I cóż z tego? Czy klasyka musi czynić mnie jej niewolnikiem? To dalsza część tej samej łamigłówki. Mona Lisa jest klasyką, ale mnie nadal się nie podoba. I co mi zrobisz? Te same obiekty widać inaczej z różnych miejsc, czyż nie tak?

– Nie wiem… Być może ma pan rację… Wolę jednak stać na stanowisku, że nie znam się na sztuce.

– Skromny, ale stanowczy. Co porabiasz w Berlinie? – Volker zmienił temat rozmowy.

– Jestem architektem. Pracuję na budowie, tu niedaleko…

– Budujecie jakieś centrum handlowe?

– Tak. Podobno ultra nowoczesne.

– Idzie szybko, co?

– Piorunem.

Zapadła cisza. Przez oblicze Volkera przemknęła jakaś chmura. Mateusz zastanawiał się nad wszystkim i niczym. Nad Anetą, która, jak się okazuje, nie kupiła mu pierwszego lepszego talizmanu, nad porcelaną Kobayashi, nad Mona Lisą. Ale najmocniej główkował nad „Nabucco", Biłżą i Johannem. Po chwili wydało mu się, że zna odpowiedź: antykwariusz jest starą, dystyngowaną ciotą zwabiającą młodych mężczyzn pod swój dach. Co prawda nie potrafił wyobrazić sobie pociągu seksualnego do Biłży, ale któż zna upodobania pedziów? Niech tam… póki facet nie składa propozycji…

Niemniej poczuł narastającą potrzebę przerwania tej coraz bardziej krępującej ciszy.

– Berlin to piękne miasto. – Mimowolnie się skrzywił. Co za banał.

Delikatny szczęk odkładanej filiżanki poprzedził odpowiedź.

– Berlin to ostatnia dziwka leżąca we własnych szczochach – rozpoczął Johann. Wstał i zaczął się przechadzać. – Dziwka, ale i dama w szynszylach jeżdżąca Rolls Roycem po zatłoczonych ulicach. Berlin to alkoholiczka kąpiąca się w wannie pełnej szampana, ale i zwykła dworcowa pijaczka, która naciągnie cię na kufel piwa. Berlin jest jak autostrada życia: wiesz, że dojazd do celu równa się śmierci, ale mimo to ruszasz dla samej jazdy. W żadnym innym miejscu nigdy nie będziesz czuł się tak wolny jak tu. Kiedy słońce położy się światłem na dachach Berlina poczujesz dreszcz uniesienia i pomyślisz: do tego miejsca należę.

– Ja czułem ten dreszcz. Od początku… – wyszeptał Durski.

– To dobrze. Ja też. Ale są inni. Obcy. Bezwzględni i chłodni jak stal. I jest druga strona medalu, Mateuszu. Smutniejsza, mroczniejsza, ponura. Nasz Berlin, nasz stary dobry Berlin jest śmiertelnie chory. Umiera. Dostojnie i powoli, ale odchodzi. Upajaj się nim, póki możesz, gdyż chwila jest bliska.

– Nie rozumiem…

– Bo widzisz…

Dzwoneczek u drzwi zabrzmiał donośniej niż zwykle. Nić intymności została zerwana. Mateusz w pierwszym odruchu oburzył się, że ktoś śmie przerywać im konwersację. Dopiero potem przyszła konstatacja, że przecież znajduje się w miejscu publicznym. W sklepie. Odwrócił się z niechęcią. I przepadł.

Do „Nabucco" weszło Zjawisko. Widział różne dziewczyny, ale ta… Brakowało słów. Miała koło metra siedemdziesięciu. Długie, kręcone blond włosy sięgały połowy pleców. Lekki makijaż podkreślał pełne usta i wydatne kości policzkowe. Niebieskie oczy spoglądały na świat spod długich rzęs. Obcisły czarny skórzany kombinezon z prowokująco rozsuniętym zamkiem błyskawicznym uwydatniał przepych kształtów. Oliwkowe ciało sprawiało wrażenie giętkości i jędrności. Fantazyjne buty na wysokim obcasie dopełniały całości.

Życie zwolniło swój bieg, ale dla Mateusza sprawy toczyły się i tak o wiele za szybko. Z zachwytem obserwował dziewczynę zmierzającą w kierunku antykwariusza. Dotarło do niego, że być może już nigdy jej nie zobaczy i nagle poczuł niewypowiedziany ból. Rozgorączkowany, z trudem dosłyszał słowa blondynki wypowiedziane z lekka nosowym głosem:

– Już jestem dziadku. Niestety, Sziraccy nie kupią tej patery.

– Tego właśnie się spodziewałem. Ale ale... Poznajcie się... Oto mój nowy przyjaciel.

Wnuczka! Tylko jedno słowo kołatało mu się po głowie. Wnuczka! Mateusz zerwał się z fotela i przybrał pozę młodego Jamesa Caana.

– Cześć, jestem Mateusz.

Dziewczyna z uśmiechem podała mu dłoń. Początkowo chciał ją ucałować, ale speszony, lekko ją tylko uścisnął.

– Jestem Moon... I miło mi. Lubisz Bowiego?

Jak ona pięknie zaokrąglała słowa! Gdyby teraz kazała mu skoczyć w ogień, zrobiłby to bez zastanowienia. Gorzej z Bowiem, o którym pojęcie miał mgliste.

– Lubię. Pewnie, że lubię. – Co takiego robi ten Bowie? Śpiewa, gra czy maluje?

– Nie daj się zwieść jego niemieckiemu – uratował go Johann.

– Mateusz przyjechał z Polski.

– Świetnie! Mój pierwszy polski znajomy!

Emanowała od niej bezpośredniość, ciekawość życia, ludzi i świata. Nie wyglądała na zadzierającą nos zblazowaną pannicę. I rozsyłała promienne uśmiechy całemu światu. Po prostu ideał.

– Twój polski znajomy jest architektem – dodał antykwariusz.

– Pracuje na budowie obok.

Do diabła! Z tego wszystkiego zapomniał o robocie. Rzut oka na cyferblat zegarka był jak bolesne przebudzenie. Syknął i skoczył ku drzwiom.

– Rany… Ładnie się zasiedziałem, nie ma co… Za moment będę byłym architektem.

– Ale odwiedzisz nas jeszcze? – Zapytała Moon.

– Oczywiście! Jeśli tylko nie będę sprawiał kłopotu.

– No to do zobaczenia.

– Cześć!

– Odprowadzę cię, Mateuszu – Volker ujął Polaka za łokieć. Ten, wychodząc obrócił się jeszcze raz. Ale Moon nie odwzajemniła tęsknego spojrzenia: stojąc przy szafce pełnej sreber, pozbawiała zabytkową paterę karteczki z nadrukiem „sprzedane".

Potem był już tylko próg i cichy kwartał Berlina, który nagle wydał się mu brzydki i odpychający. Nigdy nie miał odwagi by spróbować narkotyków, ale chyba właśnie tak musiały wyglądać złe powroty z cudownych halucynacyjnych tripów.

– Zanim się rozstaniemy, chciałem ci coś pokazać. Przejdźmy na tyły… To nie potrwa długo – dopowiedział Johann widząc niezdecydowanie Mateusza. – Muszę dokończyć urwane w połowie zdanie.

Ruszyli za budynek antykwariatu. W głowie Durskiego buzowało jak w gotującym się garnku, a przed oczami przemykał neonowy szyld układający się w „MOON". Ale grzecznie i domyślnie odpowiedział.

– Będziemy mówić o śmierci Berlina?

– Tak. Widzisz… „Nabucco" trwa w swojej formie od stu pięćdziesięciu lat. Przez Berlin przetaczały się wojny, rewolucje i powstania. Budowano mury i zasieki, potem je burzono, a nasz rodzinny antykwariat działał.

– Czy to znaczy, że…?

– Tak. Dostałem nakaz opuszczenia tego miejsca. Nie sądź, że przemawiam wyłącznie w swoim imieniu. Takich miejsc, po których przejadą buldożery jest znacznie więcej. Są ich setki... Tysiące istnień, miłości, miliony wspomnień. Cały wszechświat doznań w sekundzie przestanie istnieć. Dla paru hektarów stali i szkła. Co o tym sądzisz?

Weszli do mikroskopijnego ogródka. Dwie jabłonki, parę grządek, ławeczka. Wszystko to ogrodzone drewnianym płotem pomalowanym nieco naiwnie w biało-czerwono-niebieskie barwy. Mateusz nie bardzo wiedział jak się zachować.

– A inna lokalizacja?

– Nawet o tym nie wspominaj... albo, jeśli możesz, przenieś w inne miejsce Bramę Brandenburską czy Kaplicę Sykstyńską. Pewnych rzeczy się po prostu nie robi. Zresztą syn i synowa nie żyją a Moon... Kto wie co zrobi Moon? Czy wyobrażasz sobie „Nabucco" jako wydzielony boks hipermarketu?

Cisza.

– Dziękuję. Ja też nie.

Doszli do płotu. Tuż za granicami ogródka rozciągał się spory pas ziemi niczyjej. A zaraz za nim pracowały piaskarki, jeździły spychacze, biegali ludzie. Mateusz znał ten widok aż za dobrze. Miły nastrój diabli wzięli.

Odwrócił głowę i spojrzał Volkerowi prosto w oczy.

– Po to mnie pan tu przyprowadził? Cóż ja mogę? Ja tam tylko pracuję. A może według pana też jestem mordercą Berlina?

Tamten pokręcił głową. Pięścił dłońmi drewniane paliki, spoglądając ku piaskom wydmy.

– Nie powstrzymam padającego deszczu. I nie zmienię kierunku, w którym obraca się Ziemia. Musiałbym być umysłowo chorym pyszałkiem... A do ciebie nie mam ani grama pretensji. Nasze miasto musi częściowo umrzeć, bo tak chce fatalność losu i grupka jajogłowych urzędasów. Mniejsza o nich... Przyprowadziłem cię tu tylko po to, żebyś pojął, że te same obiekty widać inaczej z różnych miejsc. Mona Lisa, rozumiesz?

– Tak... Chyba tak.

Przyjazne klepnięcie w plecy oznaczało koniec rozmowy.

– No, dosyć tych głędzeń starca. Zmykaj do pracy i wpadaj póki jeszcze… można. Jeśli tylko będziesz miał ochotę na dobrą kawę, zapraszam choćby jutro.

– Ostrzegam, że przyjdę na pewno. I dziękuję za królewski poczęstunek…

– Nie ma za co… W takim razie do jutra.

– Tak. Tylko, że jutro mam wolny dzień… Znaczy, cały wolny. Proszę wyznaczyć godzinę.

– Zamykam o trzynastej… Może jedenasta?

– Będę!

Kiedy opuszczał ogródek, Johann stał ciągle oparty o płot. Nieruchomy, niby spiżowy Herkules na emeryturze wpatrywał się w żarłoczną diunę, która łapczywie pochłaniała kolejne wiorsty ziemi. Sam przeciw całemu światu…

Jeśli poranek w pracy był dla Mateusza męką, to piekło popołudniowych godzin dało mu się we znaki po stokroć bardziej. Na dodatek Giez stracił całe swoje poczucie humoru i przy każdej okazji poniżał Runickiego, Sztaba niezgrabnie próbował adorować pannę Andzię, a Kłosek siedział jak niemy pod ścianą z oczami utkwionymi w sufit. Okazało się, że ktoś podprowadził mu portfel pełen kart kredytowych, gotówki i zdjęć niekochanej żony.

Durski resztką sił koncentrował się na odmóżdżającej pracy, co z kolei pozwalało mu koncentrować się na myślach o Moon. Tłumaczył dokumenty, podpisywał segregatory i wypełniał formularze. Obodowski, Obżerski, Ochnik, Odin, Ogoniok…

– Paaani Andziu… Paaani chadza na jaaaakieś dyskoteeeeki?

– Nie stać mnie, inżynierze…

– Ja byyym tam za paniąąą zapłacil.

Oleksiński, Omaszczyk, Opawski… Mateusz zagryzł mocno wargi. Czekał na zbawienne bicie zegara. Chciał być wreszcie sam. I myśleć tylko o Niej. W końcu wyobraził sobie, iż składa biurową torturę w hołdzie u jej kształtnych stóp. To pozwoliło dotrwać do końca zmiany.

W drodze powrotnej wstąpił na pocztę. Skreślił na poczekaniu kilka cieplejszych słów pod adresem matki i włożył do dużej koperty drugą mniejszą z dopiskiem „na opłaty". Mniejsza koperta zawierała trzy banknoty o sporych nominałach. Nie dbając o to czy przesyłka w ogóle dotrze do adresata wysłał ją byle jak, przed siebie, w świat.

Nie chciało mu się wracać do pokoiku. Bezładnie krążył po zatłoczonych ulicach, szukając śladów Moon, naiwnie licząc na przypadkowe spotkanie. Wreszcie przysiadł pod pierwszym lepszym parasolem i zamówił duże piwo. Rozejrzał się wkoło i z radością stwierdził, że znowu trafił w bardzo ciekawe miejsce. Ale czy w Berlinie można trafić inaczej? Oto do fasady futurystycznego punktowca wbijającego się w błękit nieba przytuliło się parterowe królestwo barów, sklepików i punktów usługowych. Kuranty wybijały kwadranse, elektroniczne termometry wskazywały 19 stopni Celsjusza, a uliczny klaun robił psikusy przechodniom. Leniwa, przyjazna ludzka rzeka wlewała się w betonową aortę prowadzącą na Potsdammer Platz.

Upił łyk piwa i śmiało zadarł głowę ku chmurom, jakby właśnie tam chciał poszukać odpowiedzi na odwieczne pytania gnostyków. Skąd nadchodzi? Dokąd zmierza? Ile czasu mu jeszcze zostało?

Westchnął nieco głębiej. Tego nie mógł wiedzieć nikt.

On wiedział jedno, miasto, w którym wylądował kusiło i wabiło na tysiące magicznych sposobów. Czuł się szczęśliwym człowiekiem. Zamówił następne piwo, potem jeszcze jedno. W prezencie odznaczony został gratisowym sznapsem przez samego szefa lokalu. Wyciągnął się jak długi w fotelu i patrzył w dal.

Z wolna nadciągała różowa mgła jaśminowego wieczoru. Zaczynała się wytęskniona pora piątkowych modłów dziękczynnych do bóstw życia i witalności. Ruch gęstniał coraz bardziej.

Na ulicach i trotuarach powstawały korki. Nikt się nie śpieszył, nikt nie narzekał. Ludzie wpisywali się w świecką tradycję kapitalistycznego rytuału, po pięciu dniach pracowitych siewów nadchodził czas obfitych konsumpcyjnych zbiorów. Czy Moon miała faceta? Niewątpliwie. Jak taki mógł wyglądać? Może tak jak tamten przy stoliku obok, szczupły, w czarnych dżinsach i białej koszuli ozdobionej granatowym krawatem z Meduzą. Umięśniony, z grzywką włosów opadającą na prawe oko? Albo jak tamten przy porsche, łysawy, wysoki, w czerwonym t-shircie, brązowych sztruksach, gryzący niedbale zielone jabłko? Czy też może trochę jak ów starszy playboy paradujący na oczach wszystkich snobów z piękną, znacznie młodszą od siebie Mulatką. Garnitur w prążki, pretensjonalny biały golf, sygnet na palcu, potężny portfel w kieszeni…

Odpędził natrętne myśli i poprosił o rachunek. Po sześciu tygodniach pracy nie odłożył jeszcze ani grosza. Ani razu nie jadł makaronu, ani razu nie wszedł do taniego sklepu dla gastarbeiterów. Nie miał ochoty na szukanie flomarków, nie czuł potrzeby podbierania komputerów z „wystawek". Coś było nie tak albo z nim albo ze światem.

Nie zastanawiając się za bardzo nad motywacjami sięgnął po telefon i wybrał numer Anety. Postanowił techniką dubbingu podłożyć jej głos pod obraz Moon.

– No, no – zirytowała go tym od razu. To nie był ten głos.

– Co za „no₁ no"? Dzwonię i tyle…

– Ależ cieszę się, że dzwonisz… – nastąpiła seria trzasków i szumów.

– Halo?

– Jestem, jestem… Widzisz, mamy tu małą imprezę.

– Piłaś?

– Troszeczkę… No przecież kropelka nie zaszkodzi.

Nadał swojemu głosowi ton skrajnie chłodnej obojętności.

– Pij na zdrowie.

– No, co ty? Stałeś się bardziej niemiecki od Niemców? – Roześmiała się.

– Bardzo zabawne. Zadzwonię później. Cześć.

– No cześć.

Odczekał sekundę i trzasnął palcem w klawisz przerywający połączenie. Nagle poczuł rosnącą złość. Aneta wcale nie próbowała zatrzymywać go przy aparacie. Czyli najwyraźniej dobrze się bawiła. Albo wcale go nie potrzebowała. Albo jedno i drugie... Wyłączył telefon czując niepojętą irytację. Przecież nie zależało mu na niej. Przecież jeszcze tak niedawno bał się, że dziewczyna będzie mu się narzucać. Przecież... od kilku godzin szaleńczo kochał inną.

* * * * *

Następnego dnia, punktualnie o jedenastej Mateusz stał przed drzwiami „Nabucco" przestępując niecierpliwie z nogi na nogę. Czas wielkiej próby nadchodził.

W nocy spał kiepsko. Obudził się o piątej trzydzieści i nie mogąc doczekać brzasku przerzucał nerwowo kolorowe czasopisma pozostawione w spadku przez poprzedniego właściciela. O ósmej rano, wykąpany i ogolony zaczął czyścić buty. Jeśli idzie o ubiór, żadne ekstrawagancje nie wchodziły w rachubę. Przywiózł ze sobą garnitur, trzy koszule, pięć t-shirtów i dwie pary dżinsów. Po długim namyśle zdecydował się na jasnozieloną koszulę i czarne, przylegające do ciała spodnie. Ruszył w drogę z sercem na ramieniu, ale i z wielkimi nadziejami na spotkanie. Początkowo myślał o kupnie kwiatów, ale po głębszym zastanowieniu zrezygnował, mogłoby to zostać źle odczytane. Może kiedy indziej... Na pewno kiedy indziej.

Jedenasta jeden... Nabrał powietrza w płuca i wszedł do środka. Dzwonek nad drzwiami zaśpiewał powitalną pieśń. Mateusz od razu zauważył, że w antykwariacie jest tylko Johann i poczuł jak ogarniają go dwa sprzeczne uczucia: rozczarowania i ulgi. Rozczarowania, bo nieobecność Moon kładła się cieniem na jego planach i fantazjach. Ulgi, bo jeśli wkrótce miał utonąć, to przynajmniej na razie jeszcze płynął.

Tłumiąc emocje podszedł do Volkera wystrojonego w ciemne skórzane spodnie i czarną jedwabną koszulę. Antykwariusz czyścił szmatką jeden ze swoich eksponatów. Na widok Mateusza odłożył przedmiot na półkę.

– Bądź pozdrowiony przybyszu. Zapraszam cię do stolika. Kawa jest w zasadzie gotowa…

Przywitali się. Ze stylowego dzbanuszka wydobywały się smużki pary.

– Dzień dobry. A wie pan, że idąc tu, miałem nawet zamiar kupić kilka gatunków kawy? Stałem pół godziny w sklepie i w końcu dałem za wygraną, bo wcale nie jestem przekonany czy mój wybór byłby trafny. – Nie miał pojęcia, po co tak naprawdę wymyślił na poczekaniu tę historyjkę.

– Dziękuję za dobre chęci, ale naprawdę nie trzeba. Mam tylko jeden, za to dobry gatunek. Powiedziałbym, najlepszy… Siadaj proszę…

– Cóż to za gatunek? – Spytał wpadając w objęcia zielonego pluszu. Czy Moon w ogóle dzisiaj przyjdzie?

– Najnormalniejszy, z hipermarketu.

– A zatem…?

– Nieważne co, ważne jak…

– Ach, o to chodzi.

– Zawsze! – Nacisk w jego głosie zabrzmiał natarczywie. Prawie nieprzyjemnie.

– Pozwolę się nie zgodzić. – Mateusz szukał słów i porównań, które nie zdradziłyby jego skrzętnie ukrywanych emocji. Wreszcie znalazł. – Wątpię czy ta kawa smakowałaby tak samo ze szklanki albo z kufla. A to właśnie jest „co".

– Nie…To jest „jak".

– A pańskie eksponaty? A cały ten magiczny sklepik? Przyzna
pan, że można patrzeć na to z obu stron…
— Yin i Yang?
— Proszę?
— Pytam czy wierzysz w Boga.
Mateusz uśmiechnął się niepewnie.
— Ostra amunicja jak na sobotni poranek.
— Życie jest zbyt krótkie na strzelanie ślepakami… A więc?
Tego się nie spodziewał. Poszukując rozpaczliwie czasu zet-
knął usta z krawędzią filiżanki. Może ten gość nie jest ani dziwa-
kiem ani ciotą tylko psychopatą? Seryjnym mordercą? Może
dosypuje czegoś do kawy? Brak klientów, ostrzeżenia Bilży, dziwne zachowania antykwariusza, wszystko to układało się w dość
logiczny ciąg. Być może, kiedy nadjadą buldożery, ich stalowe
szpony odkryją truchła ofiar spoczywających pod wierzchnią
warstwą ziemi z ogródka.

Przyjrzał się jeszcze raz Johannowi. Ten pokręcił głową i po-
wiedział dobitnie:
— Nie jestem nim.
— Nie rozumiem…
— Rozumiesz, rozumiesz… W dzisiejszych czasach, szczególnie
na zachodzie naszej kochanej dekadenckiej Europy rozmowy
o Bogu trącą szaleństwem… Przez moment czułeś krew, co?
Strasznie mi głupio… — Przerwał, widząc wyciągnięte przed
siebie ręce tamtego.
— Daj spokój. I odpowiedz na moje pytanie. Chyba, że nie
chcesz.
— Wydaje mi się, że… wierzę w Boga. Jestem z Polski – dodał,
jakby na usprawiedliwienie.
— Polscy katolicy, co? — W głosie Volkera nie było drwiny.
Raczej coś na kształt zadumy przechodzącej w podziw.
— A pan?
Pokręcił głową. Potarł czoło palcami lewej dłoni.

– Wierzyłem. Do tego stopnia, że co tydzień przyjmowałem komunię. Udzielałem się aktywnie w świeckich organizacjach katolickich, przyjmowałem wizyty księży, obdarowywałem w miarę możliwości ubogich. Powiadam ci, Mateuszu, trzeba praktykować, by wierzyć. Nie ma wierzących niepraktykujących. To jeszcze jedno z leniwych przebrań, w jakie stroi się nasz gatunek.

Antykwariat prosperował, wnuczka rosła jak na drożdżach, a berliński mur był tylko wspomnieniem. Żyło się, po prostu się żyło. I wtedy…

Zamknął oczy, wykrzywił usta. Przez chwilę wyglądał jak schorowany pacjent poddający się nieprzyjemnej terapii.

– Dziesięć lat temu w krótkim odstępie czasu Bóg zadał mi dwa lewe sierpowe i zostawił leżącego na środku ringu. Najpierw porzuciła mnie żona. A dokładnie miesiąc potem, w samochodowym koszmarze straciłem syna… wraz z jego żoną. Stali na chodniku, kiedy wjechał w nich naćpany policjant właśnie wylany z roboty. On przeżył, oni…

Volker rozłożył ręce. Podrzucił do góry ramiona.

– Nie pragnę, byś postawił się w mojej sytuacji, bo to niemożliwe. Musiałbyś umrzeć dla świata, dla ludzi, dla Boga. Ja w każdym razie utonąłem w otępiałej boleści. Przez pół roku niemal nie wychodziłem z mieszkanka na piętrze. Nie myślałem o samobójstwie, bo czy manekin ze sklepowej wystawy może pozbawić się życia? Popijałem Jacka Danielsa i jak zombie kręciłem się nocami po pustych skwerach i ulicach, szukając przypadkowej kuli litościwego mordercy. Na nic…

Głowa opadła mu na piersi. Zamilkł.

Mateusz słuchał w napięciu. Choć w jego głowie aż kłębiło się od pytań taktownie milczał, czekając na dalszy ciąg.

Antykwariusz dopił kawę. Swoim zwyczajem wstał z fotela i zaczął krążyć dokoła.

– Moim ostatnim chrześcijańskim uczynkiem było przebaczenie temu policjantowi. Zrobiłem to z czystym sumieniem, ale nazajutrz straciłem wiarę. Odeszła ode mnie. Opuściła, tak jak władza opuszcza umierającego króla. Czytałeś Szekspira Mateuszu?

– Ja…

– Nieważne. Pomyślałem sobie wtedy, że Bóg musi być okrutnikiem, skoro tak srogo karze swoich najwierniejszych rycerzy. Następną myślą była taka oto, że po prostu Go nie ma… Że nasze istnienie jest efektem absurdu, nie cudu.

Przyjrzał się Polakowi.

– Masz rodziców?

– Tak.

– Żonę, dziewczynę, dzieci?

– Nie. Jeszcze nie.

– Zatem nie możesz mnie zrozumieć. Tylko ci, którzy już stracili to potrafią.

– Nie pomyślał pan o tym, że czasami bezpowrotnie tracimy ciągle żyjących?

Przystanął.

– Mało brakowało a straciłbym i Moon. Dopiero w jej oczach zobaczyłem przyszłość.

Mateusza aż skręcało, by właśnie teraz zaatakować i spytać o wnuczkę, ale nie potrafił zebrać się w sobie. Cóż to było? Strach? Intuicja? Kalkulacja?

– Będziesz tak łaskaw podejść tutaj… – W pozornie uprzejmej prośbie Johanna krył się rozkaz. Polak posłusznie ruszył w stronę szafki z precjozami. – Chcę ci coś pokazać.

Sporej wielkości zdjęcie w antyramach przedstawiało rodzinę podczas spotkania. Od razu rozpoznał zarówno znacznie młodszego niż dziś Johanna jak i rozkrzyczanego podlotka w spódniczce w białe kropy. Obok nich na zielonej trawie siedzieli: piękna dziewczyna o nieco wyzywającym makijażu, wyglądający na wysportowanego mężczyzna z kruczoczarnym wąsem oraz kobieta w średnim wieku uwieszona u szyi antykwariusza. I w tym wypadku niepotrzebny był Sherlock Holmes.

– Ostatnie chwile szczęścia… A teraz popatrz na to…

W drugiej dłoni błysnęło precjozum. Misterna, złota, inkrustowana i wysadzana najprawdopodobniej obrzydliwie drogimi kamieniami kolia. W samym środku zatopiono miniaturę nieznanego obrazu.

– Tak zwana brosza Józefiny… Legenda mówi, że była ostatnim podarkiem Napoleona dla miłości jego życia. Darem rozpaczy. Kiedy cesarz dowiedział się, że nie będą mieli nigdy potomstwa… Sam rozumiesz. Odchodzę, bo kocham.

Następne zagadki, następne symbole.

– Tę broszę wycenia się dziś na… no, powiedzmy potężne pieniądze. Ale dla mnie rodzinne zdjęcie za parę fenigów zawsze będzie warte więcej. W razie pożaru to je pierwsze uratuję.

– Czyli dalej mówimy o względności różnych obiektów?

– Może tak. A może nie. Chodź, pokażę ci resztę pomieszczenia.

Ruszył ku drzwiom prowadzącym najprawdopodobniej na zaplecze. Mateusz zerknął w stronę wejścia do sklepu.

– Nie obawia się pan złodziei?

– W Niemczech nie wolno kraść. To karalne…

Widząc niepewność w oczach Mateusza, antykwariusz parsknął krótkim śmiechem.

– To był dowcip, ok? Czasami zdarza się, że zażartuję… – Poważniejszym już tonem dodał. – Mnie nie można już okraść, kapewu? Poza tym nie zabawimy na górze długo. No i mamy dzwonek przy drzwiach.

Poszli. Oczom Polaka ukazał się ni to korytarz ni to składzik staroci ze stromymi, kręconymi schodami, ku którym poprowadził go antykwariusz. Kiedy zaczęli piąć się na pięterko, Mateusz postanowił wrócić do nie dających mu spokoju myśli.

– Zatem jest pan teraz ateistą?

– W najlepszym razie agnostykiem.

Tysiące razy słyszał ten termin, ale nie miał zielonego pojęcia, z czym się go je. Bojąc się ostatecznej kompromitacji, pozwolił płynąć rzece wolnych skojarzeń. Tymczasem Johann stanął na szczycie schodów.

– Posłuchaj dobrze. Jeśli Jezus jako sędzia istnieje naprawdę i chce mi przygotować proces, powiem mu mniej więcej tak: wydawało mi się, że cię tu nie spotkam, ale widzę, że się myliłem. Pogadajmy o tym... Jeśli zaś nie będzie możliwości żadnych negocjacji, jeśli faktycznie tak jak podejrzewam, Bóg jest okrutnikiem, to niech ześle mnie w te pędy do piekła. Ja w każdym razie z takim bogiem nie chciałbym mieć do czynienia. – Odwrócił się i pozwolił Mateuszowi wejść na górę. Wyglądało na to, że wątek teologiczny uznał, przynajmniej na dziś, za wyczerpany.

„Góra" składała się z czterech skromnie urządzonych pomieszczeń, trzech pokoi i toalety. Żadnych ekstrawagancji, żadnych niespodzianek. Trochę porcelany gorszego niż na dole sortu, wyraźnie poniszczone pistolety i szable oraz dużo starych papierzysk, czasopism, które nagle stały się antykami: archiwalne numery *Life'u*, *Rolling Stone'a*, *Newsweeka*, niektóre wycenione nawet na kilkadziesiąt euro za sztukę.

Zwiedzanie nie trwało dłużej niż pięć minut i mocno Mateusza rozczarowało. Jedynie na ścianie największej izby wisiał plakat, który z miejsca przyniósł falę natrętnych skojarzeń. Przedstawiał krótko ściętego, szczupłego blondyna w błękitnym garniturze. Blondyn miał dziwne kocie oczy, tęczówka każdego z nich miała inny odcień. Durski od razu zorientował się, z kim ma do czynienia. Podszedł bliżej i przeczytał podpis złożony grubym czarnym flamastrem: „nothing much to offer, nothing much to take... all the best to Moon from David Bowie". Ciekawe, co to znaczy. Swoją drogą, już dawno powinien wziąć się za naukę angielskiego.

Jeździ na jego koncerty od dziesięciu lat. – Volker podążył tam, dokąd prowadziły go myśli Polaka. – Pewnego dnia uciekła nawet z domu i za wszystkie oszczędności poleciała do Tokio, tylko po to, żeby go zobaczyć. Sam lubię muzykę i w dodatku uważam się za liberała, ale czasami nie pojmuję tej manii.

– Każdy ma jakąś pasję… – Zaczął niezręcznie Mateusz.
– Czyżby? Ty również? – Przerwał dość ostro Johann i w sekundę później się zmitygował. – Nieistotne. Nie było pytania. Zamilkli. Mateusz odwrócił się bokiem do plakatu. Stał teraz twarzą do okna, z którego było widać wymarły o tej porze plac potężnej budowy. Poczuł, że czerwieni się ze wstydu. Poczuł, że musi czymkolwiek wypełnić dojmującą ciszę.

– Kiedy już… no, kiedy to się już stanie, co pan zrobi z antykwariatem, ze sobą? – Miał na końcu języka „z Moon?", ale raz jeszcze się wycofał.

– Część zbiorów oddam za pól darmo, resztę zostawię znajomym handlarzom… Kilka pamiątek wezmę ze sobą.

– Dokąd się pan wybiera?

– Ciągle jeszcze nie wiem. Na pewno nie zostanę w Berlinie. To miasto dopala się jak średniowieczna pochodnia. Nie mam zamiaru towarzyszyć jej wygaśnięciu.

– Wyjedziecie razem z wnuczką? – Zamknął oczy i skoczył. Nareszcie poczuł, że zmierza w stronę celu.

– Moon jest pełnoletnia, a jak wiesz…

Na dole odezwał się dzwonek, potem zgrzytnęły drzwi. O wilku mowa? Mateusz najchętniej pokonałby strome schody jednym skokiem, ale zaciskając zęby, grzecznie podążył za niespiesznymi krokami Johanna.

Klęska okazała się pełna, do antykwariatu wkroczyła nieznośnie natarczywa kobieta po pięćdziesiątce i donośnym gardłowym głosem poczęła domagać się od Volkera prezentacji wszelkich możliwych przedmiotów związanych z kulturą egipską. Szarogęsiła się w tak bezczelny sposób, dyskutowała z taką zaciętością, że dopiero po kwadransie jazgotu opuściła sklep nie kupując w dodatku niczego.

Kiedy wyszła, magiczną aurę trafił szlag. Pyskata baba zatruła swoim słowotokiem powietrze. Antykwariusz odprowadził gościa do samych drzwi.

– Na koniec… jeszcze jedno pytanie, jeśli pan pozwoli…

– Pozwoli, pozwoli.

– Dlaczego właśnie mnie przypadkowemu facetowi z przypadkowego kraju opowiada pan wszystkie te historie? Nigdy nie będę pańskim klientem... Nie stać mnie ani na kolię Józefiny ani nawet na porcelanę Kobishi.

– Kobayashi.

– Cokolwiek to znaczy.

– Mówiąc, że nie masz zamiaru niczego kupić burzysz wszystkie moje plany, jakie poczyniłem w stosunku do ciebie. Zastanów się, bo obniżki są naprawdę imponujące!

– Panie Volker...

Dobrze, dobrze, odpowiem ci. Twierdzisz, że jesteś przypadkowym facetem z przypadkowego kraju. Ale tu, w „Nabucco" z zasady nikt nie wierzy w przypadki, Mateuszu.

– Ciągłe szarady. A tak konkretniej?

Antykwariusz położył dłonie na barkach swojego gościa. Ścisnął je na znak czystych intencji.

– Lubię opowiadać. Dlaczego tobie? A dlaczego nie? Szczerość nic nie kosztuje. Opowiadam, bo jesteś dzielnym słuchaczem. Bo wróciłeś tak jak obiecywałeś i... mam nadzieję, że wrócisz jeszcze nieraz?

Taka argumentacja wydała się Durskiemu dość przekonywująca.

Wrócę. No pewnie, że wrócę.

I faktycznie, w ciągu nadchodzących dwóch tygodni zajrzał do „Nabucco" ośmiokrotnie. Ale Moon nie zastał już ani razu. Znikła. Rozpłynęła się w powietrzu. Odeszła.

Dziennik Arnego

Pierwszy maja. Szum i krzyk...
Przez parę dni nie potrafiłem zmusić się do pisania. Wrodzone lenistwo, a ponadto obowiązki, latanina, kolejki.

Ciągle z powodzeniem udaję porządnego obywatela poszukującego pracy, za to coraz trudniej przychodzi mi udawanie porządnego obywatela w ogóle. Poza tym byłem spieszony. Dopiero wczoraj odebrałem samochód z warsztatu, coś ponaprawiali, ale odtwarzacza nie tknęli. Kazali jechać do specjalistycznego serwisu. Póki co nie mam do tego głowy...

Już wiem, że „mój" Polak, ten od zalanego mieszkania, ma na imię Mateusz. Tytułuję go trochę przekornie „panem M.". To całkiem sympatyczny, choć mało romantyczny i mocno skryty człowiek. Jakiś czas temu byliśmy w piwiarni u Christine, prawie codziennie zderzamy się na klatce schodowej. Gawędzimy w przelocie, pożyczamy sobie jakieś drobne przedmioty... Jak to sąsiedzi.

Christine zachowuje się tak, jakby w ogóle mnie nie znała i jakby te dwa lata spędzone razem kompletnie nic już dla niej nie znaczyły. Podawała kolejne kufle piwa z wymuszonym uśmiechem zawodowej uprzejmości. Zupełnie niepotrzebnie próbowałem do niej zagadać, ale spytała tylko dość złośliwym tonem skąd wytrzasnąłem „Polaczka" i wykręciła się brakiem czasu. W knajpie był komplet – fakt, ale przecież kiedyś nic by nam nie przeszkodziło. Inna sprawa, że ten dupek, mąż, stał niedaleko i śledził każdy jej ruch. Patrzyłem ukradkiem na tępą, chamską, bawarską mordę i zastanawiałem się, czy kobiety są aż tak złośliwe czy tylko aż tak głupie? Co nimi powoduje? Wiem, wiem – pytania bez odpowiedzi. Przecież byliśmy z Christine szczęśliwi, myśleliśmy o małżeństwie. Ja wówczas jeszcze uczyłem, ona pracowała w księgarni. Wiązaliśmy spokojnie koniec z końcem, ostatnie pół roku mieszkaliśmy pod jednym dachem. Akceptowała moje poglądy, choć nie potrafiła zaakceptować niektórych moich kolegów z Haraldem na czele. Zresztą nigdy tak naprawdę nie rozmawialiśmy o polityce. W miłości, a myślę, że była to miłość, nie ma czasu na ideologię. Tak czy siak, Christine była idealną kandydatką na dobrą, niemiecką żonę. Pochodziła z tradycyjnej, wiejskiej rodziny, co oznaczało niezachwiany instynkt macierzyński plus bogobojność i szacunek dla innych. Potrafiła być kobietą, lubiła się podobać. Na tle poubieranych w workowate portki, palących garściami papierosy, unikających makijażu ohydnych feministek, lśniła jak tęcza nad Czarnobylem.

A potem, nagle, coś się załamało. Zaczęła jak nakręcona mówić o bezpieczeństwie. Że nie czuje się przy mnie bezpieczna, że uwielbia mnie, ale nie potrafię dać jej bezpieczeństwa. Wszędzie wpychała jedno małe słówko: bezpieczeństwo. Wówczas jakże naiwnie myślałem, że Christine potrzebuje po prostu szczerej rozmowy. Głupi byłem. Teraz, z perspektywy czasu, jestem przekonany, że Christine już wtedy znała swojego Lutza – faceta z zabytkową piwiarnią i walizką pełną pieniędzy.

I wypełniło się. Jak w Nowym Testamencie. Ona została dobrą niemiecką żoną, a ja facetem, który zamknięty w twierdzy z kości słoniowej, wśród Albańczyków i Polaków bawi się długopisem, odpowiadając na ankietę ze *Sterna*.

IMIĘ I NAZWISKO: Arne Schuldinger.

PIERWSZY DZIEŃ W SZKOLE: Płakałem.

PIERWSZE LANIE OD OJCA: Jedyne, za niesubordynację. Miałem siedem lat.

PIERWSZA WAŻNA KSIĄŻKA: *Emil i detektywi.*

PIERWSZY IDOL: Karl Heinz Rummenigge.

PIERWSZY PRZYJACIEL: Marko. Byliśmy jak bracia aż do czwartej klasy. Potem jego rodzice rozwiedli się, a on z matką wyjechał do Norymbergi. Mieliśmy do siebie pisać, dzwonić... Nic z tego nie wyszło.

PIERWSZA RANDKA: Miałem 13 lat. Umówiłem się z klasową pięknością, Ivone. Przyszła, ale dostałem kosza.

PIERWSZE PIENIĄDZE: Dwadzieścia pięć marek za zbieranie truskawek. Wydałem je na lody.

PIERWSZY SUKCES: Dzień, w którym nauczyłem się pływać.

PIERWSZA PORAŻKA: Oblanie pierwszych egzaminów na studiach. Byłem pewniakiem.

PIERWSZY WŁASNY DOM: Obecny.

PIERWSZE ŁZY: Pierwszy dzień w szkole.

Bzdety... Wszystko to bzdety.

Za oknami ciemnieje, ale hałasy nie ustają. To różowo-czerwoni świętują dzień pracy. W Berlinie jest to równoznaczne z totalną demolką, ulicznymi bitwami i paniką wśród mieszczan, którzy i tak są dostatecznie spanikowani. Spod kamieni wypełzła chyba cała mierzwa, całe ścierwo i kloaka siedząca w ukryciu, wegetująca w przytułkach i barakach, czekająca na sygnał do rozróby. Z pracą to wszystko ma niewiele wspólnego.

Gdybyśmy to my odważyli się przyjść w sto osób pokojowej, podkreślam, pokojowej manifestacji pod Bramę Brandenburską, powitałyby nas najprawdopodobniej czołgi, a dzisiejsi wichrzyciele stanęliby ramię w ramię z mundurowymi po to by pacyfikować „faszystów". Mieliby okazję do następnej darmowej rozwalanki a media do zmasowanego ataku na brunatnych. Bo dziś w Niemczech można być zielonym, komunistą albo anarchistą. Można niszczyć prywatne samochody i rabować sklepy w ramach Święta Pracy. Można lżyć, obrażać a nawet i katować bezbronnych, płacących podatki ludzi w imię walki z nie wiadomo czym. Można palić narodowe flagi i śpiewać „Międzynarodówkę". Bo oni mogą się mylić, tak jak mylił się Stalin, Pol Pot czy inni szaleńcy. My nie możemy. Oni depcząc wszelkie prawa, popełniają drobną pomyłkę z rodzaju takich, za jakie zwykle przepraszamy gdy potrącamy kogoś w tramwaju. My, broniąc odwiecznych praw, narażamy się na obelgi, więzienie i banicję.

Wiecie, czego dziś w Niemczech nie można? Nie można powiedzieć: „Jestem dumny, z tego, iż jestem Niemcem", bo prezydent tychże Niemiec osobiście cię ukrzyżuje a prasa powiesi. Nie można krzyknąć: „Mam dosyć przepraszania za wojnę, której nie pamiętają już moi rodzice", bo zostanie się wyklętym. Nie można machnąć ręką na trucizny politycznej poprawności uśmiercające naród tak, jak arszenik uśmiercający niegdyś Napoleona na wyspie Świętej Heleny. No i nie można być prawicowym ani kultywować tradycji tej ziemi, bo z miejsca stajesz się gestapowcem. Ech, dam sobie spokój, bo się powtarzam...

Rok temu pierwszego maja poszedłem z trzema przyjaciółmi do świeżo otwartej na obrzeżach Kreuzbergu tajskiej knajpy. Musieliśmy obgadać parę ważnych spraw organizacyjnych i nie tylko. Ulice były spokojne, wręcz senne, pogoda sielska, atmosfera leniwa. Głęboka piwnica, w której właściciel roztropnie ukrył restaurację tłumiła wszelkie odgłosy. Zakopaliśmy się w myślach, ideach i fantastycznym jedzeniu. Wystarczyły dwie godziny, żeby świat wkoło nas zwariował...

Po wyjściu na zewnątrz ujrzeliśmy Liban, Afganistan, Belfast. Otoczyły nas obrazki serwowane do znudzenia przez telewizje wszystkich krajów. Czarny dym gryzł w oczy, puszki z gazem łzawiącym fruwały z jednej strony ulicy na drugą, a cała przecznica aż dudniła od chrzęstu podkutych policyjnych butów. Funkcjonariusze sformowani w rzymskiego „jeża" ruszali właśnie ku zbudowanej naprędce barykadzie bronionej przez jakąś anarchistyczno – lewacką bojówkę. Głównym elementem owej barykady był ledwo spłacony samochód Franza. Biednego, ciułającego grosz do grosza Franza Meiersa. Staliśmy tak we czwórkę kasząc i dusząc się, pełni bezsilności i poczucia uprawianej donkiszoterii. Widziałem płonące oczy Franza, podskakujące jabłko Adama, zaciśnięte pięści, słyszałem –

przynajmniej wydaje mi się, że słyszałem – świst wściekłego oddechu. Powiedział wtedy, a w zasadzie wycharczał: „Kiedyś pozabijam ich wszystkich... Nie chodzi mi o ten głupi samochód, ale o coś innego... Nie wiem o co, ale nie o samochód... Wierzysz mi, prawda?". Skinąłem tylko głową i napawałem się widokiem rodzącym nienawiść. To właśnie wtedy odnalazłem się. W ułamku sekundy ostatecznie postanowiłem, że nie odstąpię, nie odpuszczę, nie zdradzę. W środku ulicznej zawieruchy, na froncie Wojny Której Nie Było, pod poszarpanym petardami niebem Kreuzbergu.

Tak staliśmy. Czterech facetów z okładki ponurej punkowej płyty połączonych mistyczną nicią solidarności. Sekundy czołgały się jak zdychające ryby, gwałt odciskał się gwałtem, dwudziesty pierwszy wiek zaglądał nam głęboko w oczy. Słyszeliśmy narastający odgłos bojowych bębnów, upajaliśmy się czarną wodą pitą wprost z zatrutego strumienia, odbieraliśmy mentalne pozwolenia na broń. Zamaskowani chuligani nieświadomie dawali nam przepustkę w przyszłość, dawali pretekst do nienawiści i powód do niszczenia. Dawali nam motywację.

Mam zdjęcie, które trzymam w szufladzie biurka. Płonące World Trade Center, kłęby dymu nad Manhattanem, pandemonium. I pojedynczy facet w białej koszuli pikujący w dół z płaszczem niby spadochronem rozpiętym nad głową. Ikar udający Batmana. Jeszcze jeden kłamliwy, niespełniony amerykański sen.

Gdybyście wiedzieli jak bardzo współczuję temu nieznanemu człowiekowi. Ale żeby nie było niedomówień – współczuję tylko jemu. Zupełnie nie obchodzi mnie reszta ofiar, koalicja antyterrorystyczna, Osama Bin Laden, strażacy, policjanci czy Sikh zatłuczony kijami bejsbolowymi w Teksasie. Mało interesują mnie ofiary walk w Afganistanie i rozgrywki towarzyszące przekazywaniu władzy plemiennym kacykom.

Nie dbam o resztę. Reszta jest grą. Reszta się sprzeda. Reklamy w trakcie transmisji bezpośredniej z wojny kosztują na pewno więcej niż z finału piłkarskich mistrzostw świata. Powiecie – „okrutnik". Powiecie – „bez serca". Powiecie – „drań". A ja powiem dwie rzeczy: jeśli nasza cywilizacja faktycznie zdycha, jeśli Zachód upada tak jak kiedyś Cesarstwo Rzymskie, to taki widać jego los. Jestem Niemcem i interesują mnie wyłącznie Niemcy. Partykularyzm? Czemu nie. To nieprawda, że 11 września uderzono w cały cywilizowany świat. Cały cywilizowany świat dał w siebie uderzyć już w trakcie Rewolucji Francuskiej, potem bolszewickiej. Ten sam świat z iście chrześcijańską łagodnością nadatowił policnek terro rystom z maja 1968. Ich wychowankowie rządzą teraz w Berlinie.

Telewizja... Przerzucam kanał za kanałem. Talk show, reklamy, zapłać, to pokażemy ci seks, reklamy, zapłać to pokażemy ci sport, stary serial, dyskusję o terroryzmie, zapłać to pokażemy ci nowe filmy, reklamy, reklamy... I ciekawostka: Federalny Urząd Ochrony Konstytucji „z niepokojem odnotowuje wzrost popularności ugrupowań skrajnie prawicowych i neofaszystowskich".

Wyłączam odbiornik. Idę myć zęby i spać.

Dziś przyjęliśmy do naszej Organizacji kolejnego członka – Karstena. Chłopak pomyślnie przeszedł okres próbny i dostąpił zaszczytu inicjacji.

Karsten ma dwadzieścia jeden lat, jest wysokim brunetem i pochodzi spod Münster. Akurat jego historia, w odróżnieniu od historii pozostałych członków, może stanowić łapczywy kąsek dla różnego rodzaju psychologów, psychoanalityków i innych szarlatanów uprawiających pseudonaukę. Kiedy miał dwa lata, opuścił ich ojciec, a matka wyszła powtórnie za mąż. Ojczym-satrapa z miejsca upatrzył sobie w chłopcu wroga i tak już zostało. Po narodzinach trojga kolejnych dzieci, Karsten z roli dziecka nikomu niepotrzebnego stał się dzieckiem ostentacyjnie niechcianym. Ponoć matka zbyt kochała ojczyma by się mu przeciwstawić, zresztą była kobietą słabą i prostą w obsłudze. Rodzeństwo przyrodnie w ogóle go nie tolerowało. Co gorsza, mały Karsten dostał rozkaz zarabiania na własne utrzymanie. Grzecznie rozpoczął od roznoszenia gazet, co początkowo udawało mu się godzić z nauką. Całymi latami starał trzymać się z daleka od kłopotów, jednakże w domu okazywało się to coraz trudniejsze. Najpierw były kilkudniowe ucieczki, potem krwawa bijatyka z ojczymem. Trzynastoletni Karsten opuścił miasto, okolicę i land w poszukiwaniu lepszej przyszłości z cichym błogosławieństwem udręczonej matki i zmiętym stumarkowym banknotem w kieszeni. Niebawem kobieta zmarła a chłopaka przygarnął Berlin. Tu Karsten wykazał iście niemiecki hart ducha, wziął się w garść i z pomocą porządnych ludzi skończył zaocznie szkołę średnią. Potem podjął pracę w stolarni, gdzie, przypadkowo spiknął się z nim nasz werbownik. Zauważył wytatuowany na bicepsie Karstena maleńki krzyż Luftwaffe.

Sama ceremonia przypominała pozostałe, w których brałem udział. Odbyła się ciemną nocą, tam gdzie zawsze. Zjechali szefowie okręgów z większości landów, w których działamy, choć nie dostrzegłem wśród nich ani Haralda ani naszego zwierzchnika generalnego.

Stremowany kandydat był ubrany w czarne spodnie, miał bose stopy, gołą głowę oraz namarszczoną długą czarną szatę. Wokół głowy zawiązano mu linę, ale nie zasłonięto oczu. Dwóch zamaskowanych kolegów z nagimi mieczami w dłoniach oprowadzało go wokół sali podczas rytuału. Z ukrytych głośników rozbrzmiewała muzyka Orffa.

W kulminacyjnym momencie, tuż po złożeniu przysięgi, Karsten otrzymał z rąk Przewodnika kielich pełen wina. Wypowiedział wyuczoną na pamięć formułkę: „Jeśli miałbym kiedykolwiek pogwałcić tę przysięgę, niechaj to wino stanie się dla mnie śmiertelną trucizną, niczym cykuta podana Sokratesowi". Był nasz. Wiem... Powiecie, że to bardzo proste triki. Może nawet – prostackie. Techniki Małego Jasia. Ciemność, migające gwiazdy, pseudo-teatralna atmosfera, podniosła muzyka, pochodnie, miecze, maski, kapłani, tajne obrzędy i przepisane na kolanie formułki starych lóż wywołujące uśmieszki, trącące infantylnością. Macie rację, ja w takich chwilach odczuwam zawsze dyskomfort inteligenta zderzonego z gierkami rodem z piaskownic dzieciństwa.

Ale to bezduszna praktyczność Dzisiejszych Czasów – tworu bez twarzy, wynalazku biurokratów i kanalii zmusza ludzi wrażliwych do wyboru stron. Ja już wybrałem. Zaraz... Jak to było u Blake'a ...?

Myśl moja już nie spocznie w boju,
Nie uśnie miecz w ucisku rąk,
Póki nie stanie Jeruzalem
W Anglii zielonej, kraju łąk[3]

Moje Jeruzalem istnieje. Na przekór wszystkim Saladynom świata.

Po północy zbudziło mnie walenie w drzwi. Otworzyłem po chwili zastanowienia, pełen najgorszych przeczuć. Na progu stał pijany w sztok Mateusz. Bez zbędnych ceregieli wdarł się do mojego pokoju i poporosił o chwilę rozmowy. Jeśli

---

3] Wiliam Blake, *Czy to wśród gór zielonej Anglii...*, tłumaczył Jerzy Pietrkiewicz

dobrze zrozumiałem jego bełkotliwy przekaz, wychodzi na to, że poznał jakąś nieziemską dziewczynę i z miejsca się zakochał. Nie spamiętałem jej imienia, ale brzmiało dziwnie. Spotkał się z nią tylko raz i od tej pory włóczy się jak potępieniec po mieście, szukając śladów jej stóp. Ciekawe...

Pan M. mówił ponadto – o ile dobrze zrozumiałem – o jakimś sklepiku ze starzyzną, broszkach za tysiące marek i czarodziejskich sztuczkach ich właściciela. Domagał się bym towarzyszył mu w kolejnej wyprawie. Roztaczał przede mną wizję dziewczyny o perłowych włosach i plótł coś o Davidzie Bowie. Więcej nie pamiętam. Akcja należała do żywiołowych.

Zrobiłem mu słabej herbaty, trochę się uspokoił. Następnie, wypełniając fotel swoim kształtem dużego embriona, popadł w katatoniczny bezruch kogoś, kogo świat zewnętrzny nic a nic nie interesuje. Zamilkł i popijał słomkową lurę.

Nie przeszkadzałem ciszy. Niechaj trwa, pomyślałem, skoro ma czemuś pomóc. Ale czemu? Nie miałem najmniejszej ochoty na poznawanie nowych Berlińczyków, nowych dziewczyn, nowych dziwaków. Wokół mnie palił się grunt, a intuicja krzyczała, że zbliża się Czas Przesilenia. To był najgorszy moment na wplątywanie się w jakąkolwiek kabałę. I nawet nie chodziło tyle o mnie, ile o strach przed zaprzepaszczeniem okazji. Epokowej szansy na pokazanie naszej siły.

Spoglądałem w zmęczone, zapite, załzawione niebieskie oczy pana M. i zastanawiałem się, czy siedziałby tak grzecznie, gdyby wiedział z kim biesiaduje w środku nocy w obcym kraju... Gdzie byli jego bliscy? Jego rodzina? Ziomkowie? Dlaczego uwiesił się akurat mnie? Przez głowę przemknęła mi myśl o prowokacji, ale odrzuciłem ją ze śmiechem. Faktycznie, funkcjonariusze bezpieczeństwa najpierw szkolą a potem przysyłają do Berlina polskiego architekta, by ten inwigilował szeregowego niemieckiego działacza prawicy. Są jednak jakieś granice śmieszności i podejrzliwości. Czujność nie

może zamienić się w umysłowe kalectwo. Ale żeby od razu
śpiewać pierwszemu lepszemu przybyszowi niezręczne zwrotki Lili Marlen? Też przesoliłem.

Polacy... Czyżby Goethe miał trochę racji, co do ich ro-
mantyzmu? A może to taka sama obiegowa prawda jak lenistwo
Murzynów czy pracowitość Azjatów? Spoglądać z lotu ptaka
na masy czy oceniać twarzą w twarz poszczególne przypadki?
Przypomniał mi się esej Eliadego, który „obdarowywał" narody
konkretnymi archetypami: i tak na przykład archetypem
Anglików było morze, archetypem Niemców marsz... Co
mogło być archetypem Polaków?

„Ugybyd ją nobuonyl..." – zalypiał na fotelu mamroonąo,
„Arne... gdybyś tylko mógł ją zobaczyć..."

Nie ma mowy, przyjacielu. Nie zobaczę jej. Bo nigdzie
z tobą nie pójdę.

On, ona i on

„Poznajcie się... Arne – Moon... Moon: To jest mój przyjaciel, Arne."

Mateusz tkwił zdumiony na środku zamkniętego już o tej
porze dla klientów antykwariatu. Coś mówil, choć nic do końca
się słyszał. Poruszał ustami, wydobywając z nich w miarę arty-
kułowane dźwięki, ale nie kontrolował toku myślenia. Tkwił zdumiony. Jego zdumienie nie dotyczyło jednak ani tego, że o metr
od niego, jak gdyby nigdy nic, stała uśmiechnięta Moon, ani
tego, że ponury niemiecki koleżka zgodził się na wspólną eskapadę. Nie dziwił go również rozgardiasz panujący wewnątrz tego
wzorowo dotychczas uporządkowanego sklepu. Paczki z ekspo-
natami piętrzyły się ustawione byle jak pod ścianami, stolik do
kawy zastawiono wyjętymi na chybił trafił skorupami, zakurzona
podłoga nagle straciła połysk świeżości.

Zdumienie Mateusza budziło coś zupełnie innego. Oto w momencie, w którym zobaczył Moon, spłynął nań obłok chłodnego spokoju. Spokoju tak dojmująco graniczącego z obojętnością, że aż przerażającego. Chłodno analizował sytuację, pojmując, że nie ma u tej dziewczyny żadnych szans. Równie dobrze mógł kochać się w Julii Roberts. Rozpierzchły się gdzieś pewność siebie, samczy optymizm i witalność. Zawaliły się mosty nadziei, niebo nad Berlinem poszarzało. No więc dobrze, spotkali się wreszcie po dwóch tygodniach. Rozmawiają. Jest fajnie. Być może skoczą na kawę. Ale i tak, nigdy, przenigdy nie będzie jej mieć. Dojrzał własną klęskę w jej błękitnych oczach. I powoli, ale stanowczo, zdumienie zaczęło ustępować miejsca rozpaczy.

W trakcie nieprzespanych nocy gorączkowo ustalał taktykę, fantazjował, marzył. Rozpatrywał wszelkie alternatywy, stawiając się to w roli pokrzywdzonego przez los nieszczęśnika, to młodego Jamesa Caana, playboya i tumiwisisty. Trenował przed lustrem małpie miny, modulował głos nadając mu przeróżne brzmienia. Markował namiętne pocałunki, tańczył z cieniem, obmyślał miłosne pozycje. Dziś wszystko wzięło w łeb. Było normalnie i zadziwiająco obco. Dziś ktoś inny rozdawał karty.

Tym kimś na pewno nie był Arne. Mateusz przyglądał się mu prawie z podziwem, na próżno szukając u Niemca najdrobniejszych oznak uwielbienia dla Moon. Ponury sąsiad imponował tym czym zwykle: opanowaniem, flegmą, dystansem i obojętnością. Wyglądało na to, że Arne nie pozwalał trafiać się miłosnym piorunom.

Moon wyglądała jeszcze ponętniej niż za pierwszym razem. Żółtą, sukienkę mini włożyła na przesadnie obcisłe robocze dżinsy. Jej bose stopy tkwiły w sandałkach na podwyższonym, obcasie. Jak ona mogła sprzątać w czymś takim? Pomalowane starannie na blady róż paznokcie palców u nóg nie dawały Mateuszowi spokoju. Poczuł ogarniające go podniecenie.

– Przepraszam was za bałagan. Porządkujemy graty. Większość trzeba będzie opisać i wywieźć.

Mateusz nie miał ani siły ani ochoty na konwersację.

Wyręczył go Arne.

– Szkoda… Wspaniała lokalizacja.

– To już nie to samo. Kiedyś to była lokalizacja…

Moon odrzuciła włosy opadające niesfornie na czoło. Mateusz czuł ich zapach, a może tylko halucynował.

– Kiedyś… Kiedyś cały Berlin był inny. – Arne wzruszył ramionami.

– Interesujesz się Berlinem?

– Co nieco. W końcu jestem historykiem.

– Ja też, bardzo. Co za miasto! Ciągle nie mogę się nadziwić, jak mocno mnie fascynuje. A ty Mateusz, jako architekt, jak patrzysz na Berlin?

– Lubię Berlin.

Chłód jego głosu wbił się klinem w spójność konwersacji. Arne wydął wargi.

– Ejże… Pan M. coś dzisiaj nie w humorze.

– Nazywasz go panem M.? To… miłe.

Dwie twarze zwróciły się w kierunku Polaka.

– Jak dla kogo. – Durski wykrzywił usta. Postanowił przynajmniej grać na zwłokę. Najchętniej trzasnąłby drzwiami „Nabucco" i uciekł do parku płakać na ławce. – Nie wiem, skąd on to wytrzasnął.

– Faktycznie coś dzisiaj kiepsko z humorem. Jakieś nieprzyjemności w pracy? – Zafrasowała się Moon.

– Powiedzmy… – uchwycił się tego tropu, wzbogacając go o żigolakowski niuans tajemniczości, – takie tam… Poradzę sobie.

– To dobrze. A jak twój nastrój, Arne?

– Ogólnie może być – wyraz twarzy odpowiadającego sugerował zupełnie co innego.

Dziewczyna chwyciła się pod boki. Spoglądała to na jednego, to na drugiego z niedowierzaniem.

– Słyszałam, że tylko jeden gliniarz jest ponury, drugi powinien być wesoły i częstować koniakiem.

W pierwszej chwili nie zrozumieli. Dopiero po kilku sekundach parsknęli śmiechem.

Moon pokręciła głową.

– Syndrom białych nosorożców... Wiecie co to takiego?

Mateusz zaczerpnął powietrza i wypuścił je z powrotem. Całe szczęście, że po raz drugi w ciągu pięciu minut Arne przybył z odsieczą. Odpowiedział nieco złośliwie, z przylepioną do twarzy pozą kujona wyrwanego nagle na środek klasy.

– Bardzo rzadkie mutacje nosorożców mają niezwykłą karnację. Wyglądają jak albinosy. Taki białas trafia się raz na parę tysięcy sztuk. Ich charakterystyczną cechą jest to, że całe życie szukają innego białego nosorożca. Jeśli go nie znajdą, wolą zdychać samotnie... Mam rację?

– Powiedzmy... Jak na historyka nieźle...

Przysłuchujący się ich rozmowie Polak znów odpłynął do krainy marzeń. Nosorożec, który chciał stratować go we śnie nie był co prawda biały, ale jaki był naprawdę Mateusz Durski? Skąd taki sen? Przekleństwo! Wiedział ponad wszelką wątpliwość, że jego białym nosorożcem była Moon. Odpowiedzi na resztę pytań niósł ze sobą wiatr. Postanowił nie przerywać tym dwojgu.

– Jak to „jak na historyka nieźle"? – Arne udawał oburzenie, a może faktycznie oczekiwał od dziewczyny nieco solidniejszej pochwały.

– A tak to, dzieje białych nosorożców obfitują w rozliczne niuanse. I właśnie te niuanse stanowią o stopniu tajemniczości ich miłosnych perypetii, tak samo jak przyprawy decydują o smaku potraw.

– Ha, znawczyni tajników białych nosorożców. Rozumiem, że studiujesz zoologię?

– Pudło. Studiuję socjologię na Uniwersytecie Berlińskim. – Nie umknął jej mimowolny, krótki jak myśl grymas twarzy Arnego. Uśmiechnęła się jeszcze szerzej. – I co się tak krzywisz?

– Socjologia to statystyki. A statystyki to...

– Kłamstwa?

– Właśnie – widok gestykulującego gwałtownie Arnego był zupełną nowością. – Sam, na studiach, wypełniałem dla forsy setki ankiet za ludzi, którym się tego nie chciało. Wpisywałem największe bzdury, wszystko, co tylko ślina przyniosła mi na język. A potem pakowałem to do wielkich kopert i wysyłałem pocztą do wielkiego instytutu. Tam moje wymysły zostawały przekuwane na wiedzę. I to jest właśnie socjologia. Badania, uproszczenia, manipulacje. Boję się statystyk.

– Po pierwsze, jeśli faktycznie sam wypełniałeś ankiety za forsę, popełniałeś, delikatnie mówiąc, nadużycie. Po drugie, po to powstało pojęcie błędu statystycznego, żeby takich jak ty zepchnąć na margines doświadczeń. Po trzecie socjologia to nie tylko ankiety. Po czwarte, studiuję tam tylko dlatego, że nie dostałam się na malarstwo. Po piąte: nie obchodzą mnie statystyki, ani uproszczenia. A już najmniej manipulacje. Obchodzą mnie... Oj Boże, człowiek mnie obchodzi, no! A po szóste: jak mi nie pomożecie porządkować sklepu, to będę tkwić tu do rana.

– Od razu trzeba było powidzieć – Mateusz, zwarty i gotowy, wkroczył do akcji. Otępienie powoli zaczynało mijać. Postanowił nie poddawać się przed linią mety.

Dziewczyna przeniosła wzrok na niego. Rzekła głosem, w którym grały nuty słodyczy, ale także ironii i seksownej podejrzliwości.:

– Aleś się wyrwał... A o socjologii nie chciałeś porozmawiać?

– Mamy z Arne taki cichy podział: on jest od mówienia, ja od prac fizycznych.

Zaśmiali się. Zrobiło się lepiej. Moon odsłoniła cały garnitur perłowych zębów.

– Okej. W takim razie prosiłabym was o przeniesienie tego stolika, razem ze wszystkim co na nim jest pod tamtą ścianę z paczkami. Tylko ostrożnie, w porządku?

Już po chwili praca wrzała. Nie była ani ciężka, ani jednostajna, ani nudna, niemniej Mateusz czuł pewien dyskomfort w stosunku do swojego sąsiada z kamienicy. Po prostu Arne w żadnym przypadku nie miał obowiązku zachwycać się weekendem spędzanym na targaniu gratów w peryferyjnym sklepiku.

Niosąc stolik spojrzeli na siebie: Mateusz zdobył się na nieszczęśliwą minę pokutnika proszącego o najniższy wymiar kary. Niemiec jedynie przymknął oczy i zaprzeczył szybkim, zdecydowanym ruchem głowy. Wyglądało na to, że rozumiał i nie miał pretensji. Jak każdy prawdziwy mężczyzna, doskonale pojmował bezradność bycia zakochanym.

Rozległy się dźwięki muzyki. Z niewidocznych głośników popłynęły polifoniczne akordy. Nie przeszkadza wam? – Krzyknęła odwrócona tyłem Moon.

– Bach nie może przeszkadzać – odparł głośno i uroczyście Arne.

Polak przeklął w duchu. Znowu wchodzili na grząski grunt. Czy to jego wina, że nigdy nie interesował się sztuką? Czy to jego wina, że z nie interesowania się uczynił własną pseudo-religię?

– Muzyka mojego dziadka – podeszła do nich krokiem baletnicy. – Stary, poczciwy Jan Sebastian. Lubisz Bacha, Mateuszu?

Panika szczytowała. Przełknął nieporadnie ślinę i nagle, w błysku olśnienia przypomniał sobie jedną z opowieści Anety. Eureka! Przecież były dni, w których zamęczała go anegdotkami z życia gwiazd.

– Najbardziej lubię jego ostatnią kompozycję. Tę niedokończoną…

Miał na końcu języka wyraz „requiem", ale coś w ostatniej sekundzie go powstrzymało. Okazało się, że Opatrzność znów nad nim czuwała.

– Aaa – „Sztukę fugi"?

– Tak. Zdecydowanie.

– Dlaczego akurat tę?

– Nie wiem… Widzę zmagania starego, schorowanego człowieka z oporną materią. Chęć dorównania Bogu. Zmierzenia się z ideałem. Jak u Gaudiego. – Przeskoczył na znacznie bardziej przyjazne terytorium.

– Gaudi to gigant – złożył oświadczenie Arne. Ale uwaga Moon skupiła się na Mateuszu.

– Byłeś w Barcelonie?

– Niezupełnie… Nie, nie byłem. A ty?

Byłam w Hiszpanii, ale nie w Katalonii. Nie starczyło mi czasu. Chłopaki, – wskazała paczki zalegające w bezładzie przeciwległą ścianę – przerzućmy je na jeden stosik, okej? Wyglądało to tak, jakby szybko chciała zakończyć ten wątek dyskusji.

Ruszyli po pakunki. Poszło piorunem.

Kilka minut po dwudziestej do wysprzątanego i odczyszczonego wnętrza zajrzał Johann Volker. Jego czarna skórzana kurtka spływała wodą. Widocznie na zewnątrz, musiał właśnie spaść porządny wiosenny deszcz. Antykwariusz zastał widok rodem z japońskiej pagody: cień stojącej za szafką Moon zwijał kabel odkurzacza, a Mateusz i Arne siedzieli na wykładzinie z podkurczonymi nogami, popijając zieloną herbatę.

Właściciel sklepu swoim zwyczajem wyrzucił w górę obie ręce.

– Bądźcie pozdrowieni przybysze! Ale ulewa!

Odkłonili się. Moon wyszła zza przepierzenia, aby przywitać się z dziadkiem. W międzyczasie Mateusz w kordialny sposób dokonał prezentacji kolegi, tytułując go przyjacielem.

– Bardzo mi miło. Przyjaciele Mateusza są przyjaciółmi „Nabucco". Ale z tym siedzeniem na podłodze przesadziliście. Co prawda mój sklepik popadł w niełaskę, ale stać mnie jeszcze na stolik i krzesła.

– Meble były właśnie czyszczone na mokro. Sam prosiłeś – w głosie wnuczki zadrgał cień przytyku.

Johann cmoknął z niecierpliwością.

– No tak, ale czy nie można było znieść z góry…

– Nie trzeba, naprawdę nie trzeba – odparł szybko w imieniu całej trójki Polak. – Obcujemy z tradycją japońską.

– Nie uwierzę… Najpierw zapędziła was do roboty a potem jeszcze namówiła na to zielone paskudztwo. – Podejrzliwie, niemal z bojaźnią zerknął w głąb ich filiżanek. Prychnął z niesmakiem. Potem spojrzał na Arnego, tak jak patrzy się na imbecyla. – Powiedz mi, ale tak z ręką na sercu: smakuje ci ta herbata?

– Z ręka na sercu… nie – grymas ust odpowiadającego zawierał w sobie więcej szczerości niż wypowiedziane przed chwilą zdanie.

Mateusz parsknął śmiechem, a Moon aż zadrżała od udanej wściekłości.

– To zdrada! – Pogroziła palcem Arnemu. – Pan mnie oszukał. Jeszcze trzy minuty temu opowiadał pan o walorach smakowych tego trunku.

– Bo ma faktycznie niezaprzeczalne walory – bronił się napadnięty, niemniej jest podobno zdrowa. A nic co zdrowe nie może być smaczne.

– Święte słowa, święta słowa – antykwariusz zdjął kurtkę i przewiesił ją sobie przez ramię.

A potem odwrócił się, by znaleźć wieszak, którego już od jakiegoś czasu nie było. Bezradna dłoń zawisła na sekundę w powietrzu, by pełnym rezygnacji ruchem wrócić do poprzedniego położenia.

Rozbawiony Mateusz przypadkowo śledził ruchy Volkera. Z niepokojem dostrzegł jak nagle, w ułamku sekundy, twarz tamtego szarzeje i jak przeszywa ją paroksyzm bólu. Zmęczone oblicze zaszczutego człowieka… Durski w mgnieniu oka wrócił na ziemię. Zrozumiał, że ta wesołość, dowcipne pozy i wylewna rubaszność są tylko parawanem klęski, parasolem ochronnym rozpiętym nad zbolałą duszą. Ogarnęła go złość na siebie, na Berlin, na Niemcy i świat. Nie potrafił jej konkretnie ukierunkować. W przelotnym grymasie antykwariusza dostrzegał absurd wszelkiego istnienia. Zasępił się. Zacisnął pięści. Co będzie dalej? Co z ich wyjazdem? Co z Moon? Jednak ciągle się łudził...

Tymczasem na policzki gospodarza „Nabucco" powoli wracały kolory. Mateusz nie spuszczał wzroku ze starego; musiał przyznać, że mimo wszystko, tamten świetnie nad sobą panował. Volker podszedł do ściany z paczkami i delikatnie opukał największą, a zarazem najwęższą z nich.

– Trzeba jeszcze zawieźć te dwa obrazy na Wedding, do Arkopffa. Jutro rano zgłosi się po nie kupiec.

Dziewczyna pokiwała głową. Pukle złotych włosów wzburzyły się i na powrót znieruchomiały.

– Jasne. Daj kluczyki i...

– Problem w tym, że moje auto jeździ teraz gdzieś po drogach Nadrenii. – Machnął ręką. – Wiem, wiem... zawaliłem. Trochę mnie to wszystko przerasta... No, ale młody Sziracki ofiarował się pojeździć po tamtejszych znajomych antykwariatach z naszą drobnicą... Pamiętasz? Gratisowo, niby w ramach przeprosin za paterę, której nie kupił.

Moon wypuściła nadmiar powietrza z płuc i podparła dłonią twarz. Teraz ona wyglądała na zmęczoną.

– Dziadku, jak ty to sobie wyobrażasz? Mam tachać te obrazy metrem? Na Wedding? Przecież to kawał drogi. W dodatku pada deszcz...

– No trudno... W takim razie ja sam spróbuję je tam jakoś przetransportować.

Głos Arnego zabrzmiał jak w większości przypadków flegmatycznie i niemal bezosobowo:

– Przecież możemy zawieźć je moim Volkswagenem. – Mateusz gdyby mógł rzuciłby się sąsiadowi na szyję. – Nie jest co prawda zbyt pakowny, ale nie takie rzeczy się nim woziło.

– Serio? Chciałoby ci… chciałoby się wam? – Właściciel „Nabucco" przeskakiwał wzrokiem z twarzy na twarz.

– Ooo, ale w takim razie rekwiruję was na resztę wieczoru. Coś za coś! – Moon wykorzystała sytuację i wskoczyła między nowych znajomych. Otoczyła ich szyje ramionami. Mateusz poczuł jaśminy, konwalie i coś jeszcze. Odruchowo napiął mięśnie, chcąc przekazać dziewczynie gotowość swego ciała. – Słuchajcie białe nosorożce! Wieziemy te kiczowate pseudoimpresjonistyczne buble na Wedding, a potem zabieram was na drinka. Ja wybieram miejsce i ja zapraszam! Co wy na to?

To było jak sen. Jak blondynka schodząca z billboardu. Arne westchnął głęboko.

– Dobrze, ale pod jednym warunkiem…

– ???

– Żadnej zielonej herbaty!

– Choćbyś o nią błagał na kolanach, choćbyś konał z pragnienia na pustyni, już nigdy ci jej nie zaparzę! – Naburmuszona wnuczka Johanna pokazała rozmówcy koniuszek języka. Ten bez słowa ruszył po paczkę z płótnami.

Nastąpiły pożegnania. Gdy po chwili cała trójka opuszczała „Nabucco", Mateusz zagrał na zwłokę, by choć na chwilę zostać twarzą w twarz z antykwariuszem. Schylił się nad lewym butem i zaczął poprawiać sznurówkę. Moon i Arne przystanęli.

– Idźcie, idźcie… Zaraz was dogonię. – Wyszli na zewnątrz. Arne niechcący trzasnął drzwiami.

Volker pomachał im ręką i stanął na środku sklepu. Rozglądał się skołowany, przygaszony, mocno bezradny. Mateusz przyglądał się krzepkiemu mężczyźnie z niemal synowską czułością. Przez ostatnie tygodnie odnalazł w nim źródło, z którego pił życiową energię i czerpał wiedzę oraz doświadczenie. Podszedł do jednej z gablot i omiótł sklep szerokim ruchem ręki.

– Trudno jest się z tym rozstawać, prawda? Przepraszam… Kretyńskie pytanie.

– Bynajmniej. – Ton głosu Volkera był suchy jak pergamin.

– Trudno pojąć, owszem... Ale rozstawać się? Nie... Przecież to tylko rzeczy.

– Proszę się nie gniewać, ale nie wierzę.

– To już twój problem.

– Widziałem cierpienie na pańskiej twarzy i...

– Nie użalaj się nade mną, Mateuszu, skoro ja sam nie chcę tego robić – w źrenicach Johanna zabłysły dziwne ognie. – Masz czelność opowiadać o cierpieniu tak, jakbyś wiedział o czym mówisz. Pozwól, wyjaśnimy sobie pewne kwestie. Wtajemniczyłem cię w niektóre mroczne karty mojego życia, opowiedziałem o wewnętrznym rozdarciu i bólu, w porządku. Ale jeśli uważasz, że wyprowadzka ze starego zatęchłego sklepu przyprawia mnie o egzystencjalny skowyt, jeśli myślisz, że przewózka paru płócien i litografii wyzwala mękę, jeśli sądzisz, że niwelacja ogródka pcha mnie ku samobójstwu, to muszę przyznać, iż bardzo mnie rozczarowujesz.

Zdumienie i kiełkująca złość odebrały Durskiemu zdolność celnej riposty. Nie poznawał człowieka, któremu jeszcze przed chwilą oddałby wszystko co miał.

– Jak to? Przecież sam pan mówił...

– Pamiętam co mówiłem. Smuciłem się śmiercią starego Berlina, śmiercią dobrych obyczajów i zmianą mentalności. Ale mówiłem również, że nie należy z tym walczyć. Że nikt nigdy z tym nie wygra. Że dziś będzie tylko dniem wczorajszym dla jutra i zmiany trzeba aprobować. Nie, mój polski przyjacielu, nigdy nie mówiłem o cierpieniu. Jego limit mam już za sobą.

Polak odzyskał jako taki rezon.

– W takim razie najwyraźniej źle zrozumiałem i chyba faktycznie pana zawodzę. Do zobaczenia.

Odwrócił się na pięcie i ruszył w stronę drzwi. Na miejscu osadziła go cicha, ale dobitnie wypowiedziana prośba.

– Zaczekaj!

Posłusznie, choć niechętnie stanął na progu. Odwrócił się. Johann podszedł bliżej.

– Zrozum… – natarczywość ustąpiła miejsca łagodności. – Ja po prostu nie mogę pozwolić sobie na luksus bycia trapistą. Nie dość, że moje życie pędzi, to jeszcze w dodatku rzuca coraz dłuższy cień na wszystko co robię. Muszę wyjść z tego cienia zanim przekroczę Rubikon, rozumiesz? Jest Moon, są obowiązki.

Chwycił Mateusza za nadgarstek i kontynuował, nie dając mu szansy na odpowiedź.

– Obserwuję z rosnącą radością, jak łapiesz coraz więcej wiatru w żagle. Widzę, że Berlin smakuje ci coraz bardziej. Że znajdujesz w nim przyjazne dusze. I że… lubicie się z moją wnuczką. To dobrze. Ani ciebie ani jej nie sposób nie lubić. Przyrzeknij mi, że umiejętnie będziesz rozporządzać własną młodością… Bo cóż innego mamy na tym świecie cenniejszego… – Pokiwał w zamyśleniu głową.

– Obiecujesz?

Dziwne, ale tą wypowiedzią raz jeszcze przełamał lody. Cała uprzednia niechęć do antykwariusza znikała równie szybko, jak szybko przedtem narosła.

– Obiecuję. – Mateusz uścisnął znacząco dłoń Volkera. Westchnął bez teatralnych póz. – A jednak szkoda tej kawy…

– Wypijemy jeszcze wiele lepszych, zobaczysz!

– Wierzę… Przepraszam jeszcze raz za nietakt, ale kiedy parę minut temu zauważyłem, że zniknęło zdjęcie rodzinne i kolia, poczułem tępy ból…

– To dobrze, że przestajesz wstydzić się własnych emocji. Mnie nie jest łatwo Mateuszu. Ale trzymam się jakoś. Są na świecie gorsze rzeczy od błędnych uchwał rady miejskiej.

Blade uśmiechy wróciły im na oblicza. Durski pojął, że właśnie teraz musi zadać to jedno jedyne pytanie. Że potem, że kiedyś może zabraknąć mu rezonu.

– Panie Volker. Jeszcze drobiazg zanim pójdę... Czy mówi coś panu nazwisko Biłża?

– Jak?

– Bił – ża – przesylabizował Mateusz. – Polak – dodał, wzruszając ramionami. Jakby ta informacja miała cokolwiek wnieść do sprawy.

Skupiona twarz antykwariusza wskazywała na energiczne przeszukiwanie pamięci. Po chwili Niemiec klasnął w dłonie.

– Ach – B i l c a... Czy tak?

– Chyba tak.

– Skąd znasz to nazwisko?

– To bardziej on zna pańskie. I zna „Nabucco".

– No pewnie. Jakiś czas temu nachodził mój sklep z całą walizką kradzionych z cerkwi i przemycanych przez granicę ikon. Miał nadzieję na odsprzedanie ich po atrakcyjnych cenach. Kiedy, z różnych powodów, odmówiłem i zażądałem zaprzestania tych wizyt, zaczął mnie szantażować albańską mafią czy czymś takim. Potem się już nie pokazał. To biedny człowiek.

– Jak każdy Polak – wyszeptał zawstydzony Mateusz. Z jednej strony cieszył się z wyjścia na jaw tajemnicy, która męczyła go od chwili spotkania z Johannem. Z drugiej strony czuł znowu ów przeklęty, piekący wstyd. Ale jego rozmówca tylko pogroził palcem tym myślom.

– Nigdy nie waż się tak mówić. Zastanów się tylko, w jakim świetle stawiasz samego siebie... A nade wszystko pomyśl, że przedsiębiorczość Bilców nie trafiłaby na podatny grunt, gdyby nie pazerność mieszkańców tego kraju. My Niemcy, uchodzimy za prawomyślnych i porządnych, ale nikt z nas nie cofnie się przed okazyjnym kupnem skradzionego cacka. Sam nabyłem mnóstwo przedmiotów, jak to się mówi? Okazyjnie. Głośno potępiamy działalność przemytników i oszustów, ale po cichu sami tworzymy największy w Europie rynek dla ich wyrobów. Sarkamy w milczeniu na Turków, ale nikt z nas nie poniży się

pracą w kanałach ściekowych. Widziałeś Niemca roznoszącego gazety? No! To nie osądzaj całych narodów, bo...
     Potrójny, niecierpliwy dźwięk klaksonu zawisł nad ich głowami. Antykwariusz przerwał wywód.
     – No dobrze, na dziś koniec z historiozofią. Jedź, bo pojadą bez ciebie. A tego chyba byś nie przeżył?
     Mrugnął w stronę Mateusza. Ten odpowiedział szerokim uśmiechem.
     – Przeżyłbym, ale z trudem.

* * * * *

     Deszcz z ulewy przeszedł w natrętny, siąpiący kapuśniaczek. Drobne krople wbijały się w asfalt. Znudzone wycieraczki w jednostajnym tempie odgarniały strużki wody.
     Parkowali pod starą kamienicą o poczerniałych murach i popękanej fasadzie, stojącej w szeregu siostrzanych budynków, nieco zapomnianych przez Boga i ludzi. Czekali na powrót Moon, gaworząc o drobnostkach, poganiając czas.
     – Naprzeciw jest dom starców – ręka siedzącego za kierownicą Arnego wystrzeliła w kierunku posępnej, pseudogotyckiej budowli. – Znajomy tam kiedyś pracował. Dorabiał po godzinach.
     – To jeszcze inny Berlin. – Mateusz udając, że słucha, co chwila zerkał w kierunku bramy wejściowej, w której dwadzieścia minut temu zniknęła Moon. Obaj chcieli pomóc jej nieść obraz, ale dziewczyna tylko puknęła się w czoło. Jak długo ona będzie tam jeszcze siedzieć? Jak skończy się ten wieczór? Jak skończy się to wszystko?
     – ... i dlatego teraz jeżdżą tamtędy traktory.
     – Traktory? Jakie traktory? – Mateusz oprzytomniał ociupinkę za późno.
     – Dzięki, że tak uważnie mnie słuchasz – z udanym oburzeniem w głosie Arne zakończył wykład.

– Przepraszam… Naprawdę. Sytuacja awaryjna, wiesz…

– Wiem, wiem. Też bywałem zakochany.

Nie było sensu udawać. Wyraźnie zafrasowany Polak pokręcił głową.

– Sam widzisz jaka ona jest.

– Atrakcyjna, nie powiem.

– Atrakcyjna?! Co to w ogóle za słowo? Atrakcyjna… też coś… – żachnął się Mateusz.

– Wybacz, ale żeby powiedzieć coś więcej o dziewczynie, trzeba ją dokładniej poznać. – Arne poprawił się w fotelu. – Wygląda znakomicie, to fakt. Ale może ma chłopaka? Dziwiłbym się, gdyby nie miała. Może jest oziębła? Dziwiłbym się, gdyby nie była. Większość Niemek jest. Może woli kochać inaczej?

– … i dziwiłbyś się gdyby była hetero co? Oj człowieku, z takim myśleniem nie warto poznawać panienek.

– Mam specyficzne doświadczenia w tej dziedzinie – ton głosu Niemca spoważniał. – Wierzę, że czasami lepiej pójść do burdelu, żeby załatwić co trzeba za drobną opłatą, niż serwować im te wszystkie szampany, kawiory, broszki, kwiaty, czekając na łaskawy pocałunek po randce.

– Typowy niemiecki romantyk…

– Nie przerywaj. Jesteś zaślepiony, więc i tak nic do ciebie nie dotrze, ale spróbuję opowiedzieć ci pewną historyjkę. Marilyn Monroe wyszła za tego amerykańskiego pisarza… Millera zdaje się. Zaraz po nocy poślubnej, cała zakochana i w skowronkach pojechała do Londynu kręcić jakiś film. I już następną noc spędziła w łóżku z angielskim elektrykiem. Miał ją jak chciał, rżnął w te i we wte…

– Co ty mi tu wyjeżdżasz z Marilyn Monroe…

– Nie przerywaj, prosiłem. Myślisz, że mam do niej jakieś pretensje? Znaczy, do Marilyn? Ależ skąd… Po prostu – kobiety są nieprzewidywalne. Miller, razem ze swoimi książkami, inteligencją i pozycją mógł iść na drzewo. Elektryk był młodszy, lepszy i sprawniejszy… Widzisz, niektórzy nawiedzeni mówią, że kobiety noszą w sobie jakąś tajemnicę, jakiś sekret nie do wychwycenia dla męskiego serca. To bzdety. Tam nie ma nic… Zresztą tak samo jak i u mężczyzn – dodał po chwili.

Zrobiło się cicho. Tylko deszczowe werble wygrywały ten sam skomplikowany nieparzysty rytm.

– Po co mi to mówisz? – Mateusz szukał wzrokiem zwarcia, ale Arne sprawiał wrażenie bardziej smutnego niż zdenerwowanego.

– Tak… dla zabicia czasu… Pamiętaj, tam nie ma nic.

– A jeśli jest?

– Pójdę na kolanach do Canossy.

Mateusz nie wytrzymał i wypalił:

– Któraś z nich musiała cię strasznie zranić. – Aż skulił się oczekując równie bezczelnej riposty. Ale ta o dziwo nie nadeszła.

– Oczywiście, że mnie zraniła. – Nie patrzyli na siebie, ale Polak czuł, że jego rozmówca się uśmiecha, tak jak to tylko on potrafił. – Dziewczyny są jak godziny: każda rani a ostatnia zabija, panie M.

Jak na komendę zachichotali. Zrazu cicho, potem coraz głośniej. Śmiejąc się, podali sobie ręce.

– Co prawda nie jestem angielskim elektrykiem, tylko polskim gastarbeiterem, ale i tak spróbuję!

– Pewno! A ja będę ci kibicował, tym bardziej, że ona nie jest Marilyn Monroe.

– Jest ładniejsza!

– Biedaku…

– Arne…

– Tak?

– Dzięki. Za ten wieczór, za przesuwanie mebli, za przewóz obrazów.

– No wiesz…? Cała przyjemność po mojej stronie.

– Wątpliwa przyjemność…

– Uwierz, że świetnie się bawię. Posłuchaj, zrobimy tak… Zawiozę was do knajpy, a sam pojadę odwieźć samochód. Nie będę się spieszył… Poznacie się lepiej, pogadacie, wypijecie, wiesz…

– Ale wrócisz?

– Jeśli chcesz, mogę zniknąć na całą noc.

– Nie, nie, wróć… – Durski głośno westchnął. – Szczerze mówiąc, bardzo boję się kosza, żeby tak startować od razu. Póki co, pobądźmy w trójkę.

– No i zguba się znalazła!

Ku volkswagenowi pędziła Moon. Mateusz wyskoczył z auta i szarmanckim, pełnym galanterii ruchem otworzył przednie drzwi. Podziękowala mu ruchem głowy i uśmiechem, po czym wskoczyła do środka.

– Przepraszam was strasznie… długo to trwało, ale trudno dogadać się z Arkopffem. Zrzędliwy sknerus! W ramach rekompensaty otrzymacie po kawałku jabłecznika robionego od jakichś stu sześćdziesięciu lat przez jego matkę. – Sięgnęła do plecaka i wyjęła plastikowy pojemnik, a z niego dwa opakowane w srebrzystą folię prostokąciki ciasta. – Smacznego! Ja zjadłam na miejscu.

– Dzięki za pamięć – Arne odebrał swoją porcję i powąchał z pietyzmem. – Mmm … panie M., naprawdę warto. To prawdziwy berliński, niemiecki apfelstrudel. Niech żyje matka pana Arkopffa, kimkolwiek jest!

Ciasto faktycznie było cudownie lekkie, pełne doskonale dobranych składników. Zjedli je w ekspresowym tempie, rozglądając się za dokładką, której nie było. Dla Mateusza fakt, że jabłecznika dotykały palce Moon stanowił dodatkowy walor.

Tymczasem Niemiec strzepnął okruszki z kolan, przełknął ostatni kęs i zapytał:

– A tak w ogóle, to dokąd jedziemy?

– Na Novalisstrasse 11.

– Czyli do samego centrum… W środek piekła?

– Stamtąd najbliżej jest do nieba.

– Skoro tak uważasz…

– Tylko jeszcze nie ruszaj. Muszę się przebrać.

– Tu? W samochodzie?

– Nie myślicie chyba, że szykowna dziewczyna chodzi cały dzień w tym samym ubraniu? Zawsze noszę w torbie niezbędne drobiazgi.

– No tak, tylko… – Arne podrapał się po głowie z wyraźnym zakłopotaniem.

– Ojej, jadę z dżentelmenami. Mateusz się odwróci, a ty będziesz patrzył przed siebie. Zresztą nie masz czego podglądać. Seksowna bielizna została w szafie.

Durski zamknął oczy. Teraz nie miał zamiaru na to patrzeć.

* * * * *

„Reingold" jaśniało dostojną głębią złotego połysku. Ustawione w symetryczne kwadraty fotele i pufy o miodowych obiciach wypełniały opływowymi kształtami przytulne łoże. Niemal wszystkie były zajęte, ale wreszcie udało się Moon dopaść wcale eksponowane miejsce tuż pod olbrzymim czarno-białym szkicem przedstawiającym zakochaną parę sprzed lat. Z głośników dochodziła jazzowa muzyka. Było jej dokładnie tyle ile trzeba, nie odwracając uwagi klientów od prowadzonych konwersacji, znakomicie uzupełniała ofertę klubu.

Siedli: dziewczyna plecami do ściany, Mateusz vis-à-vis niej. W volkswagenie faktycznie przebrała się w klasyczną małą czarną.

– Lubię mieć kontrolę nad sytuacją – rozejrzała się dookoła wyraźnie poszukując znajomych twarzy. Widać bywała tu częściej. – Arne, siadaj!

Ale Arne machnął ręką, jakby chciał odgonić niewidzialną muchę.

– Słuchajcie… Skoczę odwieźć wóz i wrócę za godzinkę. Mam ochotę na piwo.

– Oj Boże, wielkie mi rzeczy... Wóz możesz zostawić tutaj. Albo kazać odwieźć taksówkarzowi.

– Nie trzeba... przewietrzę się.

– Jak chcesz...

Odprowadzili go wzrokiem. Potem spojrzeli na siebie. Mateusz zebrał się w sobie; musiał umiejętnie zagaić.

– To jakaś nowa knajpa?

– Nie. Nie sądzę. – Obserwowała zza firanek długich rzęs pijanego faceta w żółtej marynarce bezskutecznie usiłującego dosiąść się do samotnej kobiety.

– No tak... Niemniej fantastyczne miejsce... Bywasz tu często?

– Jestem pierwszy raz.

Pomyślał, że czasami chodzenie po polu minowym musi być łatwiejsze. Wybawiła go z opresji.

– Znajomi naopowiadali mi tyle, że już parę tygodni temu postanowiłam tu zajrzeć.

– I jak?

– Och, gust znajomych... – wzruszyła ramionami.

Nie wiedział czy to nagana czy pochwała. Przy okazji był ciekaw jej znajomych. Cały czas paliła go zazdrość. Wszystko, co dotyczyło Moon ją budziło. Przy stoliku pojawił się kelner. Dopiero wówczas Mateusz pomyślał, że pewnie znowu straci to, co dopiero zarobił. Już przywykł do starego życia z dnia na dzień. I chociaż zapraszała ich Moon, nie wyobrażał sobie, by ktoś inny niż on mógł płacić ten rachunek. Przejął inicjatywę.

– Czego się napijesz, Moon?

– Tequillę sunrise.

– Dwa razy.

Kelner oddalił się bezszelestnie.

Nie stawiającego oporu faceta w żółtej marynarce wyprowadzał właśnie na powierzchnię uśmiechnięty od ucha do ucha ochroniarz. Mężczyźni przyjaźnie ze sobą konwersowali.

Wnuczka antykwariusza zaprzestała obserwacji i skoncentrowała się na oczach Mateusza:

– Lubisz tequillę sunrise?

– W życiu nie piłem.

Bingo! Zrewanżował się jej z nawiązką.

– Odważny... to lubię.

– Co jeszcze lubisz? Poza Bowiem rzecz jasna.

– Lubię... kiedy mi na czymś zależy. Lubię różne gatunki sera pleśniowego. Niemieckich przedwojennych malarzy i architekturę bauhausu.

– Jesteśmy w ojczyźnie bauhausu.

– Może skoczymy kiedyś... to znaczy we trójkę... na mały wypad śladami Groppiusa?

– Ba! No pewnie. –Ttrochę zaniepokoiło go to „we trójkę", ale postanowił wszelkie zmartwienia i męki odłożyć na potem. – Wiem, że to komunały z książki dla początkujących kreślarzy, ale zawsze zadziwiała mnie funkcjonalność tych domów w połączeniu z artyzmem ich wykonania.

Rozłożyła ręce.

– Cóż, nie są to wprawdzie gotyckie katedry, ale faktycznie, jak na koszmar dwudziestego wieku wyglądają całkiem nieźle.

– Chcesz zobaczyć prawdziwy koszmar? Przyjedź do Polski. Nieskończone morze blokowisk... Anonimowe bunkry bez dachów, bez wyrazu, bez serca. Obdrapane, zapaskudzone, zamalowane kretyńskimi napisami. Źle wybudowane, źle otynkowane, źle wykończone i wyposażone. Z zepsutymi windami, urwanymi kaloryferami, przestarzałymi instalacjami... Nic dziwnego, że część mieszkających w nich ludzi wariuje i zaczyna popełniać przestępstwa.

– Wiesz co to Pankow?

– Pankow? Nie... Kojarzy się z punkami, ale pewnie nie o to chodzi?

– Chodzi o dzielnicę byłego Berlina Wschodniego. Same bloki, wielka płyta. Nie byłam w Polsce, ale wystarczy mi Pankow.

Aż uderzył się w głowę.

– Rany, ale ze mnie głąb! Faktycznie, zapomniałem o nieboszczce NRD i jej światłych architektach…

Energicznie kiwnęła głową. Znowu poczuł zapach jej włosów a może miał urojenia.

– Czytałam ostatnio ciekawe opracowanie socjologiczne… Zdaje się, że podobnie jak u was wielkie osiedla są… czekaj, jak ten facet napisał… „matecznikami agresji." Kupa skinów, neofaszystów, bandytów… Żulia.

– A jak wygląda sprawa jednoczenia się Berlinów?… No wiesz… Urbanistycznie.

– Urbanistycznie, mówisz? Berlin jednoczy się błyskawicznie na każdym poziomie, ale dla znawców zawsze zostaną nie zabliźnione rany, które będzie można pokazywać… Jest cała masa miejsc totalnych. Na przykład szyny…

– Szyny?

– Uhm. Szyny tramwajowe. Wyobraź sobie, że w jednej części Berlina jeździły tramwaje, w drugiej nie. Po zburzeniu muru zostały takie tory prowadzące do nikąd. Rzecz jasna większość zalewają betonem, ale jeszcze dużo czasu minie zanim zniknie ostatni ślad…

Pojawiły się drinki. W wysokich szklankach, koloru intensywnej żółci przenikającej miejscami w pomarańczowo-bordowe wypełnienia. Miniaturowe, plastikowe parasolki, gustowne mieszadełka i fachowo skrojony zestaw tropikalnych owoców dopełniały reszty.

– Małe dzieło sztuki. Aż szkoda dotykać. – Mateusz objął swoje naczynie dłońmi, jakby bojąc się jego utraty.

– Ktoś cholernie dobrze wymyślił tę nazwę. Spróbuj, wygląda i smakuje jak autentyczny wschód słońca.

Już miał na końcu języka tekst o gaszącym słońce wyglądzie Moon, ale w ostatniej chwili stracił rezon. A co, jeśli weźmie go za prostaka? Upił czym prędzej dwa spore łyki drinka.

– Mmm… Pyszne. Co w tym jest? Poza tequillą, rzecz jasna.

– Grenadyna i sok pomarańczowy. Do przyrządzenia samemu w trzy minuty.

– Proponuję toast… Za spotkanie, za Berlin, za nas i za Arnego.

– To właściwie cztery toasty.

– Dołożę piąty: za ciebie, Moon.

Szkło stuknęło o szkło. Pijąc, spojrzeli sobie w oczy. Saksofon zaintonował tęskną pieśń. Wkrótce do solisty dołączyła dyskretnie sekcja rytmiczna a na samym końcu wokalistka. Mateusz nie znał portugalskiego, ale i tak dobrze wiedział o czym śpiewa ta Brazylijka. Bo to, że była Brazylijką pozostawało poza dyskusją. Zaczął improwizować.

– Kiedy jestem w takich miejscach jak to i słyszę melodię, taką jak taka, wydaje mi się, że wiem, co twórcy mieli na myśli. Przed oczami pojawiają się obrazy.

– Opowiedz, proszę…

Poczuł jak ryba chwyta przynętę.

– Oto karnawał skończony. Umilkły szkoły samby. Z miejskich fontann wypuszczono cały zapas wody. Miasto budzi się z kolorowego snu. Na ulicach walają się miotane porywami wiatru kilogramy konfetti, papierów i podeptanych gazet głoszących ważne jedynie wczoraj wiadomości. Wszyscy śpią. Pustym skwerem pośród palm idzie samotna dziewczyna. Wspomina niezwykłe wydarzenie z poprzedniego wieczoru. Tańczyła w tłumie, kiedy podszedł do niej facet z białą lilią. Nic nie mówiąc, wręczył jej kwiat. Po prostu – dał lilię i odszedł. Ona szybko o tym zapomniała, a potem w tańcu zgubiła kwiat…

Nie wiedział jak zakończyć, a bał się trywialności. Dopił resztkę tequilli.

– …zgubiła a teraz szuka. I kwiatu i mężczyzny. Sama nie wie dlaczego.

– Znajdzie?

– Nie wiem. A ty wiesz?

– Wiem, że kiedy miałam sześć lat uwielbiałam kłaść się w rajtuzach na włochatym dywanie w swoim pokoiku nad sklepem i słuchać płyt. Wtedy wymyślałam przeróżne historie, a przed moimi oczami pojawiały się fantastyczne wizje.

– Masz jakąś ulubioną opowieść.

– Owszem... Opowieść Dietera, mojego chłopaka. Krew odpłynęła mu z twarzy. Zacisnął zęby. Umierał.

– Mojego byłego chłopaka, zapomniałam dodać.

– Uhu...

– Poderwał mnie na nią w ostatniej klasie gimnazjum. – Nie zauważyła albo nie chciała zauważyć ogarniętej bladością twarzy Polaka. – Dawno, dawno temu, jeszcze w czasach krucjat, panujący w Anglii król zakochał się do szaleństwa w jednej ze swoich dwórek. Problem w tym, że dwórka owa była żoną jego najserdeczniejszego przyjaciela, rycerza wielkiej krwi i męstwa. Nie mając odwagi zgładzić go, król postanowił wysłać rycerza wraz z wojskiem na podbój Jerozolimy.

– To faktycznie ładne...

– Nie przerywaj, to jeszcze nie koniec... Od przybyłych szpiegów król dowiedział się, że Jerozolima jest w zasadzie stracona na wieki, a w dodatku broniona przez półmilionowe zastępy niewiernych. Wysyłając w bój przyjaciela wiedział, że wysyła go na pewną śmierć.

– To piękne...

– Mam nadzieję, że nie ironizujesz, bo to ciągle nie koniec. – Teraz ona wypiła resztę drinka.

– Jeszcze nie koniec?

– Przyjaciel, rycerz czuł podstęp, ale pewności nabrał dopiero pod murami miasta. Mógł się jeszcze cofnąć, mógł zawrócić, ale zrozumiał przeznaczenie. Toteż w noc poprzedzającą potyczkę, nakazał żołnierzom wracać do ojczyzny, a sam zasiadł spokojnie do pisania ostatniego listu, w którym wyznał żonie miłość. Nazajutrz odprawił modły i ruszył samotnie wprost na armię nieprzyjaciela. Zginął, a jego żona popełniła samobójstwo, skacząc z wieży. Mateusz spoglądał wprost w źrenice dziewczyny. Próbował zgadnąć, po co opowiedziała mu tę historię. I czy w ogóle było jakieś, „po co". Tymczasem ona zmrużyła kocie oczy i wyszeptała:

– Tak... była kiedyś miłość, co?

Polakowi zakręciło się w głowie.

– Kiedyś, kiedyś... – prychnął. – Przecież dobrze wiesz, że to nie kwestia epoki, tylko szczerości, zaufania, bo ja wiem... szaleństwa!

– Dobrze mówisz... Masz kobietę, którą kochasz?

– Tak, ale wiem, że nigdy nie będzie moja. – Strasznie ryzykował.

– Nigdy nie mów nigdy. Opowiedz mi o niej. Jest Polką?

– Tak – skłamał.

– Jak ma na imię? No... dalej.

– Ma na imię... Aneta. – Że też sufit „Reingold" nie zwalił się Mateuszowi na głowę za to wierutne kłamstwo – Jest... atrakcyjna. Inteligentna. Mądra życiowo. Same plusy.

– Ale...?

– Ale... różnią nas charaktery. Widzisz, ona nie ma zamiaru się wiązać. Mówi, że potrzebuje luźnego związku.

– Rozumiem, że pijemy dalej?

– Ależ oczywiście. Już zamawiam.

– Zaraz wracam. Skoczę tylko do toalety.

Poszła zabierając za sobą ulotny zapach perfum i tęskne spojrzenia zachwyconych mężczyzn. Mateusz pomyślał, że bodaj po raz pierwszy w życiu nie przelicza pod stolikiem pieniędzy, jakie może wydać na dziewczynę podczas podrywu. Bo też i podryw, o ile nim był, i cała sytuacja nie miały wiele wspólnego z tymi przeżywanymi poprzednio, jeszcze za szkolno-studenckich czasów.

Mateusz zawsze dzielił kobiety według wielu przeróżnych kryteriów. Jednym z nich była ilość czasu spędzanego w kawiarnianych toaletach. Znał „chłopczyce", takie, które robiły co trzeba i opuszczały WC szybciej niż on sam. Były „normalki", które opuszczając klozet nie omieszkiwały zerknąć do lustra by poprawić makijaż. Ale największą enigmę stanowiła specyficzna grupa „pięknotek", jak je nazywał, dziewczyn spędzających więcej czasu w kabinach niż przy stoliku. Osobiście jako człowiek środka lubił najbardziej przedstawicielki grupy drugiej, przedstawicielek pierwszej trochę się brzydził, przedstawicielki trzeciej go niecierpliwiły.

Właśnie zastanawiał się nad przerzuceniem Moon z grupy drugiej do trzeciej, kiedy na salę „Reingold" wkroczył Arne. Polak zaklął w duchu i rzucił okiem na zegarek, minęło ledwie pół godziny odkąd się rozstali. Arne zdążył zmienić jeden czarny pancerz na drugi, nowa podkoszulka, inna, bardziej fantazyjna kurtka z frędzlami u ramion, czarne półbuty zamiast groźnych traktorów. Ciekawe czy nosi również czarną bieliznę.

– Jak idzie podryw panie M.? Moon się już zmyła?

– Widzę, że uwinąłeś się w mig. – Mateusz nie potrafił powstrzymać się od ironii. Najwyraźniej siadał mu dobry humor. Jego sąsiad rozłożył ręce:

– Po prostu mam ochotę na duże piwo.

Czy te oczy mogą kłamać, czy Arne robił sobie jaja? Niemiec klepnął po przyjacielsku Mateusza w ramię.

– Hej, przecież sam prosiłeś. Mam sobie pójść?

Durski już miał na końcu języka zjadliwe „tak", kiedy na horyzoncie pojawiła się jego prywatna Marilyn Monroe. Moon zmieściła się w limicie drugiej grupy dziewczyn odwiedzających toalety publiczne, rujnując tym samym przypuszczenia i skazując na zagładę intymne plany; teraz Arne już musiał zostać. Wraz z nią do stolika podszedł dyskretnie kelner.

– Siadaj, na co czekasz? – Mateusz dał za wygraną i gestem właściciela klubu wskazał Niemcowi fotel. Widać Bóg tak chciał. Wszyscy zajęli miejsca.

– Znowu w komplecie. – Ciekawe, czy dziewczyna cieszyła się czy też smuciła z tego faktu. Zerknęła na kelnera, potem na Durskiego. – Jeszcze nie zamawiałeś?

– Dwa razy to samo i ... – przekazał pałeczkę Arnemu.

– Jak robicie Diesla?

– Dwa rodzaje piw plus Cola.

– W porządku. Ale Coca Cola czy Pepsi Cola?

– Coca Cola.

– W takim razie poproszę.

– Służę...

Kiedy kelner wycofał się w kierunku baru, Moon spytała Arnego:

– Wyczuwasz różnicę między Pepsi a Cocą?

– Nie.

– To dlaczego...?

– Kwestia przyzwyczajenia.

– Ach tak. – Zadarła głowę ku sufitowi. – Czytałam ostatnio poważną dysertację naukową, w której ktoś udowadniał, że Coca Cola jest lemoniadą prawicową a Pepsi lewicową.

– Żartujesz chyba? – Mateusz poprawił się na siedzeniu.

Piłeczka była po stronie Arnego. Zagadnięty wydął wargi.

– Ja czytałem dysertację, w myśl której rozmowy o polityce i religii w barach kończą się przeważnie bijatyką. – Uśmiechnął się półgębkiem. – Ale nam to nie grozi. Moje picie Coca Coli jest zupełnie apolityczne.

– Tak też myślałam.

Wkrótce nadjechało picie i dyskusja potoczyła się wartko. Do problemów damsko – męskich nikt nie nawiązywał, nawet w zawoalowany sposób. Przy trzeciej kolejce Mateusz zapytał:

– Co właściwie znaczą słowa, które ten... Bowie zadedykował ci kiedyś? Widziałem plakat i...

– Ach, to... „niewiele do zaoferowania, niewiele do wzięcia"...

– Co to w ogóle oznacza według ciebie?

– Chcecie wersję maksi singlową czy singlową? Ostrzegam – krocząc śladami Davida, tracę poczucie czasu i rzeczywistości. Arne i Mateusz jak na komendę wykrzywili usta w grymasie obojętności. W końcu Polak zadecydował.

– Dawaj krótszą wersję. Potem zobaczymy.

– Okej, białe nosorożce... – zaczerpnęła powietrza. – Ten fragment jest dla mnie manifestacją rozpaczy. Bowie był zawsze dekadentem. Wiecie, że najbardziej pesymistyczne płyty nagrał tutaj w Berlinie? W studiach Hansa By The Wall... Ale to detal... Wracając do cytatu, to początek piosenki „Absolute Beginners", traktuje o absolutnym początku. Mamy tu do czynienia z genialnie wykonaną sprzecznością, gdyż to, co absolutne nie miało nigdy ani początku ani końca. Poza tym nasza więdnąca cywilizacja, choć sama gwałtownie początku potrzebuje, nie kiwnie palcem w kierunku jakiegokolwiek nowego początku. Woli tkwić w koleinach beznadziei i rutyny, i to jest sprzeczność numer dwa. Sprzecznością numer trzy jest sam utwór: tryskający optymizmem, z klipem nakręconym w stylu amerykańskich musicali z lat pięćdziesiątych i z tekstem chłodnym jak kwaśny deszcz wiszący nad światem. Faktem jest, że niektórzy dopatrywali się tam jeszcze wpływów neognostyckich, rytuałów telemickich i antycznej ucieczki w stronę rozkoszy, ale to już chyba lekka przesada. Sam jingiel promował film Juliana Temple I pojawił się na rynku...

– Dość Arne wyciągnął przed siebie dłonie w geście przytrzymywania walącej się na człowieka szafy – Błagam, przyznaj się, że stroisz sobie żarty!

– Ani mi w głowie.

– Jeśli to była krótka wersja... – Niemiec potrząsnął głową.

– Ostrzegałam.

– I faktycznie wyczytałaś recepty cywilizacyjne z sześciu słów?

– Nie. Z sześciu słów i jednego życia artysty.

Nad głową Mateusza znowu zawisł niepokój. Stare kompleksy zastukały do drzwi, a wątpliwości wróciły z mocą huraganu.

Czegóż on, parweniusz znikąd szukał w tym miejscu z tymi obcymi sobie kulturowo ludźmi? „Recepty cywilizacyjne"? „Wykoncypowana sprzeczność"? „Rytuały telemickie"? Czuł się gorzej niż głupiec, bo w odróżnieniu od głupca wiedział, że nie wie nic. Nie rozumiał słów, których tamci używali z taką swobodą, nie obchodziły go problemy globalne. Ciągle był ciasnym prowincjuszem z miasteczka, któremu na moment zaszumiała w głowie metropolia. A… jeśli nie? Przecież go tolerują, nawet lubią jego towarzystwo. Do diabła, oni też nie mają pojęcia ani o rysunku technicznym ani o zasadach kupowania czajników od Ruskich na targu w Szczecinie. „Szczęście trzeba sobie zorganizować" – naszła go refleksja. Potem nadeszła druga, biblijna i olśniewająca: „prawda cię wyzwoli".

– Wariatka, co? – Roześmiał się Arne, wskazując Moon.

– Muszę się napić – dwa łyki drinka cudownie ochłodziło palące trzewia. Odstawił szklankę na bok. – Ten wykład był ponad moje siły. Po prostu nic z niego nie zrozumiałem. Widzicie… wychowałem się w pipidówce na wschodnich obrzeżach Polski. Tak daleko od Bowiego, Berlina i waszych problemów. Codziennym zmartwieniem mojego dzieciństwa było zorganizowanie sobie jedzenia, uniknięcie aresztowania z powodu wywrotowych pomysłów ojca, załapanie się do jakiejkolwiek szkoły. Strasznie dużo straciłem. Czasu, energii, życia… Dopiero teraz, w wieku dwudziestu paru lat otwierają mi się oczy. Dlatego proszę was o wyrozumiałość. To wszystko tutaj… jest pasjonujące i nowe zarazem. Mam zamiar upić się Berlinem. Ale jak już będę na kacu, nie opuszczajcie mnie… Co ja plotę…

Zamilkł, czekając na reakcję. Prawda zdawała się robić furorę. Arne uścisnął Mateuszowi uroczyście dłoń a Moon wycałowała go w oba policzki. Zamówili po następnej kolejce.

– Cywilizacja cywilizacją, ale Bowie to i tak stary pedał – przerwał ciszę Arne, mrugając przy tym wymownie okiem. Roześmiali się. Dziewczyna pogroziła im palcem.

– Jeśli już to gej, ale on nie jest i gejem. Kiedyś, owszem, miał odjazd biseksualny. Takie tam... drażnienie mediów... Kim on zresztą nie był... Na przykład w połowie lat siedemdziesiątych ogłosił się faszystą i skupował po antykwariatach pamiątki związane z Trzecią Rzeszą. O właśnie! – Wycelowała plastikowym mieszadełkiem w Mateusza. – Kiedyś polscy celnicy zarekwirowali Bowiemu całą stertę nazistowskich śmieci, kiedy przekraczał granicę polsko-niemiecką.

– To on był w Polsce?

– Przejazdem. Posłuchaj sobie „Warszawy".

– Czego?

„Warszawa". Taki tytuł utworu. Napisany tu w Berlinie pod wpływem ponurych wspomnień z Polski.

Westchnięcie Durskiego przeleciało nad stolikiem jak niewidzialny dla radarów samolot.

– Dlaczego wspomnienia z Polski muszą być zawsze ponure...

– Inaczej, dlaczego większość wspomnień zewsząd musi być zawsze do dupy? – Poparła Mateusza Moon. Odpłacił się jej wystudiowanym uśmiechem pełnym nostalgii.

– Jeszcze po jednym! – Zaordynował Arne. – Muszę czuwać nad rozwojem akcji, bo wieczór skończy się na użalaniu.

– Od kiedy jesteś taki rozrywkowy – Mateusz rzucił z nietajoną złośliwością w głosie.

– Nigdy nie byłem i nie będę rozrywkowy panie M. Wychodzę z założenia, że w rozwiązywaniu problemów i tak nie pomoże mi nikt poza mną samym, toteż w towarzystwie się nimi nie dzielę.

– Bo myślisz stereotypami – skwitowała Moon. – Czasami warto jest wychylić głowę ze skorupy i rozejrzeć się dokoła.

– Ależ wychylam głowę. Wychylam ją całkiem często. I nic.

– E tam, gadanie... Ja osobiście wierzę w to, że ludziom potrzebna jest wspólnota. Że razem jest łatwiej pokonać przeszkody.

– O jakiej wspólnocie mówisz?

– Na pewno nie o takiej podczas mszy w kościele. To pseudo wspólnota hipokrytów!

Nieoczekiwanie jej policzki zapłonęły. Kombinacja alkoholu i emocji groziła eskalacją stolikowej agresji. Po raz pierwszy Mateusz spojrzał na nią jak na wcielenie Okrutnej Królowej, pięknej złośnicy, z którą żaden mężczyzna nie potrafił dać sobie rady. Fakt, że tak zjawiskowa dziewczyna spacerowała samotnie ulicami wielkiego miasta powinien uruchomić alarmowe dzwonki. Dopiero teraz na to wpadł. Powróciły słowa Volkera o utracie wiary i rodzinnych zawieruchach. Czy stanowiły rodzaj zakamuflowanego ostrzeżenia?

Z podobnym niepokojem oczekiwał reakcji Arnego. Przecież naprawdę nie wiedział nic o tym facecie. Niedopasowanie poglądów plus dwa zmieszane ze sobą gatunki piw mogą wyprowadzić z równowagi świętego.

Jednak Arne najwyraźniej nie miał zamiaru robić żadnej hecy ani się obrażać. Co prawda na jego twarzy pojawiło się znamię lekkiego rozczarowania, ale zostało natychmiast przykryte grubą warstwą maskującego uśmiechu.

– Rozumiem… Cóż zatem zostaje?

– Przepraszam, jeśli kogoś uraziłam. Zagalopowałam się trochę – dziewczyna traciła ofensywny impet. – Byłeś… byliście kiedyś na Love Parade?

– Ach… to… – Arne co prawda nie machnął ręką, ale brak entuzjazmu był nader słyszalny. – Nie, nie byliśmy – odpowiedział za Mateusza.

– Ja też nie… I dlatego w tym roku pójdę… Z wami!

– Oszczędź! – Niemiec roześmiał się i złożył dłonie jak do modlitwy. Mateusz podrapał się nerwowo po policzku. W Szczecinie słyszał sporo o Love Parade. Wizja wielogodzinnego pląsu w rytm muzyki techno specjalnie go nie podniecała. Chyba był na to za stary od urodzenia. Choć, z drugiej strony, dla niej…

– Ludzie mają prawo się bawić! – Szukała zwarcia jak bokser, który dobrze czuje się tylko w półdystansie. Unik Arnego odebrał jej ochotę do dalszej walki.

– Nikt tego nie neguje. Wydaje mi się tylko, że, primo, ta parada to bardziej chęć zapomnienia niż zabawa, a secundo, skoro techno jest muzyką samotności, trudno mówić o wspólnocie.

– Nie przekona się ten, kto nie spróbuje, czyż nie tak Mateuszu?

Z wdzięcznością położyła swoją dłoń na jego dłoni. Przesunęła opuszkami palców po jego nadgarstku.

Tego wieczora do sprawy już nie wracali. Za to przy szóstej kolejce wrócili do problemu stereotypów. Mocno już pijanego Mateusza dopadły biurowe demony.

– W pracy otaczają mnie potwory – zaczynał już bełkotać, ale wciąż sam siebie słyszał. – Jakieś paranoidalne woskowe figury gorsze od manekinów. Zardzewiałe maszyny, pieprzone roboty...

– A która praca jest lekka, łatwa i przyjemna – prychnął Arne.

– Spróbuj stawić czoła klasie nastolatków, którzy mają w nosie ciebie, twój przedmiot i całą resztę! Pokolenie X...

Mateusz pozbrał się w sobie, usiłując skupić wzrok na twarzy Moon.

– O czym wy mówicie? O czym wy w ogóle mówicie? Twój dziadek tłumaczył mi dzisiaj, żeby nie myśleć... no wiesz... takimi szablonami. Ale ja pracuję z Polakami, rozumiesz? Nigdy nie zrozumiesz... Trzeba być Polakiem, żeby zrozumieć... To jest coś tak kurewsko ciasnego, coś, co cię dusi i zmusza do ciągłego udawania. Teatr bez widowni. Twierdziłaś, że stero... stereotypy nas gubią... ale wy też nie wiecie o Polakach nic poza tym, że kradną auta i mają Chopina!

– Jak to Chopina? Przecież Chopin był Francuzem... – Arne z niedowierzaniem zerknął w czeluść pustego kufla, jakby na jego dnie czaiła się prawidłowa odpowiedź. – Przynajmniej tak mnie uczyli.

– Nie, nie… był pół–Francuzem, pół–Polakiem – dziewczyna zmrużyła oczy, wytężając pamięć. – Zresztą, czy to ważne, kim był? Francuzem, Polakiem, Chińczykiem… Pisał od czapy muzykę i to się liczy.

Mateusz uśmiechnął się z politowaniem.

– Od razu widać, że nie jesteś Polką…

– Skąd wiesz?

– Gdybyś ten tekst o Chopinie próbowała sprzedać mojemu ojcu, zaraz byś się dowiedziała.

Wzruszyła ramionami.

– Może to nie kwestia narodowości, tylko wieku… Mój dziadek też jak czasami coś strzeli, to aż zęby bolą.

Zapadła cisza. Dobra, sympatyczna cisza, której nie trzeba na siłę przerywać. Dzika i łapczywa konwersacja traciła swój impet i jak wszystko na tym świecie wchodziła w fazę dostojnej rezygnacji. Dziewczyna zajęła się hipnotyczną zabawą z blaskiem świecy, drażniąc jej niespokojny płomień palcem wskazującym, natomiast Arne opukiwał kciukiem kufel, nasłuchując z naukową pedanterią odgłosów wydawanych przez szkło. Nadeszła pora zwijania żagli.

Polak nieznacznie przekręcił głowę, żeby sprawdzić czas. Zegar nad barem nie kłamał, zbliżała się czwarta. Odruchowo, zgodnie ze szczecińską tradycją klepnął się dyskretnie w prawą kieszeń spodni. Pieniądze tkwiły bezpiecznie na swoim miejscu. Przeprosił na moment zamyślone towarzystwo i odrobinkę chwiejnym krokiem ruszył w poszukiwaniu kelnera. Był czas siewu i czas zbiorów. Jego czas siewu na dziś się kończył, czas zbiorów dla „Reingold" właśnie się zaczynał.

Tuż za barem, w okolicy toalet minęli go nowo przybyli klienci: trzej niemal identyczni faceci w czarnych jak noc smokingach, białych szalach i cylindrach. Jeden z nich spoglądał na świat przez szkło monokla. Wyglądali jak aktorzy udający arystokratów, którzy z kolei udawali mieszczan udających artystów. Monokl uśmiechnął się do Mateusza:

– Udanych łowów towarzyszu…

Nie czekając na odpowiedź minął Polaka i z gracją wmieszał się w knajpiany tłumek. On i jego koledzy musieli być tu znani, powitały ich radosne okrzyki zgromadzonych przy barze pijaków.

– Jeszcze raz to samo? – Kelner wyrósł nieoczekiwanie spod ziemi.

– Nie, dziękuję… Chciałbym zapłacić.

– W porządku. Wszystko zapłacone.

Nie wierzył własnym uszom.

– Jak to?

Kelner rzucił głową w kierunku stolika.

– Pani dała swoją kartę i kazała ściągać należności w miarę zamawiania.

Mateusz pokręcił głową. Ech ta pani… Uczucie ulgi walczyło w nim z niedosytem. Akurat dziś naprawdę chciał zapłacić. Podrapał się nerwowo za uchem po czym przyjrzał się identyfikatorowi na kamizelce kelnera.

– Fritz… Miałbym do pana prośbę.

– Jestem do dyspozycji.

Wrócił na miejsce. Moon i Arne stali już obok „ich" stolika. Teraz okupował go facet w żółtej marynarce, który w wielkim stylu wrócił z kilkugodzinnego wygnania. Rzucał tackami pod piwo w dzbanuszek z kwiatkami. Durski zmarszczył brwi, ale Moon uśmiechnęła się do niego uspokajająco.

– W porządku… Ustąpiliśmy temu panu miejsca… Jestem zmęczona. Dość na dzisiaj.

– Nie powinnaś tego robić.

– Czego.

– Płacić za nas.

– Zapłaciłaś rachunek? – W zdziwieniu Arnego nie było nawet śladu aktorstwa.

– Chłopaki… weźcie się ode mnie odczepcie, co?

– Nie ma szans – kategorycznie stwierdził Polak.

A jego niemiecki sąsiad dodał z przekonaniem:

– Najmniejszych szans!

* * * * *

Cicha taksówka niosła ich w kierunku „Nabucco" szerokimi, pustawymi o tej porze arteriami. Deszcz ustał i tylko jego mokre wspomnienia nadawały szarości asfaltu świetlistej poświaty. Taki Berlin Mateusz kochał najbardziej. Widziany zza szyb kremowych Mercedesów, rozedrgany alkoholowym transem, odrealniony. Z przyjacielem po prawej stronie i ukochaną dziewczyną opierającą się leciutko o jego lewe ramię. Taki Berlin należał do niego. Takiego Berlina nie odstąpiłby nikomu.

Świeże powietrze i nienagannie pracująca klimatyzacja nieco go otrzeźwiły. Sięgnął po plecak i wyjął butelkę kupioną cichcem od Fritza. Prestidigitatorskim ruchem zakręcił nią w dłoni.

– Komu szampana? – Spytał niedbale.

Moon błyskawicznie ocknęła się z półsnu. Spoglądała z radością to na okazałą butelkę francuskiego trunku, to na Mateusza. Arne tylko strzelił palcami w geście podziwu. Nawet taksówkarz, siwowłosy olbrzym w kraciastej koszuli odwrócił na moment głowę.

– Pogratulować gustu.

– Dziękuję, ale to zasługa kelnera.

– Ciekawy akcent… Pan z Austrii?

– Ja…

Arne wszedł Mateuszowi w słowo.

– Pan M. to rodowity Berlińczyk… Tyle, że pijany.

Roześmieli się. Taksówkarz na powrót zajął się kierownicą, pan M. tymczasem zabrał się za otwieranie szampana. Nie szło mu najlepiej. Rzucił okiem na parę objętych, całujących się ludzi, którzy stali na brzeżku chodnika czekając na tramwaj albo autobus. Być może nie czekali na nic.

– Trzeba włożyć między nogi i leciutko przechylić – siwowłosy kontrolował przebieg akcji we wstecznym lusterku. – I mocno trzymać korek, żeby się nie wysmyknął.

Kochankowie świtu zniknęli za zakrętem.

– Tym bardziej, że jeśli się wysmyknie i trafi naszego kierowcę w głowę, to zginiemy w czwórkę jak jeden mąż – dziewczyna ziewnęła zasłaniając usta dłonią. – Boże, ależ by to była głupia śmierć.

– Trafilibyśmy do Berliner Zeitung, może nawet na pierwszą stronę – zauważył Arne.

– Ja już byłem na pierwszej stronie Berliner Zeitung... Jakieś sześć... nie siedem... siedem lat temu złapałem złodzieja w sklepie spożywczym – pociągnął rozmowę siwowłosy. – Szczerze mówiąc nie warto ryzykować życia dla tej przyjemności.

– To pan bohater – wykrztusił Mateusz. Butelka tkwiła w miarę bezpiecznie między nogami. Korek powolutku ustępował.

– Jeździmy po mieście bohaterów – podsumowała Moon. – Wiecie, że trudno w Berlinie znaleźć choćby jedna ulicę, na której nie mieszkałby jakiś arytsta, polityk, sportowiec... Nie ma placu, na którym kogoś by nie zabito, kogoś innego by nie zaaresztowano. Tutaj chce się klęczeć przed każdym kamieniem. Na przykład zaraz za mostem dawał przedstawienia najsłynniejszy przedwojenny...

Szampan syknął i skapitulował. W prawej dłoni Polaka pozostał zdobyczny korek. Butelkę odruchowo wysunął w kierunku Moon.

– Cholera, nie pomyślałem o kubkach.

– Niech używa kubków ten, kto się brzydzi – wnuczka antykwariusza bez namysłu upiła spory haust. – ...najsłynniejszy przedwojenny kabaret – dokończyła. Puściła butelkę w obieg. Piana pociekła jej po szyi i dalej w dół. Mateusz ociupinkę za długo przyglądał się półkulom piersi prężącym się pod czarną sukienką. Z trudem skupił uwagę na pijącym szampana sąsiedzie, ale i tak poczuł potężną erekcję.

– Czy pan reflektuje? – Arne zamachał butelką przed oczami siwowłosego. Kierowca bez słowa podjął wyzwanie. Ciągle prowadząc jedną ręką, pociągnął z flaszki i cmoknął.

– Pycha… Dziękuję… Ja tylko symbolicznie… To i tak mój ostatni kurs – dodał, jakby chciał się usprawiedliwić. Oddał trofeum Polakowi.

Mateusz przyłożył szyjkę do ust. Szampan był bardzo wytrawny, co go dosyć zdziwiło. Miał blade pojęcie o wykwintnych alkoholach. Szybko przekazał butelkę Moon i znowu zaczął zezować przez szybę.

Z zadowoleniem stwierdził, że dokładnie wie gdzie jest, rozpoznawał masywny korpus budynku filharmonii. Dziś nieomylnym ruchem palca wskazałby włoskiemu turyście drogę do Kaufhaus Des Westens, a zdezorientowanych Japończyków pouczyłby w kwestii dotarcia zarówno pod Bramę Brandeburską jak i wjazdu na szczyt wieży telewizyjnej. Dyskretnie potarł swędzący nos. Dziwnie plotły się jego emigranckie losy. Ani razu nie był w tanim sklepiku dla polskich gastarbeiterów opisywanym przez Biłżę, nigdy nie brał udziału w „wystawkach"… Nigdy w całym swoim życiu nie był tak szczęśliwy jak ostatnio.

– Co jest? – Moon przesłała mu pieszczotliwego kuksańca. Obejmowała butelkę tak jak małe dziewczynki trzymają lalki.

Objął i ją i Arnego ramionami rozpalonego wzroku.

– Jedziemy do Hiszpanii.

– Co?!

– Do Katalonii… We troje. Przecież nie dojechałaś do Barcelony – rzucił w kierunku wnuczki antykwariusza.

– Uhu… i na meczyk możnaby pójść – Arne przeciągnął się jak kot, uderzając przy okazji głową o podsufitkę Mercedesa. – O przepraszam…

– Nie szkodzi – kierowca potrząsnął głową – A co byście powiedzieli na Kubę? Byliśmy z żoną w zeszłym roku, w tym także się wybieramy. Luksusowe hotele, pogoda, plaża, a ceny…
– Na Kubę za dwa lata – Mateusza znowu zaczęła ogarniać alkoholowa gorączka. – W tym roku do Barcelony.
Arne wrócił do przerwanego przed chwilą wątku.
– Tylko że w lecie liga nie gra i…
– Ale Nou Camp można zwiedzać ot tak, bez meczu.
– Co to za Nou Camp bez…
– Czy ktoś tu może dopuścić mnie do głosu – krzyknęła Moon. Jej zaciśnięte usta, zmarszczone brwi i piorunujący wzrok nie wróżyły niczego dobrego. Kibice umilkli a kierowca czym prędzej zajął się uważniejszym prowadzeniem kremowej landary. Zrobiło się cicho.

Tymczasem Moon przechyliła butelkę i wypiła jednym haustem resztę znajdującego się wewnątrz trunku. Zanim wyrzucone przez szybę naczynie zdążyło roztrzaskać się o berliński bruk, wnuczka antykwariusza przywołała na swoje oblicze najbardziej zniewalający z uśmiechów i wzruszyła ramionami.

– Zgadzam się.

* * * * *

Odprowadzili ją we dwójkę pod samo wejście do antykwariatu i po wręczeniu oraz odebraniu zwyczajowych uścisków oraz pocałunków niezwłocznie ruszyli w dalszą drogę. Byli śmiertelnie zmęczeni. Opadły z nich resztki energii i ostatni odcinek trasy pokonali pogrążeni w milczeniu. Za taksówkę zapłacił Arne.

Kiedy wchodzili do bramy, Mateusz, któremu plątały się już nie tylko myśli ale i nogi odruchowo zatrzymał sąsiada w pół kroku.

– Powiedz mi jak to jest? Pętamy się po najdroższych knajpach, rozbijamy się taksówkami, pijemy szampana… Kim my właściwie jesteśmy? Bogatymi biedakami?

Tamten prześwidrował go wnikliwym spojrzeniem. Podniósł lewą rękę do góry.

– Nigdy się nad tym nie zastanawiaj. Nigdy! Nie warto…

Przed drzwiami mieszkania Arnego prostym, męskim uściskiem ręki podziękowali sobie za wspólnie spędzony czas.

Mateusz rzucił się na łóżko, ale nie mógł zasnąć, zresztą nawet specjalnie się nie wysilał. Zbyt dobrze znał swój organizm, toteż w pokorze czekał aż alkoholowe demony rozpoczną zwyczajowy taniec. Zbliżała się pokuta za chwile uniesień. Przyjął pozycję embriona, szukając miejsca na materacu. Po chwili napadły go takie koszmary, że postanowił zapalić lampkę. Kiedy mdłe światło żarówki całkiem utonęło w poświacie słonecznego dnia udało mu się zapaść w płytki, nerwowy sen. Dochodziła siódma trzydzieści.

* * * * *

Niedziela upłynęła pod znakiem wody mineralnej i aspiryny. Mateusz wstał, albo raczej wypełzł z łóżka o trzynastej trzydzieści. Ból głowy ani myślał poddawać się armiom tabletek, a kolejne litry płynów wsiąkały w suchość krtani. Nie miał ochoty na nic. Apatyczny, wziął prysznic i wrócił do łóżka. Dziś nie czekał na żadne wydarzenia.

Trafiło się jedno, średniego kalibru. O piętnastej zakatarzony Abdullach przyniósł dwa listy.

– Letter, ciach ciach… W piątek ja kaszel i bum! Łóżko…

W jednej z kopert były pieniądze ambitnie odesłane przez rodziców, w drugiej – krótka wiadomość od Anety.

Cześć Mateuszu
Pamiętasz mnie jeszcze? To ja… Kiedyś, parę wieków temu mieszkaliśmy razem. Ja się postarzałam, a ty pewnie odmłodniałeś, bo nawet już nie dzwonisz…

Długo zastanawiałam się nad sensem pisania tego listu. Nawet jeszcze teraz nie wiem czy w ogóle go wyślę. Pewnie nie... Od razu czułam, że prawdziwa odległość ze Szczecina do Berlina jest znacznie większa niż te sto kilometrów. Liczy się w latach świetlnych...
Ale co tam. Zamiast narzekać opowiem ci w paru zdaniach, co u mnie. Znowu zmieniłam mieszkanie, wynajmuję teraz fajną kawalerkę w śród-mieściu za śmiesznie małe pieniądze. Duża jasna kuchnia i sympatyczny pokoik na pierwszym piętrze. Zajęć na uczelni jakby mniej i dosłownie czuć w powietrzu, że bliżej niż dalej do końca. Zaczynam zastanawiać się nad tym, czy w ogóle pozostanę w zawodzie. Pisuję do naszej akademickiej gazetki recenzje filmów. Traktuję to jako świetną zabawę, choć naczelny kusi mnie podyplomowym dziennikarstwem. Może się zdecyduję, kto wie
Nasza ostatnia rozmowa telefoniczna była jakaś dziwna... Mam wrażenie, że się obraziłeś... w każdym razie coś nas rozłączyło. Widać – na dobre. Niemniej, jeśli jeszcze kiedyś będziesz miał ochotę na chwilę wrócić do Szczecina, daj znać. Pójdziemy na kawę, pogadamy. Ja tu siedzę.

Aneta

Miała nie wysyłać, ale jednak wysłała... Mateusz podszedł do okna. Blondynka z billboardu właśnie ustępowała pola olbrzymiej reklamie Love Parade, którą zastęp anonimowych ludzi w drelichach montował na wysokości jego oczu.

Wszelkie mądrzenie się było zbędne. Zraniona ambicja i miłość aż nazbyt wyraźnie walczyły ze sobą w tych kilkunastu zdaniach skreślonych przez Anetę. Coraz bardziej amorficzne wspomnienie i jej i nijakich szczecińskich czasów już nie irytowało. Nie wywoływało żadnych uczuć. List Anety niósł ze sobą dawkę emocji porównywalną z tymi, jakie człowiek odczuwa po otrzymaniu ulotki reklamowej. Mateusz podszedł do biurka i wrzucił list do szuflady mieszczącej wszelkie niezałatwione sprawy, nierozliczone rachunki i niedopowiedziane historie.

Co zaś do przesyłki rodziców... Wysupłał z kieszeni spodni zaoszczędzony po wczorajszej imprezie mocno zmięty banknot o nominale stu euro, rozerwał kopertę i dołożył tę setkę do pieniędzy już tam spoczywających. Weźmie staruszków na przeczekanie. Policytuje się z nimi. Skoro wszystko jest kwestią ceny... Prędzej czy później poddadzą się. Jemu pieniądze nie są potrzebne do niczego. Zmieniał się, przepoczwarzał, choć nie za bardzo wiedział w kogo... Niemniej ta myśl uskrzydlała go tak bardzo, że aż łzy radości napłynęły mu do oczu. Nastawił elektryczny czajnik i zaparzył kawę, której potem zapomniał wypić.

Późnym popołudniem zbiegł do Arnego, dowiedzieć się jak jego towarzysz wspomina wczorajszą eskapadę. Niemca nie było w mieszkaniu, więc wrócił do siebie, siadł na tapczanie, oplótł podkurczone nogi ramionami i zamarł w rozmyślaniach.

Żałował, że nie ma Jej fotografii. Powiesiłby takie zdjęcie nad łóżkiem i rozmawiał z nim godzinami. Moon... czy jest mu sądzona? Czy to w ogóle możliwe? Polak i Niemka... Gastarbeiter i jedynaczka pochodząca z szacownej, berlińskiej rodziny, dziedziczka niemałej fortuny... Mateusz w miarę szybko dostrzegł i zorientował się, że mur berliński nadal dzielił jeśli nie miasto, to na pewno serca i umysły większości Berlińczyków. Pozornie otwarci, tolerancyjni i liberalni, wręcz ostentacyjnie manifestowali lepszymi ubraniami, lepszymi butami, wypielęgnowanymi włosami i paznokciami, kabrioletami i manierami swoją wyższość nad emigrantami. Nie mógł mieć i nie miał o to żadnych pretensji: oni byli u siebie, jego nikt tu nie zapraszał. Czy ktoś taki jak Moon, zechce kochać takiego nikogo jak Mateusz Durski?

Znów nadciągała chmura wątpliwości, którą trudno było rozproszyć. Przypomniał sobie ciepło jej ciała ocierającego się o jego ramię w taksówce, rozliczne przyjacielskie pocałunki, jakimi go obdarowała, lecz zamiast fali żądzy zabrał go przypływ tęsknoty.

* * * * *

Pierdolony polski złodzieju! Wiem, że to zrobiłeś, więc się ujawnij, póki jestem dobry. Jak nie oddasz portfela do końca tygodnia, zajmą się tobą Albańczycy. Masz szansę wyjść z twarzą. Portfel włóż do szuflady w moim biurku jak nikt nie będzie widział.

Majster Kłosek

Spisane na komputerze zamaszysto-złowróżbną czcionką Comic Sans ME i podpisane czerwonym flamastrem oświadczenie majstra Kłoska straszyło z rozwieszonej mapy Niemiec, która służyła pracującym w biurze jako nieformalna tablica ogłoszeń. Już po godzinie Mateusz został dokładnie poinformowany przez Sztabę ile kart kredytowych, gotówki oraz zdjęć najbliższych wypełniało ukradziony portfel majstra. Jąkając się bardziej niż zwykle, kolega wyraził jednocześnie obawy natury etycznej:

– Jaaaa nieee wiem czy to tak wypaaada.

– Że niby co?

– Nooo, oskarżać kooolegów… bez dowodów znaaaczy.

– Nie wiedziałem, że Kłosek ma tu jakichś kolegów.

– Daj spoookoój Mateusz… Przecież myyy wszyscy

– Czy ja wiem… Mateusz postanowil trochę pozgrywać wariata, trochę poprowokować. Szaraczkom należała się cotygodniowa tresura.

– Skąd ta peeewność, że to w ogóle Polak? Kwaaaasy się robią i tyyyle…

– Jak nie Polacy to Jugole albo Turcy. Ale tu się raczej nie kręcą.

– A Nieeemcy cooo? Tacy święci weeeedług ciebie?

– Święci może nie, ale błogosławieni na pewno.

– Aleeee teraz to juuż przesadziłeś…

Znudził się bezprzedmiotową gadką i wrócił do wypełniania formularzy. Tkwił przy literze „W": Waloszek, Wałczyk, War-

[145]

czyński, Wcisło, Wczeklak, Wdowa Józef, Wdowa Kazimierz…
Po dwóch godzinach wytężonej orki postanowił odpocząć. Wstał
od komputera i udał się do kuchni zaparzyć kawę.

W kuchni zastał krzątającego się szefa. Z miejsca postanowił
się wycofać, ale o dziwo! Giez był w wyśmienitym humorze i z
niespotykaną jak na niego wylewnością zaproponował Mateuszowi wspólną degustację ekspresowej lury. Architekt przypomniał sobie kawowe ceremoniały w „Nabucco", najpierw porwał
go bezgłośny wewnętrzny śmiech, a potem potężna tęsknota,
ale grzecznie usiadł za stołem. Giez szczebiotał:

– Mamy dobre wyniki, kurwa jego mać! Nawet Schmidt
przestał nas poganiać i zamknął jadaczkę – wrzucił cztery kostki
cukru do poobijanego kubka. Zauważył, że Mateusz podąża
wzrokiem za jego ruchami, chwycił łyżeczkę i wzruszył ramionami.

– Albo słodzić albo nie… – mruknął. – Nie uznaję półśrodków.

– Pewno – potaknął Durski. Nachylił się nad naczyniem
pełnym parującej cieczy.

– Chciałbym, żeby pan wiedział, że jestem bardzo z pana
zadowolony. Rozumie pan, co to sumienna praca… W porówna-
niu z Szelą… – Giez zamiast kończyć zdanie, machnął tylko ręką.

– Dziękuję bardzo. Doceniam to – nabrał powietrza w płuca.

– Mam do szefa małe pytanie.

– Tak?

– Doszły mnie słuchy, że ta turecka knajpka z kebabem…,
no, że będzie zburzona. Czy to prawda?

– W pizzz – du – z naciskiem na pierwszą sylabę potwierdził
kierownik biura. – Leci cały kwartał. Metodyczne skurwysyny.

A więc to prawda. Żadnych sideł, spisków ani zapadni. Będą
burzyć.

Naraz Giez podniósł głowę znad kubka i zlustrował Mateusza
świdrująco podejrzliwym spojrzeniem.

– A tak właściwie, po co panu ta wiadomość, inżynierze?
Przecież od jakiegoś czasu nie chadza pan z nami na kebaby?

– Nie tyle o kebaby mi idzie, ile o rozmach inwestorów –
„inżynier" łgał jak najęty. – W tamtej dzielnicy jest sporo pięknie
zaprojektowanych kamienic, pasaży, zabytkowych podwórek. Nie
szkoda tego?
    – Im? Panie inżynierze, niechże pan nie będzie naiwny…
Wystawią takie same albo jeszcze bardziej odwalone w innym
miejscu. Tu się inaczej myśli…
    – O budownictwie na pewno.
    – Nie tylko o budownictwie. O wszystkim. – Giez dopił kawę,
spojrzał przez okno na wielkie nic za szybą i zaczął obracać
pustym kubeczkiem wokół palca wskazującego prawej ręki.
Mateusza dosięgły mikroskopijne drobiny cieczy. Ukradkiem
otarł twarz. – Ja doskonale wiem, co pan o nas wszystkich myśli…
Polaczki na eksporcie. Polskie szczury, dusigrosze i kanalie…
    – Ależ szefie…
    – Proszę nie protestować i nie robić ze mnie głupka większego
niż jestem, bo zrobi pan głupka z siebie. – W minie szefa, ani
w jego wyciągniętym ku rozmówcy palcu nie było złości bądź
przygany, raczej melancholia pomieszana z fatalizmem. – Na
nasz imaż nie pracują ani politycy, ani biznesmeni, ani księża
ani artyści. Tworzą go ludzie, tacy jak Waldek Stryka, który nasrał
do teczki, bo nie wiedział jak wejść do ubikacji w gasthauzie,
tacy jak Antoś Dobrzywczyk, kradnący papierosy z automatu
i Witek Sondej, podpalacz hotelu pracowniczego… Tacy jak
pan też już tu byli: młodsi, lepsi, mądrzejsi. Podobnie jak pan…
    – Przecież ja nigdy… – chciał zdecydowanie wtrącić Mate-
usz, ale to Giez nadawał ton konwersacji.
    – Podobnie jak pan – powtórzył z naciskiem – odcinali się
od reszty naszego getta, chadzali na samotne spacery, jadali
w knajpach lepszych niż ten turecki rynsztok. Tylko, że Sondeja
i Strykę lubili przynajmniej nasi, a takich jak pan nie znosili równo
i Niemcy i Polacy. Czy to znaczy, że trzeba srać do teczek? Do
tego nie namawiam… Ale kiedy czasami przypomnę sobie

o Schmidcie, który może mnie w każdej chwili postawić do kąta jak niegrzecznego gnoja w przedszkolu, kiedy przypomnę sobie chorą żonę zostawioną w Polsce pod kuratelą rodzinki szakali i córkę szukającą przygód w nocnych lokalach to wie pan co? Podszedł na metr do Mateusza. Twarz mu płonęła.

– …to wtedy wydaje mi się, że Niemcy i cały świat to jedna wielka teczka warta nasrania po same brzegi.

Zanim opuścił kuchnię odwrócił się jeszcze raz:

– Po same brzegi!

I wyszedł.

Dziennik Arnego

JUŻ WIEM.

Dwa słowa, które zmieniają wszystko. Czy zmieniają mnie? Wiem gdzie i kiedy. Wiem nawet jak. I zaczynam się bać. Nie o mnie ani o tamtych. Boję się… To zupełnie inna rozgrywka. Kiedy mówimy, że nie boimy się śmierci, to robimy to w przekonaniu, że przecież nasz czas jeszcze nie nadszedł. Kiedy mówimy, że nie boimy się przegrania meczu, to tylko do momentu wyjścia na boisko. Kiedy mówimy, że nie boimy się zabijać innych ludzi, to większość z nas robi to tylko do chwili przypadkowego przejechania kulawego psa autem. Odkąd się dowiedziałem, zaczynam pękać. Jestem jednak słaby. Mam nadzieję, że nie za słaby…

Jechałem nocą do Monachium, sam w przedziale, a może nawet sam w wagonie. Pociąg kołysał jak statek, zwiewne niemieckie szyny uginały się leciutko pod naciskiem kół, a mnie uczepiła się dziwna piosenka, którą słyszałem kiedyś w radiu. Nie mam pojęcia, kto ją śpiewał…

Spotkasz mnie pod zegarem na dworcu,
Miej ze sobą parasol i pamiętaj – żadnych rozmów
Będzie nas obserwował człowiek czekający we mgle
Siódma czterdzieści pięć, nie waż się spóźnić
Jeśli ktoś będzie cię śledził nie zwracaj uwagi, tylko idź...

Zaczęło się na dobre... Wielki spisek przeciwko innym spiskom. Szach królowi. Szach oszukańczym królom tego gnijącego świata. Harald twierdzi, że przebijemy WTC, ale to ohydne, wstrętne rozumowanie. Według mnie sztuczka ma polegać na tym, żeby podtrzymać dobrą passę, żeby dać nadzieję, żeby obudzić wątpiących Niemcy znowu na czele pochodu, który ruszy europejskimi ulicami i którego nie powstrzyma nikt. Spójrzmy prawdzie w oczy, jeżeli wykonam swoją część planu będę potępionym na wieki szaleńcem. A jeśli jej nie wykonam? No? Kim wtedy będę?

Od wczoraj próbuję się doładować nienawiścią, pojechać na dopalaczach agresji. Oglądam reality shows, śledzę z obrzydzeniem zawoalowaną pornografię śpiewających w MTV panienek i wysłuchuję bydlęcego chóru dzieci spędzanych do studia na „spotkania z ciekawymi ludźmi". Młodzi Niemcy potrafią tylko wrzeszczeć na komendę: „ju huuu!!!!", wbijać w nosy gwoździe i tatuować pośladki. Niewolnicy oszukani namiastką wolności, ginący masowo w komfortowym obozie jenieckim nad Renem. Zmienimy to, obiecuję wam, kimkolwiek jesteście. Tu w czerwonym Berlinie.

W nocnym pociągu do Monachium
W potworze gnającym przez mrok
Poszukasz konduktora z blizną na szyi
I gazetą schowaną pod ramieniem

Daj mu to, co trzeba i nie odwracaj głowy –
Inaczej nigdy, przenigdy nie wrócisz do domu...

Nadworni niemieccy socjologowie roztrząsają fenomen popularności „partii skrajnych". Pochylają się nad gęsto zapisanymi kartkami papieru, potrząsają głowami, gładzą się po szacownych brodach. I przede wszystkim uspokajają... To przejściowe. Chwilowe... Europa nieraz wychodziła obronną ręką z podobnych opresji. Sączący kwaskowatego szampana bandyci w garniturach i frakach, znacznie groźniejsi od pospolitych gangsterów, zwołują gorączkowo panelowe narady i sympozja. Spraszają „autorytety moralne" i gotowych na wszystko dziennikarskich najemników, by przedsięwziąć jakieś środki przeciwdziałania... no właśnie – przeciw czemu. Przeciw faszyzmowi? Nacjonalizmowi? O nie... Reżimowe media postanowiły zmienić tonację. Teraz walczą z populizmem. Tanim, wyświechtanym, prostackim, prymitywnym populizmem. Ze wszystkich możliwych stron odzywa się wołanie o tolerancję wobec wszystkiego i wszystkich.

Rzecz jasna nikt ze „znawców" nie bąknie nawet o tym, że głoszona i zaklinana jak kwaśny deszcz śmierć polityki okazała się fikcją. Że jajogłowi manipulatorzy okazujący otwartą pogardę ideom i wieszczący nadejście Stanów Zjednoczonych Świata otrzymali bolesną nauczkę. Okazało się, że idee żyją i że polityka jest nadal ważna. Że nie udało się przekształcić wszystkich partii w zwyrodniałe marketingowe struktury, których bossowie żyją wyłącznie pod presją wyników oglądalności telewizyjnej. Że pielęgnowany przez media potajemny pakt pseudoprawicy i pseudolewicy został w końcu rozszyfrowany. Że na światowych giełdach można notować kurs dolara, złota czy ropy naftowej, ale nie da się ustalić kursu honoru.

Ale na razie Niemcy muszą być tolerancyjni. Niemcy potulnie słuchają. Nie, nie Niemcy – obywatele Niemiec.

Do czasu...

Zastanawiam się jak będzie wyglądać świat po naszym zwycięstwie. Jak będzie wyglądać Nasza Rzesza... Czy rewolucyjna ofiarność ustąpi miejsca etatystom i urzędasom? Czy zaczniemy wyrzynać się i kopać pod sobą dołki w imię personalnych karier? Czy nasi spadkobiercy przejmą w spadku partyjniactwo i obłudę? Czy zanim dopchamy się na szczyt wykończymy własnych Rohmów, Hanussenów i Strasserów? Przypominam sobie, co pisał na ten temat Robert Michels w *Socjologii partii politycznych*. Twierdził, iż żadna organizacja po przekroczeniu pewnej liczby członków nie jest w stanie zapobiec tworzeniu się wewnętrznych oligarchii. Potem oligarchia przejmuje władzę w organizacji i najczęściej prowadzi ją na manowce.

Ale z tym walczyć się nie da. Już widzę Haralda trenującego przed lustrem odpowiednia postawę i władcze miny, choć, realistycznie patrząc, jesteśmy małym, wąziutkim, kadrowym stowarzyszeniem, prześladowanym przez władze. Jesteśmy romantycznymi desperatami, Don Kichotami postmodernistycznej nicości, emisariuszami przyszłości. No i jesteśmy terrorystami, a już niebawem niektórzy z nas będą mordercami. Papier przyjmuje wszystko. Ja przyjmę odpowiednie wyroki.

Tak czy siak do objęcia władzy brakuje nam kilku lat świetlnych. Fanfaronada, błazenada, dziecinada? Być może, ale tylko do czasu. Niejaki Juliusz Cezar pisał, że Galia jest krainą podzieloną na trzy części. Niemcy są dziś gorzej niż podzieleni, są rozdarci na miliony cząstek zatomizowanej mierzwy. To Niemcy, a Berlin? Berlin przypomina bajoro łgarstw, w którym dawno utonęły róże. Na powierzchni utrzymuje się tylko gówno.

Jeśli nie dokonamy tego, co planujemy, tego gówna będzie więcej. Wystarczy przejść na drugą stronę ulicy, do kiosku i spojrzeć na okładki kolorowej prasy. Dziewięćdziesiąt pięć procent pisze o jednym: o rżnięciu na trzydzieści sposobów, z boku, z tyłu, w trójkę, we czwórkę. O sposobach na orgazm, o podtrzymywaniu erekcji i zapobieganiu przedwczesnym wytryskom. O masturbacji i tatuowaniu członka. I to jest okej... To nikomu nie przeszkadza. To nazywa się liberalizmem. Nie próbuj nawet napisać polemicznego artykułu na temat najnowszej tragicznej historii własnej Ojczyzny, na temat święceń duchownych czy bitwy pod Austerlitz, bo wówczas „liberałowie" nakryją cię czapką z napisem „szowinista", „nacjonalista", „oszołom", „zwierzęcy prawicowiec". Staniesz się wrogiem publicznym numer jeden. Kto wie – być może tolerancyjne zdechlaki znowu połączą się pedalskimi rączkami w łańcuchu hańby – tym razem skierowanym przeciwko Tobie... Niebawem ruszamy. Sztandary w górę !!!

Kiepsko spałem. W zasadzie nie spałem w ogóle. Dręczyło mnie poczucie winy, za grzechy, które dopiero popełnię. Próbowałem zmyć resztki wyrzutów sumienia wodą, ale nie pomogło. Po krótkiej kłótni z samym sobą, zrezygnowałem ze śniadania i wyskoczyłem bladym świtem na miasto.

Muszę się teraz ukryć przed ludźmi i ich problemami. Dosyć panów M. i ich blond przyjaciółek. Dosyć beznadziejnego wystawania pod bramą browaru. Mamy tu ważniejszą rozgrywkę. Nie odpowiadam na żadne dzwonki ani telefony. Wiąże mnie tylko termin następnej wizyty u Haralda. Arne Schuldinger, jakiego znaliście dotychczas, umarł wczoraj.

Uciekałem od znajomych, lecz nie miałem zamiaru uciekać od ludzi – na to przyjdzie czas. Machinalnie polazłem do hipermarketu. Pragnąłem zmieszać się z tłumem zakupowiczów, beztroskich bęcwałów wpatrzonych w półki zastawione czym się da. Ciągle nie byłem głodny, jak to z rana, ale zatrzymałem się w knajpce na czwartym piętrze i wypiłem kawę.

Z wysokości tarasu zmajstrowanego dla Pana Boga spoglądałem na rozbiegane dwunożne mrówki i nieco głębiej zastanowiłem się nad rolą przypadku. Przecież ludzie, których wkrótce zabijemy (nieprawdopodobne, że ja, uważający się za humanistę, piszę to tak po prostu), również zginą przypadkowo. Uderzenie będzie możliwie najprecyzyjniejsze, ale niesprawiedliwości nie da się uniknąć. Zgadzam się z pewnym papieżem sprawującym swą posługę w okresie krucjat, który na pytanie dowódcy oddziału interwencyjnego: „Panie, jak po opanowaniu miasta odróżnimy heretyków od wyznawców prawdziwej wiary" odpowiedział: „Zabijcie wszystkich, a Bóg rozpozna swoich...". Dokładnie to samo robili Amerykanie w Iraku a także alianci bombardując Lipsk czy partyzanci wietnamscy mordując kogo popadło na szlaku Ho-Chi-Minha. I nikt nigdy nie będzie ich rozliczał. Bo nie rozlicza się zwycięzców.

Gdyby tu i teraz wybuchła bomba, zapewne zginęłaby ta przystojna kobieta z dzieckiem na ręku. I te dwie Turczynki buszujące w koszach z przecenami. I tych kilku długowłosych pogrążonych w dyskusji nad nowym rodzajem telewizora. I trzech skate'ów przymierzających rękawiczki bez palców, i gruba Murzynka w mini wałosąca z zamkiem błyskawicznym jednej z sukienek. Zginęłaby także większość obsługi i najprawdopodobniej zginąłbym ja. Kto wie, tolerancyjni liberałowie, kto wie, poprawiacze etyki, kto wie, budowniczowie nowej ery, czy nie byłoby lepiej dla Waszego świata, żebym tu dzisiaj oddał żywot. Jestem spokojny, że tak się nie stanie. Żeby zrobić cokolwiek trzeba mieć charakter, żeby chcieć zmienić Historię, trzeba mieć coś więcej. Wy nie macie nic. Poza kartami kredytowymi...

A jednak wątpliwości nie ustępują. Mało tego, rozprzestrzeniają się w niewiarygodnym tempie. Pytanie „czy musimy

zabijać?" ustępuje miejsca innemu pytaniu „dlaczego ja?".
Dlaczego właśnie ja mam być mózgiem operacji, dlaczego
mnie wybrali na szefa terminatorów, dlaczego będę musiał po-
łożyć głowę pod topór, nawet jeśli przeżyję. Czy jestem taki
dobry, taki zaangażowany i do bólu odpowiedzialny czy może
– wręcz przeciwnie niewygodny i zbyt niezależny? – Czy
wreszcie sam Berlin musi ucierpieć, bo jest nową stolicą czer-
wonych Niemiec czy raczej dlatego, że czerwoni Berlin ko-
chają? Akcja została zaplanowana genialnie, przynajmniej na
papierze.

Dwie godziny włóczyłem się po mieście. Wchodziłem
w przecznice, które znałem i które od lat były mi domem. Ką-
pałem się w chłodzie cienia rzucanego przez kamienice i patrzyłem głęboko w oczy mijanych osób. Czy któraś z nich
chciała tego samego co ja? Co my? Co Organizacja? Czy któ-
rykolwiek z przechodniów mógł przewidzieć, jakie piekło
szykujemy? Czy któremuś przemknęło przez głowę: „temu
tam skinowi groźnie z oczu patrzy...". Raczej nie, oni wszyscy
dokąd pędzą, wszyscy się dokądś spieszą. Z drugiej strony –
jakim prawem bawię się w Boga, decydując o losie wielu
z tych Niemców? O losie moich braci. Po co uszczęśliwiać na
siłę, po co niszczyć...

Tak muszą twierdzić ludzie, którzy nigdy niczego nie znisz-
czyli. Ja przez większą część życia coś budowałem, tworzyłem,
współtworzyłem. Sadziłem drzewka, odśnieżałem drogi w ramach zajęć pozalekcyjnych, pomagałem ojcu w ogródku.
Tysiące i miliony drobiazgów. W stosunkach z rodzicami
usiłowałem budować więzi oparte na zasadach miłości i auten-
tycznej tolerancji. Zawaliło się. Próbowałem skonstruować
własne szczęście na bazie miłości i wybaczenia. Zawaliło się.
Pragnąłem dać moim wychowankom poczucie dumy i patriotyzmu, bez krzewienia nienawiści i uprzedzeń. Wyśmiano mnie,
wyrzucono na bruk, a żadnemu z moich uczniów nie przyszło

do głowy stanąć w niemym proteście na ławce. Dziewięćdziesiąt procent mojego dotychczasowego życia było budowaniem. Nieudolnym? Tak. Niezręcznym? Być może. Partackim? Pewnie.

Wróciłem na chwilę do mieszkania. Usiłowałem czytać ulubione fragmenty *Czarodziejskiej góry*, ale litery nie zlewały się w słowa, a słowa nie tworzyły sensownych zdań. Odłożyłem książkę. Poczułem pustkę. Poczułem jałowość własnej pisaniny, pokraczność pompatycznej grafomanii.

Moje myśli łamały się jak zapałki. Ciasnota czterech ścian po raz pierwszy nie była sympatycznym azylem. Z klaustrofobicznym odruchem gwałtownego chwytania powietrza w płuca wyrwałem się na miasto. Tu czas upływał szybciej, intensywniej, żywiej. Powodowany odruchem poszedłem do najbliższego kościoła. Ciemne, puste wnętrze tchnęło spokojem, a chłód bijący od kamiennych ścian orzeźwiał. Nie przerywana najmniejszym szmerem cisza przypominała o istnieniu światów innych, niż ten rozwrzeszczany, tuż za murami świątyni. Ołtarz, płonące świece, błyszczące tabernakulum, wszystko tkwiło zastygłe w niemym oczekiwaniu, tak jakby Bóg oczekiwał mojej modlitwy. Ale ja nie przyszedłem się modlić. Nie mogłem, nie potrafiłem, nie chciałem. Siadłem w jednej z ławek. Nie wiem jak długo tak siedziałem. Czas stracił znaczenie. Popadłem w rodzaj półsnu, a może nawet zdrzemnąłem się. Wróciłem do rzeczywistości, przywołany lekkim szturchnięciem w lewą łopatkę. Szturchająca ręka należała do zaniepokojonego księdza.

Był człowiekiem małym, chudym, wręcz cherlawym. Łysiejący, blady, oszpecony dużą brodawką nad górną wargą, przypatrywał mi się z troską, ale i z odrobiną podejrzliwości. Nie wiem dlaczego postanowiłem z nim porozmawiać. Wydaje mi się, że była to spowiedź, chociaż nie poszliśmy do konfesjonału. Pamiętam, że wyrzucałem z siebie bez ładu i składu zdania, a on nic nie mówił, przysiadł jedynie i słuchał. Dzieliłem się z nim całą nienawiścią do tych czasów, tego społeczeństwa, tego świata. Zdawałem mu relację ze swego zagubienia, z utraty nadziei, wściekłości i zwątpienia w sens wiary, która nie tak dawno jeszcze była kotwicą trzymającą rozpasane szaleństwo na wodzy. O planowanym zamachu nie potrafiłbym chyba opowiedzieć sobie, a co dopiero komuś obcemu. Niemniej zakończyłem płomienną tyradę zdaniem, które pamiętam: „już nigdy nie nadstawię drugiego policzka!".

Przez chwilę milczał. Zadumany gładził podbródek i delikatnie pocierał nos. A potem zupełnie nieoczekiwanie i z premedytacją uderzył mnie. Otwartą dłonią na odlew, w twarz. Cios był z gatunku słabych, ale szok, jaki przeżyłem przewyższał fizyczny ból. Zostać spoliczkowanym przez księdza w kościele to doznanie z gatunku science fiction. Cherlawy klecha dziwacznie spotężniał, napęczniał duchowo i naraz wydał mi się personifikacją... właśnie, kogo?

Nie miałem czasu na przemyślenia. Duchowny rozpoczął gwałtowną acz logiczną tyradę. Mówił o wolności, o mojej od niej ucieczce. O strachu przed prawdziwą wolnością. W zasadzie non stop mówił o tych sprawach. Później o Dostojewskim i Nietzschem. Strasznie krzyczał. Nie dał mi dojść do słowa. Wyjął spod habitu notes z ołówkiem i drżącą dłonią coś w nim nakreślił. Wyrwał kartkę, wcisnął mi ją do ręki i kazał wynosić się ze świątyni. Pogonił mnie jak kiedyś Chrystus kupczyków...

Po drodze usiłowałem rozszyfrować informację zapisaną przez nieokrzesanego księdza. Wyglądało to na jakąś wskazówkę biblijną. Stary, zgrany numer. Czyżbym w myśleniu o hierarchii zbliżał się do mojej socliberalnej, naiwnej antykwarycznej koleżanki? Brr..., aż ciarki przechodzą na samą myśl. Trzeba się wziąć w garść.

Na skrawku kratkowanego papieru widniały nabazgrane tępym grafitem współrzędne: „Job 15. 28-32".

Wyciągnąłem Pismo Święte z górnej półki.

Miasta w których osiadł, legną w ruinach,
jego dom zostanie opuszczony,
stanie się kupą gruzów.
Niedługo będzie bogaty,
jego mienie nietrwałe,
nie zapuści korzeni w ziemi.
Nie ujdzie on ciemności,
płomień wysuszy jego pędy,
a jego kwiat rozwieje wiatr.
Niechaj nie ufa złudzeniu, bo się zawiędzie,
gdyż złudzenie będzie jego odpłatą.
Nim nadejdzie jego dzień,
dopełni się jego los,
a jego liść palmowy już się nie zazieleni.[4]

Znowu pociąg. Znów Monachium. Ponury Harald. W peruce
i z dolepionymi wąsami! Gdyby nie okoliczności spotkania,
pękłbym ze śmiechu. Zdaje się, że mojego szefa chwyta obsesja
szpiegomanii, każdy przechodzień wygląda mu na funkcjo-
nariusza bezpieczeństwa. Kolejna porcja wskazówek. Zacięte
zęby i wzrok wbity w ścianę. Żadnych pytań, żadnych wątpliwości. Wykonać. Tak jest. Zdaję relację z tego, co już zrobiłem. Moment aprobaty. Chwila odprężenia. Kawa.
   Najnowsze wieści z frontu walki ideologicznej. Po skaso-
waniu naszych witryn z niemieckich serwerów przenieśliśmy
się na serwery amerykańskie. Stronę naszego związku odwie-
dza dziennie ponad sześć tysięcy ludzi. To się nazywa popu-

4] *Biblia*, Brytyjskie i Zagraniczne Towarzystwo Biblijne,
   Warszawa 1990

larność. Otrzymuję pochwały za jeden z ostatnich artykułów dotyczący Mollemanna. Pochwały chyba uzasadnione...

Z pewną bojaźnią poruszam temat, który ostatnimi czasy gwałtownie nabrzmiał i wymaga radykalnego rozwiązania, chodzi o pana M. i Moon. Czuję podświadomie, że za bardzo zbratałem się z tymi obcymi osobami. Częściowo tłumaczy mnie ślepy los i przypadek, ale dalsze eskapady były już nieprzemyślane i niepotrzebne. Teraz to widzę.

Naświetlam Haraldowi ostrożnie całą złożoność i delikatność problemu. Opowiadam o zalaniu mieszkania, chęci odsunięcia od siebie jakichkolwiek podejrzeń, pijackich eskapadach zakochanego po uszy architekta z Polski. Boję się najgorszego. Obiecuję całkowitą izolację z możliwością przeniesienia się do innego mieszkania. Tymczasem Harald reaguje nad wyraz spokojnie. Klepie mnie po ramieniu i wygląda na ucieszonego takim obrotem spraw. Twierdzi, że wycofanie się z życia towarzyskiego właśnie teraz byłoby największym błędem. Namawia mnie do rozsądnej kontynuacji. Wierzy, że los zsyła nam dodatkowy atut, bo „któż weźmie za niemieckiego narodowca człowieka, który przyjaźni się z popieprzoną komunistką i zawszonym brudnym Polaczkiem?".

Pożegnanie i pociąg powrotny. Stukot kół. Pustka. Wszędzie pustka.

W nocnym pociągu do Monachium
W potworze gnającym przez mrok
Poszukasz konduktora z blizną na szyi
I gazetą schowaną pod ramieniem
Daj mu to co trzeba i nie odwracaj głowy –
Inaczej nigdy, przenigdy nie wrócisz do domu...

Ej, Harald, Harald... Mateusz nie jest brudnym, zawszonym Polaczkiem.

Miejskie rozrywki

Czerwcowe dni upływały Mateuszowi w strugach deszczu szczęścia. Szczęścia, o które tak trudno i które, dopiero gdy przychodzi z całym swoim majestatem, uświadamia każdemu z nas różnicę między życiem a bytowaniem. W biurze szło ku lepszemu: na własny użytek Durski nazywał to „okresem dojrzałej kalkulacji" bądź też z lekką emfazą, „miesiącem miodowym". Przestał mieć za złe Polakom, że są Polakami, głupkom, że są głupkami, tchórzom, że są tchórzami. Tym bardziej, iż, jak się z czasem okazało każde z barakowych indywiduów targało własny krzyż Krzywonoga Andzia zostawiła w kraju nie do końca zaplanowane dziecko z alkoholikiem-sadystą, jąkający się i ciągle przestraszony Sztaba ciułał pieniądze na mieszkanie dla syna, a małomówny Runicki ciężko chorował. Ludzkie twarze zaczynają wyglądać całkiem inaczej, kiedy oświetli się je bocznym światłem...

Arne sposępniał i utracił dawny towarzyski zapał: rzadko bywał w mieszkaniu i jeszcze rzadziej wypuszczał się na wspólne eskapady. Polak przypisywał to kłopotom natury osobistej, ale trudno mu było zdobyć się na kawałek szczerej rozmowy z sąsiadem. Czuł, iż pora zadawania trudnych pytań dopiero nadejdzie; zniszczą pochłaniało go coś innego.

On i Moon zostali praktycznie sami. Juz nie tylko w weekendy spacerowali po ulicach, odwiedzali bistra i knajpy. Wpadali do „Reingold" na Tequillę Sunrise albo do „Hard Rock Cafe" na lunch, godzinami przesiadywali w komisach płytowych, gdzie ona wprowadzała go w zaczarowany świat muzyki, jeździli metrem i pływali łódką po jeziorze. Późnym wieczorem Mateusz odwoził dziewczynę pod „Nabucco".

Jeśli Mateusz czegokolwiek żałował, to najbardziej ulotności tych setek tysięcy spędzonych we dwójkę sekund, z których każda była ważniejsza niż jego całe dotychczasowe życie. Próbował odtwarzać każdą przechadzkę, każdą rozmowę, każdy gest i szczegół ubioru Moon. Jedno wspomnienie przykrywało cieniem zapomnienia następne, a i ono znikało pod lawiną pozostałych. Z zasady nie poruszali fundamentalnego tematu ich wzajemnych uczuć. On panicznie bał się odtrącenia i nie miał zamiaru wykonywać pierwszego kroku; ona również nie chciała się odkrywać. Podczas niektórych spotkań, niektórych rozmów, atmosfera erotycznego niedopowiedzenia napełniała powietrze lepką duchotą i ciężarem ołowiu, tak że kilkakrotnie już miał na końcu języka płomienne deklaracje, niemniej zawsze w ostatniej chwili się wycofywał. Zapadało wówczas krępujące milczenie, które jedno z nich przerywało kierując dysputę na inne tory.

Dostrzegał w Moon tę samą energię i pasję życia, które prezentowała w niedawnych a jakże odległych, szczecińskich czasach Aneta. Wykorzystana i porzucona Aneta, smutna Aneta, nieszczęsna Aneta… Z rzadka, ale wspominał jeszcze jej imię.

Którejś soboty blond piękność poprowadziła go plątaniną węższych, bardziej niepozornych ulic biegnących gdzieś od Potsdammer Platz ku południowemu wschodowi miasta. Długo kluczyli prawdziwym labiryntem pasaży i tajnych przesmyków. Wreszcie machinalnie przystanęli w miejscu, którego kompletnie nie znał. Dzień ustępował miejsca wieczornej zorzy. Odrestaurowane, zadbane czynszowe kamienice stały w równym rządku, jak pruskie wojsko podczas parady. Zaradne i pracowite, choć brzydkie Niemki wracały do zaradnych i pracowitych przystojnych mężów z popołudniowych zakupów, wizyt u kosmetyczek oraz zajęć w siłowni. Na oczach Mateusza pękło pojęcie czasu. Kiedy stojący na środku jezdni Turcy roznosili najświeższe bulwarowe pisemka wśród zmotoryzowanych berlińczyków, nieliczni kloszardzi utkwili uwięzieni w pułapce równoległych światów, ciągle wertowali i przeglądali wczorajsze wiadomości we wczorajszych gazetach. Podzielił się swoimi obserwacjami z Moon. Wzruszyła ramionami.

– Dla każdego czas płynie inaczej… Głębokie, co?

Przyjrzał się jej czerwonej, celowo przyciasnej bluzeczce, skórzanej, wyjątkowo krótkiej i obcisłej spódnicy, zerknął na rozpuszczone włosy czesane niewidocznym grzebieniem wiatru, przytaknął i spytał:

– Dokąd teraz?

– Do końca, potem w lewo i jesteśmy.

Ruszyli żwawym krokiem. Za rogiem spodziewał się ujrzeć jakąś modną knajpę, nowe centrum handlowe, ewentualnie bliżej nieznane architektoniczne cacko. Ale za rogiem nie było dosłownie nic, co mogłoby kogokolwiek zainteresować: ot, nie do końca odnowiony, w zasadzie wyludniony rewir pełen porozrzucanej nijakości.

Usiłował odnaleźć klucz do rozwiązania nowej zagadki i w poszukiwaniu odpowiedzi zadarł głowę do góry. Ani jednego szyldu, ani jednego misternego balkonu bądź fikuśnie wykutej okiennej kraty. Żadnych dźwięków muzyki, żadnych śladów życia. Łacha wysypanego brudnawego piachu, żwir i okropne, przypominające ulice jego rodzinnego miasteczka popękane bloki betonu zwalone na jedną kupę.

Moon patrzyła mu w oczy z tajemniczym uśmiechem na ustach.

– Nie rozumiem…

– Nie możesz

– Czekaj, czekaj bronił się oszczędzenia przed kapitulacją –
Pewnie jakiś klub muzyczny, do którego wejście mają jedynie zaufani… Bez neonów itede…

– Zimno…

– Przed wojną mieścił się tu sztab Hitlera?

– Zimniej.

– Mieszkał tu Bowie?

– Lodowato.

– Coś związanego z twoją rodziną?

– Antarktyda.

– Z moją rodziną?

Wybuchła śmiechem. Przez myśl przeleciało mu, by właśnie tu i teraz ją pocałować, ale znów poczuł stary, znajomy strach.

Dziewczyna zatoczyła ręką okrąg.

– Wiesz jak nazywa się ta uliczka?

– „Szkaradna".

– Nie. Ta uliczka, Mateuszu, nie ma żadnej nazwy.

– Niemożliwe… Dlaczegóż to?

– To bardzo specjalne miejsce. Spójrz za siebie.

Delikatnie przekręciła mu głowę w kierunku, o którym mówiła. Posłusznie taksował okolicę, choć zaczynał odczuwać niejakie zniecierpliwienie.

– Przecież tam niczego nie ma. Zielsko i kupa nieużytków.

– No właśnie, a jak myślisz – dlaczego?

– A skąd ja mogę… – wystrzelił wskazującym palcem prawej dłoni w górę. – Poczekaj, poczekaj… Daj się zastanowić… Jesteśmy w zasadzie w centrum miasta. Tymczasem otacza nas pas ziemi niczyjej i lekko zdewastowane domy… Tylko nie mów, że kiedyś biegł tędy mur?

– Tak.

– Cóż… – skrzywił się, nie potrafiąc ukryć narastającego znużenia i rozczarowania. – Jeśli chcesz wiedzieć, byłem już parę razy…

– Guzik byłeś – ucięła dziewczyna – To, co ci do tej pory pokazywali, to atrapy dla turystów. Kawałek cegły sprzedawanej Japończykom, linia na chodniku, linia na mapie.

– A tu? Co takiego mam tu?

– Wiem, czego tu nie masz, tu nie masz wyboru. I na pewno nie masz muru… Nawet najmniejszego śladu. Masz za to życie… Kawałek prawdy. Wiesz, kto mieszka w tych kamienicach?

Milcząc pokręcił głową.

– Nikt.

– I ulica nie ma nazwy?

– Nie.

– I jesteśmy w Niemczech?

– U – hu...

– Co tu się stało? Będą równać to z ziemią i niwelować?

– Nigdy.

– Postawią pomnik?

Podeszła do jednego z betonowych bloków i siadła. Poprosiła Durskiego o to samo. Zajął miejsce możliwie najbliżej niej, a jednak kilometry od tego wymarzonego.

– Posłuchaj... Te domy były położone najbliżej komunistycznego Berlina. Kiedy już go wzniesiono, rozegrały się tu... – szukała odpowiedniego wyrażenia – ... najdziwaczniejsze wydarzenia.

Nie przerywał. A ona pogrążała się w otchłaniach snutej przez siebie opowieści.

– Całymi dniami w piwnicach ryto podziemne przejścia. Studiowano kserowane plany i przerysowywano ukradzione skądś archiwalne sztabowe mapki. Wyliczano odległości i badano wytrzymałość materiałów. Zajmowały się tym całe rodziny. Trzy, czasami cztery pokolenia... Wynoszono chyłkiem gruz, sprowadzano inżynierów z innych części miasta, niby na partię brydża bądź na kieliszek jałowcówki... Konsultowano, poprawiano i rozpoczynano od nowa... – wpatrując się w milczący, bezludny plac pokiwała głową, po czym przeniosła wzrok na Mateusza. – Jeszcze dziś, gdybyś zaczął kopać w którymkolwiek z tych miejsc natrafiłbyś na pozostałości kanałów. Jak w *Wojnie światów* Wellsa. Perfekcyjny, podziemny świat, w którym nas nigdy nie znajdą.

– Pamiętam... Sen szalonego artylerzysty.

– Właśnie tak. Ale berlińscy artylerzyści nie byli szaleni. Chcieli jedynie przedostać się na drugą stronę.

– Udało się?

Zacisnęła wargi.

– Nie. Obliczenia zawodły, a głębokość fundamentów ich zaskoczyła. Musieli zawrócić. Co bardziej uparci obmyślali inne sposoby ucieczki.

– No a ci mniej uparci i mniej cierpliwi?

– Och, tamci…

Przerwała. Wstała. Otrzepała niewidoczny kurz.

– Prawdziwie bajkowe rzeczy rozgrywały się nocami. Mur jednej nocy rozdzielił w poprzek nie tylko Berlin, ale i rodziny. Matki straciły kontakt z dziećmi, żony z mężami, narzeczone z narzeczonymi… – zadarła głowę do góry. – Nocami dachy kamienic zamieniały się w sceny z japońskiego teatru cieni i świateł. Dziesiątki ludzi z latarkami w dłoniach wystawało tam niezależnie od pogody i przekazywało świetlne sygnały znajomym po drugiej stronie miasta. Niektórzy używali alfabetu Morse'a, inni próbowali własnych szyfrów. Ci, którzy mówią, że Paryż jest Miastem Świateł powinni pojawić się tutaj na ulicy Szkaradnej, ulicy bez nazwy i spojrzeć na dachy. Żadne neony, żadne plenerowe przedstawienie z cyklu „light and magic" nie dorówna nigdy tym spektaklom.

Powiał wiatr i zrobiło się chłodno. Mateusza przeszył dreszcz. Przez dłuższą chwilę wpatrywał się w dachy opuszczonych kamienic, błądząc wzrokiem po wyludnionej okolicy, daremnie szukając przejawów życia w źrenicy cywilizowanego świata. W końcu ocknął się z obezwładniającego, rozleniwiającego letargu i zwrócił ku Moon.

– Wiesz, Berlin ma swój zapach.

– Tak?

– Dopiero teraz wpadło mi to do głowy. Berlin pachnie… inaczej. Codziennie, gdy wychodzę do pracy, kiedy wsiadam do metra albo otwieram okno w mieszkaniu czuję ten zapach…

– Ciekawe czym ci pachnie nasze miasto?

Już miał na końcu języka: „tobą", ale nie po raz pierwszy okazało się, iż koniec języka nie jest nawet początkiem zdania.

– Pachnie mi … hmm… – zastanawiał się z wystudiowaną uprzednio miną, – straconymi szansami, przegapioną młodością, jakąś upartą desperacją, ale także pachnie nadzieją. Pachnie witalnością i szczęściem.

– Cały ten towar mamy na składzie.

– Zapomnij o tym! W zasadzie to chciałem powiedzieć dziękuję za to, że mnie tu przyprowadziłaś. To cudowne miejsce. Mateusz wstał z niewygodnego siedziska i skierował się ku dziewczynie. Podszedł blisko. Bardzo blisko. Za blisko.

– Moon... – może mu się wydawało, ale po twarzy wnuczki antykwariusza przemknął cień niepokoju.

– Tak?

– Skąd w ogóle wzięło się twoje imię?

– Rodzinna legenda twierdzi, iż zostałam poczęta podczas namiętnego słuchania *Ciemnej strony Księżyca*...

Z miejsca przypomniał sobie Anetę. To była również jedna z jej ukochanych płyt. Przynajmniej raz wiedział o czym mówi.

– „W zasadzie nie ma żadnej ciemnej strony Księżyca", czyż tak? – Zagadał szyfrem.

– „Faktycznie, obie są ciemne"...

Stała milimetr od niego. Przymknął oczy. Teraz albo nigdy. Raz kozie śmierć. Musi ją pocałować, musi jej powiedzieć, musi jej wyznać...

Wystrzał.

Jeden, drugi.

Mimowolnie odskoczyli od siebie. Ulotna intymność pękła w jednej sekundzie. Zalało ich oślepiające światło, a potem na niebie zawirowały piropusze fajerwerków, popłynęły potoki podniebnej lawy. Naraz otoczył ich spory tłumek świętujących, rozradowanych Berlińczyków. Z butelkami, kuflami i puszkami w dłoniach. Śpiewających, tańczących, hałaśliwych. Wybawcy i oprawcy zarazem.

Moon kuksnęła Polaka w żebra.

– Normalka. Weekend... Ludzie się bawią... Pewnie któraś z ulic ma swój fest. Co robisz miny?

– Ja? Skądże?

– Wracamy?

– Pewnie, że wracamy.

Kiedy w kwadrans później czekali na przyjazd metra, każde z nich milczało wtulone w stalową konstrukcję ławki. Mateusz rozpamiętywał, zmęczona Moon ziewała. Nie byli sami. Kilku zmęczonych mieszczan o wytartych twarzach wpatrywało się otępiałym wzrokiem w reklamowe plansze po drugiej stronie torów, a kilkuletni chłopczyk kłócił się z matką o obiecaną zawczasu zabawkę, której nie dostał.

Postanowił przerwać milczenie.

– A może tak byśmy coś zjedli? Mała kolacyjka?

Pocałowała go z dubeltówki w oba policzki.

– Kochany jesteś, ale nie dzisiaj. Padam z nóg.

– No to przynajmniej cię odwiozę. – Ciągle jeszcze liczył na cud. Czuł, że właśnie ten wieczór jest jego szansą.

– Dzięki, ale nie – zabrzmiało to jak „absolutnie nie!". – Zdrzemnę się trochę po drodze.

– Jak chcesz – zmienił ton na oficjalny.

Przytuliła się do niego.

– Nie gniewaj się, proszę… Jestem padnięta i kiepsko się czuję.

– Kto by się na ciebie gniewał…

Zaszumiało, powiało i podziemny pociąg bezgłośnie wjechał na peron. Stanął obok nich, jakby zapraszając na intymną przejażdżkę. Będąc już wewnątrz wagonika zdążyła powiedzieć:

– Obiecaj mi, że nigdy nie zapomnisz tej uliczki!

– Obiecuję. A co, będą ją wyburzać?

– Jej nie ma. Ona nie istnieje. Zadzwonię!

Drzwi zasunęły się. Wagoniki znikły w czeluściach podziemnych tuneli.

Wracał do siebie najdłuższą z możliwych dróg. Zastanawiał się nad uliczką, której nie ma, nad dziewczyną, która odjechała i nad romansem, który znów nie doszedł do skutku. Berlin pachniał deszczem i rosą, tequillą i łzami, a na niebie raz po raz uparcie wybuchały sobotnie fajerwerki. Nie miał czego świętować.

Napadło go tak rzadkie ostatnimi czasy poczucie osamotnienia i niepewności. Kolejny raz wystawiano go na próbę. Był przekonany, że ktoś prowadzi z nim misterną grę, sam się na nią zgadzał, tyle że jej istota i cel wymykały się jego możliwościom percepcyjno-poznawczym.

Mateuszowi kręciło się w głowie.

Już w łóżku, prześlizgując się ze świata jawy w otchłań snu powrócił do jednej z obaw: może ta dziewczyna jest nienormalna? Tak trochę... Jej pomysły, afektacja, skłonność do dramatyzowania odstraszyła rówieśników, odstraszyła Arnego, teraz zaczyna odstraszać jego. Czy ona w ogóle studiuje? Trzeba by to sprawdzić... I czy w ogóle ona istnieje? Tak jak tamta uliczka... Gdzie studiuje? Uliczka. Twarze, pomniki, plamy na niebie.

W nocnym koszmarze przez kilka godzin rozszarpywały go drapieżne psy.

* * * * *

Od poniedziałku całe biuro żyło zwyczajową „wystawką". Chodniki najbliższej dzielnicy usiane zostały już niepotrzebnymi gospodarzom posesji meblami, starym sprzętem elektronicznym i porzuconymi w nieładzie stalowymi cielskami pralek, odkurzaczy oraz kuchenek mikrofalowych. Mateuszowi cały ten chłam wydawał się czymś na kształt ławicy śniętych ryb, uwięzionych na mieliźnie postępu. Pracownicy firmy widzieli ów problem zgoła odmiennie. Każdy oprócz szefa wybierał się na swoje łowy.

Co prawda Giez oficjalnie ogłosił, że zabieranie rzeczy zbędnych Niemcom jest czynnością uwłaczającą polskiemu pracownikowi wyższej kadry technicznej, ale nikt sobie z podobnych enuncjacji niczego nie robił. Toteż po wyjeździe szefa na rozmowy z niemieckimi zleceniodawcami, barak zaczął z wolna pustoszeć. Nie wiedzieć czemu, każdy wychodzący usprawiedliwiał się właśnie przed Mateuszem. Ciche, niezręcznie wyszeptywane zdania w rodzaju: „ja tylko na chwilę...", „coś załatwię i wracam", „skoczę po jedzenie" czy „gdyby ktoś mnie szukał, to zaraz będę..." napełniły biurowe przestrzenie. W końcu doszło do tego, że około południa Mateusz został w biurze sam. Tymczasowy władca absolutny przyczółka na wydmie.

Cieszył się, akurat w biurze samotności nigdy nie za wiele.

Otworzył butelkę mocno gazowanej wody mineralnej i pozwolił bąbelkom poszczypać się w język, przetłumaczył skierowane do jednego z banków pismo zawierające prośbę o odroczenie spłaty odsetek, po czym wrócił do mechanicznego wklepywania nazwisk ziomków zlatujących się do Niemiec w poszukiwaniu pracy. Żabczyński, Żargiel, Żwaniek, Żwyczek.

Koniec segregatora. Wstał, podszedł do regału, sięgnął po następny tom z danymi osobowymi i wrócił na stanowisko. Abiatowicz, Antoniuk Jerzy, Antoniuk Wojciech, Arski...

Głupiego robota.

Ponownie łyknął wody, zacisnął swędzące powieki i wrócił myślami do nowego pomysłu Moon. Dziewczyna zadzwoniła do niego z „Nabucco" w niedzielę wieczorem jak gdyby nigdy nic i tryskając strumieniami elokwencji oraz świetnego humoru zaproponowała wspólną włóczęgę. W jej trakcie każde z nich miało wybrać miejsce-symbol, które najlepiej definiowałoby osobowość. Mateusz początkowo nie bardzo pojmował o co jej chodzi.

– Jakie miejsce? Ja nie mam żadnego miejsca.

– Na pewno masz... Zresztą brak miejsca to też jakieś miejsce...

– Słuchaj Moon... Przecież jestem tutaj dopiero od paru miesięcy. W ogóle, nie za dużo kombinujemy? Szczerze mówiąc, nieco się w tym gubię... Nie moglibyśmy tak po prostu skoczyć na kawę?

– Oczywiście, jeśli tylko chcesz. Myślałam, że spotkania „z kluczem" są dla ciebie ciekawsze.

– Z kluczem?

– No, z podwójnym dnem…

– Ach…

– Zastanów się. Zadzwonię za godzinę.

Najpierw spanikował, potem się rozzłościł, by w końcu machnąć ręką i w sześćdziesiąt minut później przystać na dziwaczną propozycję. W zasadzie niczym nie ryzykował, poza tym wizja kilku godzin w towarzystwie dziewczyny, za którą na ulicy oglądają się wszyscy, niezależnie od wieku, płci i przekonań mile łechtała jego próżność. Zresztą ulotna i chybotliwa nadbudowa pełna czarów-marów, intelektualnych rozgrywek i poetyckich konwersacji opierała się na bazie dzikiego seksu oraz imaginacji wspólnego życia aż po kres. Dla podobnych wizji warto było poudawać, powygłupiać się a nawet nieco poniżyć. Tylko czy w Berlinie jest jakiekolwiek miejsce charakteryzujące Mateusza Durskiego… Wąskie uliczki zapyziałego miasteczka młodości? Szczecińskie Wały Chrobrego? Tamtejszy targ? Wynajmowane mieszkanko? A może barak pełen polskich gastarbeiterów?

– Mam! Jak Boga kocham, mam! – Zdyszany Kłosek wpadł do biura jak burza. Doskoczył do zdumionego architekta i zaczął go obściskiwać, przeskakując jednocześnie śmiesznie, w niezgrabny sposób z nogi na nogę. – Niech cię szlag, inżynierze! Mam!

Nie pozwolił dojść Mateuszowi do głosu. Jego grube paluchy wywijały hip hopowe łamańce, rytm wewnętrznej muzyki.

– Któżby się spodziewał… Tacy Niemcy! Tacy porządni, tacy mądrzy! A złodzieje! Bandyci! – Wykrzykiwał Kłosek.

– Ale co się stało? – Mateusz chwycił kolegę za ramiona. Mocno nim potrząsnął. – Uspokój się do cholery i wytłumacz z łaski swojej.

– Oto co się stało! – W dłoni uradowanego mężczyzny pojawił się portfel. – Oto co się stało!

– Znalazłeś go… Ty skurczybyku, jesteś w czepku urodzony.

– Posłuchaj… Kręciłem się wokół tej wystawki. Wiesz, pieniądze mi z nieba nie spadają, a jeszcze w takiej sytuacji…
Mateusz wypuścił rozmówcę z objęć.

– Dlaczego od rana wszyscy tłumaczycie mi się z waszych zasranych polskich kompleksów? Wybacz stary, ale łeb mi już pęka… To, że ja nie chodzę na wystawki nie znaczy, że was potępiam. Nie chodzę i już. Dosyć o tym. Mów lepiej o portfelu.

Kłosek początkowo miał wyraźną ochotę się obrazić, ale przewalczył wewnętrzną małostkowość i pociągnął opowieść.

– Interesowały mnie fotele. Wygodne, klubowe, skórzane, prawie nieużywane. Miałem je na oku od rana. Bałem się, że ktoś sprzątnie mi je sprzed nosa, ale jak pobiegłem pół godziny temu, ciągle stały pod tym szarym domem, pamiętasz, naprzeciw konsumu. Jakby czekały na mnie. Pomyślałem, że muszą mieć jakąś wewnętrzną usterkę typu złamana noga albo porwana tapicerka. Któżby wystawiał takie meble na zewnątrz? Ale poza drobnymi zadrapaniami niczego nie odkryłem. Zacząłem macać podszewkę, badać materiał na zgięciach, wkładać łapy między siedzenie a oparcie no i niemal od razu wymacałem portfel. Rany, jeszcze jestem spocony… Popatrz – drżącymi rękami otworzył skajową, tandetną paszczę. – Wszystko na swoim miejscu! Karty, pieniądze no i fotografie…

– Faktycznie… – architekt dotknął palcem. – Wygląda na nietknięty. Ale jakbyś to wytłumaczył?

– Moim zdaniem ktoś, kto wyniósł te fotele nie wiedział co znajduje się w środku, no bo jak inaczej? Mały Szwabek gwizdnął mi kasę, a jego vater ciach, meble na śmieci! A to ci numer, nie?

Mateusz przeniósł wzrok za okno. Diuna jaśniała nierzeczywistym blaskiem. Aureola piachu dziś nadawała miejscu jego pracy charakteru nieomal biblijnego. Ciekawe, jaki będzie kolejny dzień próby? Czy przyniesienie rozwiązanie jego zagadki?

– Mateusz…?

– A tak… Przepraszam… Niesamowity numer… I chyba masz rację z tym vaterem…

– Popatrz. A wmawiają nam, że tylko Polacy kradną. Człowiek tak nasiąka tymi bredniami, aż w końcu zaczyna wierzyć tym kanaliom…

– Wygląda na to, że będziesz musiał przeprosić personel za niesłuszne podejrzenia.

Prawa dłoń Kłoska powędrowała ku sercu i pozostała tam na dłuższą chwilę.

– Wszyscy macie u mnie dobre piwo… A ty, przyjacielu podwójne… Dziś wieczór?

– Oj, nie dziś – szczerze do bólu skrzywił się na myśl o zastąpieniu wieczoru z Moon kimś innym. – Przepraszam cię przyjacielu, ale dziś jestem mocno zajęty…

– U-hu… A co takiego robisz?

– Będę badał zależności pomiędzy niektórymi miejscami Berlina a punktami zwrotnymi mojego życia.

– Okej… Nie chcesz to nie mów. – Mateusz ze zdumieniem usłyszał w głosie Kłoska gniew. – Czasami jesteś zbyt pewny siebie, ale wiedz, że to u nas nie popłaca.

Tym razem znalazca portfela obraził się na dobre. Do końca dniówki nie zamienili już ze sobą ani jednego słowa.

* * * * *

Dwóch facetów w pustym pomieszczeniu…

„Nabucco" opustoszało. Poznikały eksponaty, półki, gabloty, szafki i meble. Ze ścian zdjęto obrazy, kilimy i mapy. Zrolowano i wyniesiono dywany oraz chodniki. Odpięto zasłony i firanki, zerwano żaluzje, zdemontowano szyny. Jedynie kartonowa paczka z rupieciami rzucona pod ścianą zakłócała idealną harmonię pustych przestrzeni.

Dwóch facetów w pustym pomieszczeniu piło kawę. Stali naprzeciw siebie, dzierżąc w dłoniach kruche filiżanki. Bardziej milczeli niż rozmawiali. Czasami tak wspaniale milczy się z bratnią duszą w tle.

– I co dalej? – Mateusz nie za bardzo wiedział, do kogo tak naprawdę adresuje swoje pytanie. Dokładnie w sekundę później echo usłużnie powtórzyło je antykwariuszowi do ucha.

– Dalej? Dalej życie… – Johann upił łyczek aromatycznego napoju. Dziś znów delektował się kawą jak zawsze. A może nawet jak nigdy. Wystrojony w purpurowy garnitur i karmazynową muszkę uwiązaną do białej koszuli wyglądał na emerytowanego klauna z najbardziej ekskluzywnego cyrku świata. – Samochód, pasy autostrady. I byle dalej stąd.

– Żadnych ustępstw?

– Kiedy ja mówię wyłącznie o ustępstwach! Zrozum, gdybym został w Berlinie, to zatrzasnąłbym za sobą furtkę do ogrodu z jakimikolwiek alternatywami. Przecież ci to kiedyś klarowałem…

– I co? Nigdy tu nie wrócisz? A… Moon? – Polaka oblał rumieniec.

Volker wykonał ruch jak gdyby chciał odstawić filiżankę na stolik, którego tym razem nie było pod ręką.

– Po pierwsze, może kiedyś wrócę. Po drugie, nie mam pewności czy Moon zostanie w Berlinie na wieki. Po trzecie, właściwe pytanie brzmi – kiedy ty stąd wyjedziesz?

– Nie rozumiem – delikatny szczęk porcelany świadczył o czymś zupełnie przeciwnym.

– Mój drogi… – w głosie Niemca nie słychać było tonu wojowniczości. – Przecież tego lata przyjdzie moment, kiedy i dla ciebie wszystko będzie musiało się skończyć…

– Albo zacząć – czupurnie wtrącił Mateusz.

– Nie przerywaj! Albo zacząć – zgoda. Co naprawdę wydarzy się w przyszłości nie wie nikt. Niemniej my Niemcy mamy paskudny zwyczaj, wszystko planujemy, żeby nie przysparzać sobie ani otoczeniu zbytecznych męczarni. Wiem, że moja wnuczka cię fascynuje, tak jak fascynuje każdego zdrowego faceta. Ale twoim atutem jest fakt, że chyba i ona coś do ciebie poczuła.

– Johann…

– Prosiłem cię, nie przerywaj… Tak czy siak poczuła coś do ciebie. Mateuszu, znam Moon jak nikogo innego i pragnę cię lojalnie ostrzec, ta dziewczyna nie jest zdolna do wielkiej miłości. Złożyło się na to wiele przyczyn, o których teraz nie ma sensu opowiadać, ale jej zainteresowanie twoją osobą może minąć równie szybko jak się pojawiło.

Takiego uderzenia Mateusz nie oczekiwał. Zgiął się na moment w pasie, kucnął i odstawił pustą filiżankę na podłogę. Lśniła czystością odbijając jego zaczerwienioną po czubki uszu twarz.

– Panie Volker… Wiem, że jestem tylko Polakiem…

– Nawet nie zaczynaj – tym razem wstęgę konwersacji przeciął antykwariusz. – Grasz poniżej poziomu. Doskonale wiesz, że to nie ma żadnego znaczenia. Już nieraz o tym rozmawialiśmy. Pragnę jedynie poinformować cię, że może za kilka dni, tygodni albo miesięcy nie osiągniesz tego, o czym marzysz. Mogę i Bóg mi świadkiem, chciałbym się mylić, ale jako niereformowalny Niemiec radzę ci, zaplanuj ewentualną porażkę.

– Pozwól mi się o tym przekonać na własnej skórze.

– Tak musi być…

Dwóch facetów w pustym pomieszczeniu wypiło kawę, pogadało a potem w milczeniu obserwowało jak drzwi wejściowe otwierają się z impetem. Do środka weszła Moon. Za nią w progu stanął Arne.

– Czołem. Przychodzę z odnalezionym rozbitkiem. – Długa spódnica i skórzana kurteczka dziś skutecznie zasłaniały opaleniznę. Skłoniła się w pas niczym magik. – Wiecie, gdzie trafiłam na tego biedaka? Kręcił się pod Bramą Brandenburską jak przeklęty przez los poeta szukający natchnienia. Dziadku, kawy dla wszystkich marzycieli.

Arne faktycznie wyglądał źle. Bardzo źle. Jego oczy zionęły pustką, a martwoty nieruchomym oczodołom dodawały głębokie sińce. Nieogolony, w wymiętej koszulce pod niezniszczalną kurtką wyglądał na dworcowego żula, zabijakę. Nie potrafił się uśmiechnąć. Przeważnie pochmurny, teraz sprawiał wrażenie lekko nawiedzonego katatonika.

– Co się dzieje, kolego? – Mateusz zmusił usta do firmowego uśmiechu.

– Kolega połazi z nami… – włączyła się czujna piękność. – Wtajemniczyłam go w zasady naszej zabawy.

– Fajnie – Mateusz bywał lepszym aktorem. Zabrzmiał fałszywie jak nie strojona od lat gitara w dłoniach wirtuoza.

– Nie chciałbym wam przeszkadzać – bąknął Arne.

– O przeszkadzaniu mowy nie ma – uspokoiła go Moon. – Ponadto mamy tu swój interes. Być może i ty opowiesz nam coś fascynującego o swoim życiu w Berlinie.

Arne pokiwał głową, ale nie wyglądało to na potakiwanie.

– Być może – powtórzył bez przekonania.

– Kawa już się parzy – Volker wrócił z zaplecza. Wyniósł stamtąd dwie przepalone żarówki i wrzucił je do kartonu ze szpargałami.

– Pijemy i za kwadrans wyjazd! – Moon jak zwykle rozrywała energia.

Faktycznie, w kwadrans później gnali metrem na południe. Właśnie nadeszła pora powrotów z biur i wagonik pękał w szwach. Ściśnięci jak śledzie podróżowali w milczeniu, spoglądając ukradkiem a to jeden na drugiego, a to na otaczający ich tłumek urzędników. Stopniowo, w miarę mijania kolejnych stacji ludzka mierzwa zaczęła przerzedzać się, aż w końcu zostali niemal sami. Wjechali w jakieś zielone płuca miasta, dzielnicę niskich domków, wyludnionych skwerów i opustoszałych placów zabaw; przynajmniej tak to odbierał Mateusz, który nigdy tutaj nie był.

Niepozorny acz kunsztowny budynek, do którego zawlokła ich Moon stał wbity jak sztylet w trójkącie utworzonym przez

Pucklerstrasse i Clayallee. Pod małą tabliczką z napisem Bussardsteig 9 wisiał szyld zapraszający wszystkich chętnych do zwiedzania Brucke Museum.

Zdążyli w ostatnim momencie. Wąsaty strażnik ze źle maskowaną niechęcią wpuścił ich do środka. Widać było, że Moon spędza tu sporo czasu, swoboda z jaką ruszyła w sobie tylko znanym kierunku świadczyła o tym najdobitniej.

– Zamknijcie oczy, jeśli łaska...

Mateusz posłusznie zmrużył powieki. Po kilkudziesięciu minutach spędzonych w upalnym zaduchu, chłód bijący od grubych ścian niósł ulgę, podobnie jak cisza mile kontrastująca z miejskim zgrzytem. Poczuł niemal hipnotyczną senność i pozwolił nogom niepewnie nieść się tam, skąd dochodził od czasu do czasu ów cudny, lekko nosowy głos:

– W lewo... Teraz dłuuugo prosto... I w prawo.

Idąc prowadziła zwyczajową tyradę, przyzwyczajona do faktu, iż jej wywodów słucha całe otoczenie.

– Za chwilę zobaczycie... Arne, dlaczego nie grasz *fair* i co rusz otwierasz oczy? Tak już lepiej... Otóż za chwilę zobaczycie autoportret niejakiego Gramatte'a. Ani Gramatte ani to muzeum nie są zjawiskami pierwszoligowymi. Krytycy generalnie olewają prace nie tylko jego, ale także Kirchnera, Heckella czy Schmidta – Rotdluffa, zresztą dokładnie tak samo jak turyści przebiegający obok tego budynku, który w bedekerach figuruje gdzieś na ostatnich stronach. A szkoda, bo jeśli ktoś lubi ekspresjonizm... Dobra, można patrzeć!

Pierwszym odczuciem Polaka było rozczarowanie. Niepozorny obraz utrzymany w pogodnych błękitach, żółciach i zieleniach ukazywał nieregularną postać malarza, z nadnaturalnie wyeksponowaną, zbyt dużą głową i osłaniającymi ją patykowatymi, cieniutkimi rączkami. Mateusz nie miał specjalnego pojęcia o malarstwie a dzieło Gramatte'a nie podobało mu się nic a nic. Chcąc uniknąć kompromitacji zerknął na prawo, ale pomoc ze strony

Arnego najzwyczajniej na świecie nie mogła nadejść. Jego mętne oczy, przepełnione niepojętym bólem albo zmęczeniem nie wykazywały jakiegokolwiek zainteresowania płótnem. Mateusz doszedł do wniosku, że nauczyciel historii musi być na haju. A jednak w najbliższym czasie trzeba będzie siąść i pogadać. Szkoda faceta.

– No i usnęli mi tu – Moon najpierw wykonała gest, jakby chciała udusić obu sąsiadów a potem jej ręce opadły bezwładnie w dół. – Co się z wami dzieje, moje nosorożce? Arne, ty naprawdę źle się czujesz…

– Tak. Czuję się kiepsko.

– Gdybyśmy ci mogli jakoś…

– Nie, nie. To tylko zmęczenie.

– Chcesz wracać?

– Nie.

– W porządku. Ale i tak już wracamy.

Mateusz zmarszczył brwi.

– Jak to… Już? A reszta?

– Reszta się nie liczy… dzisiaj.

– Dziwne… – lekko wydął wargi. Po raz pierwszy odkąd się poznali, dziewczyna zaczynała go denerwować. – No a Berlin… A ty?

– Potem… potem. Teraz możemy już wracać.

– Okej, ale nie licz na zamykanie oczu.

– Och nie! Zamknięte oczy ważne były przed pierwszym kontaktem z obrazem. Teraz, kiedy jedna z tajemnic przestała nią być, precz z zamykaniem oczu!

Wracając w milczeniu poczuli siłę lustrzanego odbicia. W miarę jak narastał miejski ruch a oni sami stawali się coraz mniejsi w stosunku do mijanych budynków, rósł tłok w wagoniku. Mateusz czuł się jak w filmie puszczanym od końca: po kilkunastu minutach jazdy naszło go absurdalne przypuszczenie, iż końcem tej eskapady będzie puste „Nabucco" i puste filiżanki samonapełniające się kawą oraz Volker mówiący tyłem do przodu. Jakby to było..? „Yzrap ęis żuj awak ażeiwś..." Śmieszne: awak ażeiwś... awak...

Nieomal przysnął. Wyrwał go z letargu leciutki pocałunek w policzek. To Moon zapraszała wycieczkę na Potsdammer Platz. W centrum wrzało jak w ulu. Żądne Bóg wie czego hordy tubylców i przyjezdnych gnały we wszystkich możliwych kierunkach. Potrącając przechodniów szli krok w krok za sadzącą spore susy dziewczyną. W odróżnieniu od Arnego i Mateusza, Moon wyglądała jak personifikacja energii.

– Tłok, à la Love Parade – perorowała – tylko, że na Love Parade wszyscy maszerują w jednym kierunku

– Uhum... Do diabła.

Przelotnie spojrzeli na Arnego, który powiedział coś na głos pierwszy raz od ładnej godziny.

– Oj, dołujemy coś dzisiaj, dołujemy...

– W Korei Północnej też chodzą w jednym kierunku. Tylko, że nikt nie nazywa tego Paradą Miłości.

Moon stanęła w miejscu. Pokręciła głową, jakby z niedowierzaniem.

– Wylali cię z pracy czy jak?

– Dlaczego? Bo nie lubię Love Parade?

– Nie. Bo kierujesz złość przeciwko swoim przyjaciołom.

Arne głęboko odetchnął. Wytarł pot z czoła i próbował się uśmiechnąć.

– W porządku. Przepraszam... Czy możemy iść dalej?

– Nie.

– Nie?

– Nie, bo właśnie dotarliśmy na Kothenerstrasse.

– A co tu mamy? – spytał Mateusz.

– Wiele rzeczy, ale przypatrzcie się szczególnie starej poczciwej Meistersaal. – Wskazała na okazały budynek. – Panie architekcie... Jakaś opinia fachowca?

Wywołany do odpowiedzi wzruszył ramionami.

– Bo ja wiem… Porządna, solidna bryła… Nie jest to co prawda ani Luwr ani Tower Bridge, ale ciekawie się prezentuje. Przypuszczam, że wybudowano go jakieś sto lat temu.

– Dokładnie tak – zaklaskała w dłonie z uznaniem. – Niebawem będzie stulecie. To miejsce przechodziło różne koleje losu. Czy wiecie, że w czasie wojny była tam jakaś stołówka SS?

– Raczej sala bankietowa – Arne zadarł głowę do góry. Szalony amator jazdy na rolkach w przelocie potrącił go boleśnie w ramię. – Zejdźmy lepiej z chodnika, bo nas stratują…

– Jeszcze momencik. Dosłownie minutkę… – Moon gestykulowała zamaszyście. – Mam nadzieję, że wiecie, jaki widok rozciągał się z tamtych okien w przeszłości?

– Wiadomo… Mur.

– Ja nie wiedziałem… – zaoponował Polak. Dziewczyna znów przeistaczała się na jego oczach w Szeherezadę, której mógł słuchać do upadłego.

– Otóż to, mur. Dlatego studio nagraniowe umieszczone na tamtej kondygnacji nazwano „Hansa By The Wall".

– Zaraz… Coś słyszałem… – Arne podrapał się za uchem. – Podobno przyjeżdżali tu gwiazdorzy z całego świata… Jeśli znów powiesz mi, powiesz nam… że Bowie…

– Bingo! Bowie jak wszyscy inni marzyciele przyjechał śnić swoje sny do Berlina. Kiedyś, późno w nocy zobaczył coś przez okno studia… Widok był tak wstrząsający, iż postanowił przenieść go na papier i unieśmiertelnić. To zresztą słynna anegdota…

Nie znali jej. Zaproponowała piwo i wspomnienia. Siedli w pierwszym lepszym ogródku knajpy bez nazwy i bez historii. Arne spojrzał na zegarek, ale nie wyglądał na człowieka, któremu się śpieszy. Bardziej przypominał kogoś, kto dziwi się z powodu noszenia czasomierza.

Kiedy piwo stanęło na blacie kiwającego się stolika, opowieść Moon już trwała.

– ... było tam dwoje nastolatków, chłopak i dziewczyna. Najpierw wdrapali się na szczyt muru. Tańcząc, skacząc i wygłupiając się zaczęli prowokować enerdowskie służby graniczne. Kiedy zaczęto strzelać zeskoczyli i zaczęli tulić się do siebie. David w natchnieniu napisał tekst i muzykę... Nazwał utwór *Heroes*, ale nagrał również wersję niemiecką – *Helden*. Zawsze, gdy słyszę refren: „możemy być bohaterami, przynajmniej jeden dzień..." mam ochotę zrobić coś... Cokolwiek. – W jej głosie zabrzmiał patos pomieszany z rozpaczą. – Nieważne, głupiego, szalonego czy genialnego... Chciałabym, żeby mój czyn zapamiętały masy. Żeby wspominano o nim przez stulecia.

Wzięła do ręki papierowy paragon przyniesiony z piwem przez zapobiegliwą kelnerkę i zaczęła metodycznie drzeć go na połówki, potem na ćwiartki i tak dalej.

– Bowie jak nikt nigdy poczuł wówczas tętno tego schizofrenicznego miejsca... A na okładce *Heroes* polecił umieścić swoje zdjęcie w pozie przypominającej... *Autoportret* Gramatte'a. Pragnę, żebyście wiedzieli, że mój Berlin bez tej piosenki jest niepełny jak cudowne wakacje, które trzeba nagle przerwać...

Ach, więc to tak! Siedzieli w milczeniu. Arne przeżuwał w ustach jakieś słowa, ale nie miał zamiaru dzielić się nimi z otoczeniem. Mateusz spoglądał na czubki własnych butów i zastanawiał się, gdzie kupił tak kiepskie obuwie. Trzeba będzie ruszyć na sklepowe łowy jak tylko się trochę odkuje. Jak przestanie zgrywać wielkiego pana i weźmie się za proste, polskie ciułanie pieniędzy.

– O jakim czynie myślisz słuchając tej piosenki – przerwał ciszę Niemiec. – O jakimś konkretnym?

– Kiedy byłam mała marzyłam o widowiskowym samobójstwie. Potem jako nastolatka chciałam walczyć w szeregach RAF-u, ale czasy nie sprzyjały miejskiej partyzantce, zresztą krzywdzenie innych nie jest żadnym wyjściem... Tak czy siak teraz, kiedy ciągle stają mi przed oczami obrazki z wyburzania muru, myślę, że ciężko będzie zostać bohaterem, choćby na jeden dzień – uśmiechnęła się bez przekonania.

– Słyszałem, że w „spontanicznym" – Arne podkreślił to słowo, – wyburzaniu muru brało udział całe Stasi...

– Możliwe. Ale nie tylko oni. Łatwo jest wszystko zbrukać, opluć, obsobaczyć. Każdą legendę, każdy mit, każdą historię...

– Durski szybko postanowił wkroczyć do akcji.

– Dlaczego akurat młodzi z Berlina Zachodniego a nie Wschodniego brali udział w tej demonstracji na murze?

– Pytanie za milion euro, co? Zagadka w zagadce i tajemnica w tajemnicy... Może było im bardzo źle w zamknięciu... A może bardzo dobrze? Może byli pijani, ale może właśnie tego wieczora byli trzeźwi? Może byli walnięci, jak wszyscy siedzący pod kluczem w getcie, ale mogli też być całkiem normalni... Może chcieli zjednoczenia Niemiec, a może chcieli tylko rozjuszyć enerdowców? Może założyli się z dealerem o działkę heroiny albo z wujkiem o kolekcję hardrockowych płyt? To Berlin, miasto sekretów, spiskowych teorii, werbalnej konspiracji...

– I wielu salonów BMW... – dokończył Mateusz. Moon i Arne spojrzeli na niego w niemym zdziwieniu. Polak poprawił się na koślawym plastikowym krzesełku. – Tak, tak... Jednak przed chwilą postanowiłem, że nie będę was oprowadzał po sklepach z samochodami, a do tego właśnie sprowadziłyby się moje berlińskie – szukał słowa – inspiracje. Kiedy opuszczałem Polskę wydawało mi się, że jadę po prostu wycyckać jakichś Szwabków w imię ojca, siebie i całej reszty która was nie znosi. Liczyłem na niezłe zarobki i kabriolet BMW, choćby używany, ale to za rok, dwa... Byłem przekonany, że Berlin będzie doskonałym miejscem na zapominanie wszystkich i wszystkiego. Potem szykowne auto i następny skok i następny i jeszcze następny. Dokąd? Nie planowałem... Ale nie myślcie naiwnie, że tkwi we mnie dusza beatnika bądź trubadura. Nie jestem również ani łowcą przygód ani pisarzem ani choćby porządnym architektem. Chciałem uciekać, bo tylko to robiłem i tylko to potrafiłem. Myślałem o Berlinie pełnym groźnych cieni, o Berlinie deszczowym, o Berlinie przytłaczającym, skąd ucieka się z przyjemnością. Tymczasem spotkałem Berlin jasny, rozświetlony i roztańczony. Miasto urywających się w połowie drogi szyn tramwajowych i uliczek, których nie ma na mapach... No i przede wszystkim spotkałem was. Myślałem o stacji tranzytowej, a trafiłem do domu... Zresztą może to nadal tylko stacja tranzytowa, tylko, że milsza od domu, którego nie miałem.

Moon potrząsnęła głową i przybrała groźny wyraz twarzy. Zmieniła głos na skrzekliwy, mentorski ton.

– Sprytnie pomyślane, ale niestety, nie zdał pan egzaminu, młodzieńcze. Takimi opowieściami przy piwie nie wyłga się pan od tego zaliczenia. Wyznaczam poprawkę na pierwszą połowę września. Indeks!

Mateusz roześmiał się i znów coś się w nim odblokowało. Dlaczego musi być taki sztywny.

– Pan Schuldinger – zwróciła się teraz do Arnego. – Proszę zaświecić przykładem przed młodszym kolegą. Dokąd pan nas dziś zabierze? Przypominam jednocześnie, iż odpowiedzi w stylu „do diabła" ewentualnie „do piekła" równają się relegowaniu z naszej uczelni.

Ale Arne nie podjął gry. Wstał gwałtownie od stolika potrącając kufel, nietknięte przezeń piwo wylało się na blat. Mateusz zapatrzył się w pęczniejącą plamę. Z oddali dobiegł do niego głos:

– Może opowiem wam coś. Jutro. Tylko wam i tylko jutro. O dziewiętnastej. Wsiądźcie do kolejki linii U2 i jedźcie prosto na Reichsstrasse.

– Na Reichsstrasse?! Ale przecież tam jest tylko...

– Zrobicie jak chcecie. Ja muszę już lecieć. Cześć...

Usłużna kelnerka podeszła do stolika i zaczęła ścierać rozlane piwo. Dopiero teraz Mateusz przeniósł wzrok na Moon. Wnuczka antykwariusza wyglądała na wyjątkowo strapioną.

– Wyjątkowo… dziwne popołudnie… Tak – dziwne. – Czasami miewam idiotyczne pomysły. Przepraszam…

– Daj spokój. Nastrój Arnego to nie twoja wina… Mógł nie przychodzić. Nie lubię gości, którzy własnymi problemami zatruwają życie innych.

– Jesteś niesprawiedliwy. On nie chciał ze mną iść. Siłą go przyciągnęłam do antykwariatu. Zauważyłeś jak wygląda? Jak odpływa? Jak się zmienił? Powinieneś z nim pogadać…

– Właśnie noszę się z takim zamiarem… Ale ciągle gdzieś wsiąka… Całymi dniami jego mieszkanie jest puste. Nie ma telefonu, a może ma. Dziwna postać…

– Myślisz, że to bardziej miłość czy bardziej praca?

– Arne i dziewczyny – prychnął architekt. – Nie, moja droga, to bardziej narkotyki. Albo wódka. Miałem na roku dwóch alkoholików. Zachowywali się analogicznie…

– Ale nie byli twoimi przyjaciółmi?

– W porządku – zrozumiałem aluzję. Powiedziałem, że z nim pogadam, to pogadam. Obiecuję – dodał. I w pośpiechu, może zbyt wielkim zmienił temat. – A co z resztą tego pięknego dnia?

– Ten dzień wcale nie był piękny, a we mnie narasta przekonanie, że coś zepsułam. Muszę pobyć sama i uporządkować swoje kretyńskie myśli… Jeśli się nie obrazisz oczywiście.

– A mam jakiś wybór – zawsze nienawidził tych ostatnich sekund. Ona zaraz odejdzie, zaraz nie będę jej widział ani słyszał. Zdematerializuje się…

– Przepraszam. Wiesz, że uwielbiam te nasze wyprawy.

– W takim razie samotnie pójdę szukać uliczki, której nie ma.

– Nie znajdziesz jej. I dopóki nie zrozumiesz, że tamto miejsce naprawdę nie istnieje, dopóty nie pojmiesz Berlina.

– Wystarczyłoby gdybym pojął tylko ciebie…

– Ba! Gdybym ja to potrafiła…

Trwali przez dobrą chwilę jak antyczne posągi, wyniośli, nieruchomi, wykuci z granitu. Bezradni w plątaninie bezużytecznych informacji, nierozumiejący jeden drugiego.

Wreszcie Moon otworzyła usta:

– Spotkajmy się jutro na stacji. O osiemnastej. Pasuje?

– Pasuje.

– No to do jutra.

– Do jutra.

Jeszcze mignął mu znajomy rąbek spódnicy, jeszcze dostrzegł burzę blond włosów, na mgnienie oka całą jej sylwetkę skręcającą za róg i nagle w sekundzie wszystko odeszło. Ucichło. Oddaliło się.

Przeszyło go niejasne przeczucie, że właśnie widział ją po raz ostatni i zimny dreszcz przeszedł mu po plecach. Żeby jakoś oddalić od siebie podobne myśli zamówił dwie wódki naraz. Nie pomogły.

* * * * *

Popołudniowe słońce prażyło niewiarygodnie. Z korony opustoszałego, pogrążonego w nienaturalnym letargu Stadionu Olimpijskiego roztaczał się widok na zielony prostokąt murawy i przeciwległą trybunę.

Mateusz i Moon, oparci o metalowe barierki, stali w cieniu rzucanym przez dach, oczekując na Arnego. Punktualny i drobiazgowy zazwyczaj sąsiad tym razem spóźniał się już o ponad pół godziny. Chłopak i dziewczyna popijali na spółkę wodę mineralną i gawędzili. Polak nie wiedział nic o odczuciach Moon, ale jemu nieobecność Arnego wcale nie przeszkadzała. Co innego upał, raz po raz szarpał kołnierzykiem nowej, granatowej koszulki, chłodząc spocone ciało.

– Jestem tu pierwszy raz – ubrana w czarny, mocno wydekoltowany t-shirt oraz dżinsowe szorty i sandałki wnuczka antykwariusza przekręciła głowę, taksując nieco z ukosa monumentalny obiekt. – Nie interesuję się piłką nożną.

– Żałuj… Piłka nożna to gra wojenna.

– Wojnami też się nie interesuję. Gdzie jest Arne?

– Przyjdzie na bank… czuję go w powietrzu… Czyli mówisz, że ani ty ani twoi znajomi nie interesujecie się wojnami – otarł strużkę potu z czoła. W jednej sekundzie rozzłościł się na samego siebie, jakże niezgrabnie przeskakiwał z kwestii do kwestii. Miał dość męczarni i niedomówień, już rano po nieprzespanej nocy postanowił, że rozmówi się z dziewczyną bezwzględnie i ostatecznie.

– A tak… Ale dlaczego mieszasz w to moich znajomych? Co moi znajomi mają z tym wszystkim wspólnego?

– Słuchaj Moon, nie zrozum mnie źle, ale dlaczego taka dziewczyna jak ty… – zawiesił resztę pytania. Parne, wilgotne powietrze pachniało zwietrzałym, nie ściąganym tygodniami ze sznura praniem.

– … spotyka się z polskim gastarbeiterem, jeśli już gramy w otwarte karty? – W jej głosie nie było cienia złośliwości. Raczej szczera chęć pomocy.

– To też, ale jak to się dzieje, że ciągle jesteś sama? Opowiadasz o znajomych, egzotycznych wyprawach w dalekie kraje, rozprawiasz o byłych facetach, ale nigdy nie widziałem cię w towarzystwie innych… Rówieśników znaczy się.

– Po co ci ta wiedza?

– Mogłabyś mieć wszystko i wszystkich.

– I mam – splotła dłonie jak do pacierza. – Nie lituj się nade mną, bo na litość nie zasługuję. Jestem straszną, niewyobrażalną egoistką i obyś nigdy nie musiał się o tym przekonać. A znajomi? Ta kupa przestraszonych, naiwnych, odmóżdżonych dzieci ganiających po supermarketach w poszukiwaniu kosmetyku marzeń… Palących trawkę, połykających kolorowe pigułki, by poczuć się inaczej… Zgrywających dorosłość gnojów… Z kim mam utrzymywać bliższe kontakty? Z szukającymi męża bankiera dziewuchami dyskutującymi o technice mycia włosów nowym szamponem? Czy może z wymiętymi facetami jeżdżącymi na deskach po deptakach? Uważasz, że słowo „student" cokolwiek dziś znaczy? Studenci, podobnie jak wszyscy inni uczą się dwóch rzeczy, obcych języków i obsługi komputera. Ani Sokratesa, ani Groppiusa, ani Bowiego im do tego nie trzeba. Czasy uniwersytetów, na których rozkwita jakakolwiek myśl dawno się skończyły. Dodaj do zawodówki troszeczkę ogłady i już będziesz miał wyższą uczelnię. Podsumowując, znajomi mnie nudzą. Ale wojen nie lubię.

Zgrabnym ruchem podciągnęła się do góry i siadła na betonowej barierce vis-à-vis Mateusza.

– Wiem… jestem nieco przemądrzała, ale dzieciństwo upłynęło mi na obcowaniu z ludźmi starszymi, w dodatku mądrymi. Czasy się zmieniają, ale nie zmienia się podstawowy podział świata, na tych, którzy chcą żyć intensywnie, zaznaczać swoje terytorium i działać oraz na konsumentów, cichych, nijakich, stłamszonych.

– Z całym szacunkiem, ale łatwo się wygłasza chwytliwe teorie, pochodząc z rodziny zamożnych berlińskich antykwariuszy. Łatwo rozprawia się na garden party o problemach głodujących. Łatwo żyje się mając u boku tak piękną żonę, jaką była twoja matka. Czemu w zamian nie spytasz o moją rodzinę?

Moon zeskoczyła z barierki i odwróciła się plecami. Na moment przeraził się własnych słów, pewien, że ją boleśnie dotknął. Ale piękność dnia myślała o czymś całkowicie innym. Moon najwyraźniej toczyła bliżej nieokreśloną, niezrozumiałą dla postronnego obserwatora wewnętrzną walkę. Niewypowiedziane słowa wyraźnie mierzyły się z fałszywym milczeniem. Chęć mówienia w końcu zwyciężyła, a Durski usłyszał ciche, ale dobitne zdanie.

– Moja matka była najwspanialszą kurwą po tej stronie muru.

– Że co proszę?

– Brała pięćset marek za godzinę…

– Twoja… mama?

– A ojciec nie pochodził z rodziny zamożnych antykwariuszy. Był synem szewca z Drezna. Swojej matki nie znał. Nie wiedział co jest grane. Czuł jedynie, że ktoś kłamie i że ten ktoś odnajduje w kłamstwie rozkosz porównywalną jedynie z seksualnym spełnieniem. Nie wiedział komu wierzyć, pragnął odejść stąd i przestać myśleć. Chwycił Moon za rękę, ścisnął mocno, tak mocno, że aż fuknęła. Nie puścił. Zajrzał jej głęboko w oczy.

– Dlaczego mi to robisz?

– O co ci chodzi?

– Dlaczego kłamiesz? Ty, Johann, cały świat… To taka sama prawda jak z tą uliczką. Bawi cię to?

– Puszczaj!

Uwolnił jej dłoń. Teraz wyglądała na autentycznie obrażoną. Z marsową miną rozmasowywała palce.

Mateusz nieco się uspokoił.

– To nie fair… Johann… Przecież pokazywał mi zdjęcie… przy grillu… Mówił o synu…

– Zdjęcie nie kłamie.

– Nie rozumiem…

– Doprawdy? Dobra, powiem ci najjaśniej jak potrafię. Mój dziadek miał jedno jedyne dziecko. Ale była to córka, nie syn.

– Boże… Czy on…?

– Nie. Nie zwariował. Tylko zdziwaczał.

Uciszyła gestem ręki milczące otoczenie.

– A teraz… skoro postanowiłam zerwać plaster z nie zagojonej rany, bądź łaskaw i nie przerywaj…

Zwiesił pokornie głowę, a ona opowiedziała mu smutną historię. Pełną dumy, uprzedzenia, miłosnych zawieruch i powiewów szaleństwa.

Małżeństwo jej dziadków nie należało do najszczęśliwszych. Johann, nieprzytomnie zakochany i zazdrosny o swoją przystojną małżonkę raz po raz musiał przełykać gorzką pigułkę wstydu, gdy plotki o jej niewierności obiegały zamożne dzielnice miasta. Nie potrafiąc ani groźbą ani prośbą przemówić do serca zawodowej flirciary, antykwariusz z biegiem lat całe uczucie postanowił przelać na córkę, piękną, dorodną Babsi. Miała francuską nianię, przesadnie duże kieszonkowe i olbrzymie wymagania. Od najmłodszych lat nie chciała, nie mogła bądź nie potrafiła odpłacić zbolałemu sercu ojca uczuciem. Matkę, bywalczynię salonów całej Zachodniej Europy, widywała z rzadka. W przypadku Babsi stare jak świat porzekadło o jabłku i jabłoni znalazło pełne odbicie. Była krnąbrna i rozpuszczona, potrafiła być okrutna. Już od początkowych klas podstawówki nauczyciele załamywali nad nią ręce, podkreślali dużą inteligencję, ale i bliżej niesprecyzowany „defekt" psychiczny. Znikała z domu, a wraz nią znikały pieniądze i wartościowe przedmioty. Jej całkowite uzależnienie od heroiny wyszło na jaw w wieku lat piętnastu. Rok później trafiła na dworzec „ZOO". Zaczęła się prostytuować. Wkrótce okrzyknięto ją królową podziemnego światka. Znała Christiane F., która nazwała jej imieniem jedną z bohaterek swojej sławetnej książki. Prawdziwa Babsi pojawiała się czasami w „Nabucco" z sadystyczną radością obserwując mękę ojca. Opłacane przez niego kuracje odwykowe i pobyty w drogich ośrodkach nie przynosiły większego skutku. Wyjeżdżała do Amsterdamu, Londynu, Paryża, pętała się po komunach. W wieku dziewiętnastu lat wróciła do Berlina i wykazując ogromny hart ducha zerwała z narkotykami. Nie dla Johanna. Dla siebie.

Rozpoczęła karierę luksusowej call-girl. W krótkim czasie wynajęła przytulny apartament tuż przy Konrad Adenauer Strasse. Jej sława rosła z miesiąca na miesiąc. Nigdy nie pozwalała się całować w usta, klientów dobierała kapryśnie, a ci i tak stali w długaśnych kolejkach. Obsługiwała jedynie biznesmenów, artystów, wyższych urzędników. Takim właśnie urzędnikiem okazał się przyszły ojciec Moon, Rudi. Wszedł do jej apartamentu po raz pierwszy i oznajmił: „zabieram cię stąd". Rzecz jasna roześmiała mu się w twarz, ale on, nie zważając na protesty kurtyzany zabrał ją i siłą wsadził do czekającego pod kamienicą Jeepa. Musiał mieć ogromną siłę przekonywania, gdyż w trzy tygodnie potem odbył się uroczysty ślub. Na weselu bawiło się pół Berlina: dziwki z alfonsami, animatorzy kultury, marszandzi. Johann z radości odchodził od zmysłów. Nie przeszkadzała mu nawet nieobecność żony. Żony, która nota bene nie dała znaku życia do dzisiejszego dnia.

W rok później urodziła się Moon. Przez dwa, trzy lata wydawało się, że wszystko zmierza ku lepszemu. Małżeństwo scementowane dodatkowo narodzinami dziecka trzymało się mocno. Nadszedł czas idylli. Rudi awansował na jednego z szefów oddziału w berlińskim ratuszu a Babsi zerwała z półświatkiem i wcieliła się w kolejną rolę – żony i matki. Zajmowali mieszkanie niedaleko Bismarckallee. I choć na naszym pięknym świecie nic nie trwa długo, a już szczególnie krótkie bywają idylle, Volker wierzył, że jego córka po prostu dojrzała. Ale jeśli córka antykwariusza miała jakiś osobisty wyróżnik, jakąś determinującą ją cechę, to była nią niestałość i ciągła potrzeba zmian. Na coraz gorsze.

Gdy Moon miała pięć lat, jej matka przeżyła coś w rodzaju duchowego wstrząsu i wstąpiła w szeregi scjentologów. Znów rozpoczęły się ciche dni. Babsi przestała jeść, odzywać się do domowników, wychodzić z pokoju. Obłożona tomami fachowej literatury o długich, pretensjonalnych tytułach, pogrążała się w transie niebytu. Jej jedynym problemem stały się „skupiska tetanów", czyli duchów wygnanych niegdyś z galaktyki przez okrutnego władcę Xenu. Wzywani na pomoc lekarze oraz psycholodzy, księża a nawet domorośli szamani nie wiedzieli co począć. Jedni twierdzili, że dopiero teraz uwidoczniły się spustoszenia dokonane w korze mózgowej przez narkotyki, inni rozkładali bezradnie ręce. Pozostali usiłowali wyrwać zdesperowanym mężczyznom trochę pieniędzy z kieszeni. Przeważnie się im to udawało. Rudi zaczął zaglądać do butelki, stał się agresywny i kłótliwy. Johann tracił resztki nadziei. Babsi łagodnie żeglowała ku Paranoi. Podparła pięścią brodę. Przymknęła oczy.

– Wtedy ojciec i ja straciliśmy ją po raz pierwszy, dziadek po raz kolejny... a wszyscy razem utraciliśmy ją na zawsze. To zdjęcie... ta udawana sielanka, którą widziałeś utrwaliło coś, co już tak naprawdę nie istniało. Dosłownie w kilka dni później mój ojciec odbierał matkę z jakiegoś zebrania modlitewnego. Jak zwykle pożarli się. Podobno Rudi... jak to się mówi w dzienniku telewizyjnym... stracił panowanie nad kierownicą. Walnęli w balustradę podmiejskiej autostrady. Dla mnie było to oczywiste samobójstwo połączone z morderstwem pamięci o ukochanej, ale policja machnęła ręką. Szybciutko zamknęli postępowanie, zresztą może i lepiej.

– A ty... Gdzie wtedy byłaś ty – wyszeptał Mateusz.

– Spałam w antykwariacie... Dziadek zabierał mnie do siebie na weekendy.

– I nie było żadnego pijanego policjanta?

– Nie. Zresztą to tylko jedna z wersji, pijany policjant, bezrobotny, kierowca wielkiej ciężarówki. Wersje się zmieniają.

– Chryste... No a Brosza Józefiny?

– Kolejna konfabulacja. Tania plastikowa podróbka. Warta ze dwa euro.

Nie wiedział co powiedzieć. Jak zareagować.

– Musisz zrozumieć, jak strasznie dziadek boi się o mnie. Zaczął wierzyć, że każde następne pokolenie powiela błędy poprzedników. Nazwał to matrycą nieszczęść...

W tym momencie Mateusz dojrzał Arnego. Poczuł uderzeniową falę nienawiści do człowieka, który właśnie teraz brutalnie przerywał nić najsubtelniejszego ze wszystkich dotychczasowych spotkań z Moon. Do tego stopnia zapomniał o spóźnialskim sąsiedzie, że przez moment zastanawiał się, skąd ów drągal wie o miejscu ich spotkania. Dopiero ułamek sekundy później nadeszła refleksja, to przecież „miejsce Arnego". Dziewczyna podążyła za jego nienawistnym spojrzeniem.

A Niemiec nadchodził jak zapowiadana od dawna lawina. Potężniał w oczach, krocząc szybko i pewnie betonowym lejem. Znowu był nadwornym kierowcą Lucyfera, potworem z baśni braci Grimm, pięściarzem zabójcą z czerwonego narożnika.

Podszedł do nich na metr. Na jego poszarzałej twarzy nie było cienia uśmiechu.

– Ładnie tak się spóźniać – zagadnęła Moon.

Popatrzył na nią jak na wariatkę. Mateusz ostentacyjnie milczał.

– Nie zajmę wam wiele czasu. Zresztą, jak nie zacznę mówić zaraz, to nie zacznę nigdy.

– Arne… co się dzieje?

Sąsiad Mateusza znalazł jakiś niewidoczny punkt w przestrzeni. Zatopił w nim wzrok.

– Parę lat temu byłem tu na meczu. Ważnym kwalifikacyjnym meczu Niemcy – Turcja. Stadion Olimpijski… stadion pękał w szwach. Kiedy zaczęli grać hymny…

Zacisnął zęby. Mateusz nie miał pojęcia o co chodzi, ale wydawało mu się, że dostrzegł w oczach Niemca łzy.

– Bo to jest Stadion Olimpijski… – podniósł głos o jeden stopień. – W Berlinie… rozumiecie. W sercu Niemiec! Pierwsza tak monumentalna budowla w Europie i na świecie. Zaprojektowana przez prawdziwego geniusza, Wernera Marcha, do kurwy nędzy! Świątynia narodowej tradycji czy nie tak? No więc, zaczynają grać niemiecki hymn… I wtedy widzę, że na trybunach trzy czwarte widzów to Turcy. Rozwijają te swoje czerwone sztandary z półksiężycem i zaczynają gwizdać. Gwiżdżą potężnie i lżą nas. Nikt z nich nie stoi. Siedzą i śmieją się nam w twarz.

Islamiści siedzą i kpią z Niemców w sercu Niemiec i Europy. Turcy plują w twarz naszej kulturze, naszej cywilizacji, naszej zasranej tolerancji. Depczą antyczne piękno, gotyckie katedry, rozprawy filozofów i traktaty polityków. Rozumiecie? Teraz milczała Moon. Mateusz poczuł się wywołany do odpowiedzi. Powiedział niczym ostatni kretyn.

– Pamiętam tamten mecz… Było zero zero. Niemcy awansowali. Ale Arne nie podjął sportowego wątku.

– Właśnie tamtego dnia się przebudziłem. I tyle mam wam do zakomunikowania.

– Przecież uczysz historii w gimnazjum – Mateusz postanowił dryfować w kierunku bezpiecznej zatoki.

– Uczyłem   wychrypiał Niemiec. Odkaszlnął i po raz pierwszy zmierzył ich wzrokiem. Strasznym wzrokiem.

Wówczas Moon zrobiła coś zupełnie nieoczekiwanego. Stanęła na baczność, wypięła klatkę piersiową do przodu, podniosła prawą rękę w geście hitlerowskiego pozdrowienia i zwracając się do wiwatujących, pijanych histerią tłumów zgromadzonych na stadionie, wyrecytowała:

I w tym to dziwnym kraju
Jak mogłeś się spodziewać
Wnet zakazano czytać
I zakazano śpiewać
I tylko czarny kruk się unosił na niebie
Gdy w kręgu tępych głów szedł
Jego wysokość Kat

Arne odwrócił się do nich plecami i tak szybko jak uprzednio się pojawił, teraz począł znikać. Wnuczka antykwariusza z wściekłością uderzyła pięścią w gładź balustrady.

– Arne!!! Zaczekaj! Arne!!!

Przez moment chciała za nim biec, ale był szybszy.

Światła Berlina nieco przygasły. Mateusz pomyślał, że oto, nieoczekiwanie, stadionowa sytuacja z dziwacznej stała się niezręczna. Idea samooczyszczenia, próba dotarcia do źródeł, pomysł na szczerość, paradoksalnie przerodziły się w pranie brudów. Na domiar złego Moon przestała nad sobą panować i wybuchła płaczem. Odruchowo przytulił ją do siebie. Przykleiła się do niego, przywarła, jak liść lgnący do gałęzi drzewa podczas wichury i to była kropla przepełniająca czarę tłumionego miesiącami pożądania. Nie panując dłużej nad sobą zaczął szukać jej ust. Domagał się ich, żądał, zmuszał jej język do uległości i tyranizował jej ciało. Rozpalonymi dłońmi przebiegał po ciele dziewczyny niczym pianista błądzący po klawiaturze fortepianu snów. Czuł jak leci w bezdenną przestrzeń. Co prawda nie tak to sobie wyobrażał, nie tak przygotowywał sobie scenę do Wielkiego Występu, ale detale przestawały odgrywać jakiekolwiek znaczenie w jednej chwili uniesienia. Całował ją do utraty tchu.

Potem odskoczyli od siebie, dysząc. Moon oparła głowę o jego ramię. Trwali tak przez moment. Pachnące brzoskwinią blond włosy opadły na jego twarz. Nie potrafił i nie chciał niczego robić, niczego mówić. Zgoła inaczej niż Moon.

Dziewczyna pierwsza wzięła się w garść. Jej koralowe, pełne usta dotknęły lewego ucha Mateusza. I po chwili wydały uzgodniony uprzednio wyrok.

– Przepraszam, ale nie! Tak mi przykro…

Piorun uderza tylko raz.

„Zaplanuj ewentualną porażkę".

Dziennik Arnego

Tłum wokół mnie gęstnieje. Ściany wirują. Krążę nocami po wielkich bezkolizyjnych rondach jak zdegenerowany Drakula, wampir odszczepieniec, kalekie dziecko Północy, poszukujący zrozumienia i akceptacji samego siebie.

Zupełnie niespodziewanie zdobyliśmy srebrny medal na mistrzostwach świata. Pierwszy raz w życiu nie widziałem żadnego meczu. Migały mi przed oczami fragmenty dzienników telewizyjnych, tłumy przed telebimami i reporterzy-cenzorzy pilnujący, by spontaniczne kibicowanie nie przeradzało się w „nacjonalistyczne" wiece. Do dobrego tonu należało nieustanne podkreślanie, że co prawda kibicujemy Niemcom, ale tak naprawdę to niech wygrają lepsi. Atrybutem bardziej medialnym i milszym od narodowej flagi okazywał się kufel taniego piwa i tacka z kawałkiem mięcha. Jeśli socliberałom uda się zdławić sport – ostatni bastion patriotyzmu (a nie mam złudzeń, iż nad tym usilnie pracują), wówczas jeszcze jedna Wandea upadnie. Która to już z kolei...

A tak na marginesie, i tym razem Turcja deptała nam po piętach. Szczęście, że nie wpadliśmy na nich w meczu bezpośrednim, bo przeżyłbym znowu traumę, której wspomnienie napełnia mnie dreszczem.

Brak snu, brak powietrza, brak alternatywy. Wczoraj myślałem, że umieram i co gorsze, wcale się taką perspektywą nie przejąłem, potraktowałem ją jako nieoczekiwany happy-end i wybawienie z opresji, w jaką sam się wpakowałem.

Nie histeryzuję, bo z pełną premedytacją piąłem się do panteonu narodowych bohaterów, bo chciałem egzekucji, bo żądałem kary za zbrodnię. Ale nie wiedziałem, nie spodziewałem się, że ten klaps księdza będzie palił mnie żywym ogniem do dziś. Że chęci i deklaracje tak bardzo rozminą się z czynami. Ja, który jeszcze kilka miesięcy temu nacisnąłbym bez wahania atomowy guzik, dziś rozkoszuję się widokiem ptaszka na gałęzi za oknem. Tchórzliwy, przestraszony humanista. Parszywy Niemiec z zardzewiałym mieczem u nogi.

Boli. Wszystko boli.

Raz jeszcze wyruszyłem w niezapowiedzianą podróż do Monachium. Haralda zastałem w obskurnej winiarni. Mocno pijany wkładał swoje łapy za dekolt pięćdziesięcioletniej barmanki. Dlaczego wcale mnie to nie zdziwiło?

Odwołałem go na bok i zakomunikowałem, że rezygnuję, że wycofuję siebie i moich chłopców z akcji. Byłem przekonany, że rzuci się na mnie, że mimo swej mizernej postury spróbuje porachować mi kości. Tymczasem Harald postarał się o coś znacznie obrzydliwszego i poniżającego, zataczając się wstał, wyciągnął obie ręce do przodu i poprosił abym go skuł. Jednocześnie pogratulował mi udanej akcji.

Dopiero po chwili zrozumiałem, że bierze mnie za agenta. Za szpicla, za przebranego, barczystego, przeszkolonego i wygolonego na łyso psa. Przeżywałem w życiu różne upokorzenia, ale czegoś podobnego jeszcze nigdy. Gdyby Harald napluł mi w twarz uznałbym to za szczyt galanterii z jego strony. Jak nieprzytomny odwróciłem się i zacząłem opuszczać zadymioną kloakę. Wówczas on założył ręce za siebie, stanął na środku sali i zaczął mi głośno ubliżać: „lepiej żebyś nim był, bo zginiesz" czy też „nasz klub nie przebacza".

Ale ja doskonale wiem, że nic mi z ich strony nie grozi. Ich nie ma. Bardziej obawiam się siebie.

Dziś po południu pętając się bez celu ulicami zmarłego miasta spotkałem Moon, a raczej to ona na mnie wpadła. Dość kurtuazyjnie spytała dlaczego przestałem się udzielać towarzysko, wyraziła nie mniej kurtuazyjną troskę o mój wygląd po czym zaprosiła do udziału w dziwnej zabawie. Oto ona i pan M. (a więc ciągle trzymają się razem) będą odwiedzać berlińskie miejsca, które w zasadniczy sposób wpłynęły na ich życie. Śmieszne, ale... Tak długo mnie prosiła, że w końcu obiecałem przyjść.

Też mam takie miejsce i jeśli coś głupiego strzeli mi do głowy powiem im o tym. Może przynajmniej oni zrozumieją?

Przed kwadransem wróciłem ze stadionu. Powiedziałem im.
Oczywiście nie zrozumieli.
Jak szedł ten jej wiersz...?

Omamy

Przyciemnione światła Berlina zgasły zupełnie i tak skutecznie, że miasto jak gdyby zapadło się samo w sobie, utonęło w czarnym, bezkształtnym jestestwie. Ciemność i chłód oblepiły twarz Mateusza.

Przez moment Polak nie słyszał żadnych odgłosów, nie rozpoznawał kształtów, nie czuł zapachów. Gdzie właściwie jest? Ach... Na zaciemnionym peronie metra, które wlecze za sobą snop iskier szarej maści. Gdyby nie ten straszny huk, mógłby powiedzieć, że czuje się całkiem nieźle. Ale wizg kół, szum sztucznego wiatru i nieprzyjemny fetor owego miejsca przyprawiają go o mdłości.

Głupia Moon, głupi Arne, wszyscy głupi. Wszyscy popieprzeni, skręceni i przerwani. Wsiadł do na wpół opustoszałego wagonika. Pojechał nieznaną sobie linią. Byle naprzód. Tak go uczą, tak ich uczyli... Wszystko będzie cudnie, byle naprzód.

Wysiadł na najbliższym przystanku i wskoczył w biegu do innego pociągu. Jakiś uprzejmy młodzian ustąpił mu miejsca, czyżby wyglądał tak okropnie? Pragnął nawet zerknąć w szybę, ale przypomniała mu się wewnętrzna konwersacja, jaką prowadził ze sobą sto dni temu w busie i łzy napłynęły mu do oczu.

A więc bawiła się nim... Igrała... Kokietowała, obejmowała, łaziła tylko po to, by w decydującej chwili wyszeptać z gracją: „wal się na ryj...".

Znów wysiadł i poczekał aż pociąg odpłynie. Aż uspokoi się tętno i zniknie stalowa obręcz ściskająca głowę. Na próżno.

„Zaplanuj swoją porażkę".

Podziemni podróżni rozeszli się po kątach peronu i zniknęli na zawsze z jego życia. Zaraz jednak napłynęli nowi, berlińskie *perpetuum mobile*, ciągły ruch, gwar i tempo, wszystko to, co jeszcze godzinę temu tak kochał, teraz napawało go odrazą i złością.

„Jeszcze dużo wariatów pan tu zobaczy inżynierze. Dużo…". Tamta słucha jakiegoś angielskiego przebierańca i snuje głupkowate teorie, tamten raz poszedł na mecz i obraził się na cały świat… I jeszcze na dokładkę dziadek, rogacz o fantazji bujniejszej od Kadłubka i pretensjach do życia, że ono śmie trwać. Najgorsze jest to, że ciągle ich lubi. A ją ciągle kocha.

Błąkając się bez celu, zakałapućkał się w pasażach podziemnych sklepików. Naraz zapragnął jak najszybciej i za wszelką cenę przebić się na powierzchnię, zaczerpnąć świeżego powietrza.

Płynąc w górę ruchomymi schodami dojrzał świetlistą Postać. Stała nieruchomo pomiędzy neonem z logo berlińskiego metra a rzędem automatów telefonicznych. Jasny blondyn w szafirowym kombinezonie rozchełstanym na piersiach lewą rękę opierał niedbale na kolanie, prawą dzierżył gitarę. Kiedy Mateusz dojechał na sam szczyt, postać dostojnie i powoli zniknęła.

Pomyślał, że zaczyna łapać go czyste szaleństwo. Otrząsnął się jak człowiek wychodzący spod prysznica otrząsa się z wody. Wszystko jego wina. Tylko i wyłącznie jego. Za co właściwie chciał ją ganić? Czy kiedykolwiek coś mu obiecywała? Czy szeptała czule do ucha? Proponowała bezinteresowny seks? No, a ostrzeżenia Johanna? Całkowicie zignorował je z typową Polakom wielkopańską bufonadą. Trzeba pójść tropem szczecińskim, wmówić sobie, że to tylko kolejny podryw. Co prawda nieudany, lecz cóż…? Na świecie mamy dzięki Bogu kilka miliardów kobiet. Nie chciała ta, przyjdą inne.

Ulga nie nadchodziła. Zadarł głowę i spojrzał ku niebu, występowało dziś w pełnej kosmicznej krasie. Obsypane gwiazdami, czyste i nieskazitelne… Zmęczony błędnik dał o sobie znać.

Mateusz jak pijany chwycił się oburącz miejskiej latarni. Nikt z licznych o tej porze przechodniów nie reagował.

Dowlókł się ku pierwszej wolnej ławce. Wracała pamięć przeszłości. Skrzywiony, z obrzydzeniem analizował krzywdy wyrządzone po drodze, a zwłaszcza Anecie. Jej wierny, psi wzrok, którym tak otwarcie gardził, jej oddanie w łóżku i poza nim, jej dalekowzroczność w podejmowaniu prostych, codziennych decyzji, jej przenikliwość a przede wszystkim jej troska o niego. Wszystko to układało się w głowie Mateusza na kształt gmachu idealnego. Gmachu rozsadzonego trotylem pychy i gonitwy za nie wiadomo czym.

Ożywiony nagłym zastrzykiem nadziei wyszarpnął niecierpliwie telefon zza pazuchy. Prezent. Prezent od niej. Jeden z wielu. Cóż dał jej w zamian?

Wystukał dawno zapomnianą kombinację cyfr.

– Tak słucham – zabrzmiało poważnie ale i powabnie. Mała spryciara…

– Nie mów, że nie poznajesz – przyoblekł swój głos w szatki wyluzowanego młodzieńca spacerującego z pieskiem po głównej alei Berlina.

– Poznaję…

Cisza.

– I…?

– I… – dosłownie zobaczył wzruszenie jej ramion.

Jak tam u ciebie?

– Dość… deszczowo, wiesz. Pogoda się załamuje.

Co jest?! Choruje czy jak? A może wylali ją ze studiów? Bo jeśli to ciągle miłość…

– Miałaś do mnie wpaść, pamiętasz?

– Pierwsze słyszę.

– Nie dostałaś kartki z oficjalnym zaproszeniem? – Łgał jak najęty. – Widocznie się gdzieś zgubiła…

– Mateuszu, posłuchaj…

– Wiem – tupnął nogą, by dodać sobie odwagi. – Wiem i masz rację, zachowywałem się jak ostatni drań.

– Nie drań – zaprotestowała cicho. – Nie drań, a cham.

– Okej, jak cham. Najpierw uległem... jak to powiedzieć... fascynacji. Miastem, ludźmi, nowym krajem, no wiesz... Mam tyle do opowiedzenia.

– Wiem... – zawiesiła głos. – Mateuszu...

– Tak, skarbie.

– Czekanie jest gorsze od umierania. Wychodzę za mąż...

W pierwszej chwili nie zrozumiał i spytał bez cienia emocji.

– Ach tak. Za kogo?

– Czy to ma jakieś znaczenie? Za kardiologa.

Sztuki walki znają ciosy, które działają z opóźnieniem. Mateusz aż stęknął. I dopiero wówczas naprawdę zaczął się bać. Przerwał połączenie i poczuł jak od stóp do głowy oblewa go zimny pot.

Znów dojrzał zjawiskowego blondyna, który opierał się teraz o wystawę butiku. Na jej błękitnym tle żółte włosy zmieniły charakter i kształt, teraz były dłuższe i rude, a twarz blondyna była jakby bardziej pociągła.

Ruszył w kierunku butiku, myśląc z gorzkim poczuciem osamotnienia jak sam na przestrzeni lat otoczył się taflami: kuloodpornymi, żaroodpornymi, ognioodpornymi... Blondyn rozpłynął się w powietrzu, ale nikogo to nie zaciekawiło. Mateusz jeszcze raz sięgnął za pazuchę po telefon, ersatz bliskości, wibrator przyjaźni, sztuczny penis dla werbalnych masochistów. Wykręcił numer rodziców.

Zakotłowało się, zaszumiało w eterze. Wyobraził sobie przerażone stado informacji nie mogących przecisnąć się przez kabel o określonej grubości. Rozbrzmiała kretyńska melodyjka, a potem jeszcze bardziej kretyński, upozowany na uprzedzającą grzeczność kobiecy głos:

– *Przepraszamy, wybrany abonent jest w tym momencie nieosiągalny.*

Widocznie dziś żaden abonent nie był osiągalny. Zobaczył zgarbioną matkę, jak w przytęchłym świetle lampy z uporem i w ciągłym strachu zszywa marne kawałki fatałaszków, przypomniał sobie tępy stukot maszyny, usłyszał głos ojca.

– U Szwaba worki będziesz nosił...

Głos ucichł, ale stukot maszyny pozostał. Mało tego, stukot zaczął stopniowo narastać. Zagłuszał myśli i choć był równie jak one niewesoły dręczył znacznie bardziej. Mateusza ponownie oblał ocean potu. Nie miał pojęcia, że człowiek może się tak pocić... Przez ręce przelewała mu się Niagara lepkości, kark obsiadły komary, za gardło chwycił strach. Żeby tylko uciszyć miarowy stukot pedału, pozbyć się widoku małej, skurczonej, napędzającej go stopy.

Polak chwycił się za głowę. Przystając, potrącił kogoś. Podniósł rękę przepraszającym gestem i jak zamroczony doszurał do kamiennego murku. Na takich murkach upłynęło jego dzieciństwo. Czy to koniec dzieciństwa czy tylko koniec życia?

– Mamusiu... – wychrypiał bezradnie, ścigając wzrokiem chmury pędzące na wschód. Nagle chciał tak jak one przefrunąć nad granicą i wprowadzić w życie własne *Drang Nach Osten*.

– Wszystko w porządku? – Starsza pani w czerwonej apaszce pod szyją wyrosła jak spod ziemi.

– Dziękuję. Już lepiej...

– To narkotyki?

– Tak... Narkotyki.

Głęboko odetchnął. Maszyna ciągle stukotała, ale jakby mniej natarczywie. Oparł głowę o rachityczne drzewko zasadzone tuż za murkiem.

Trzeba stąd uciec. Wziąć się w garść i zmienić otoczenie.

Taksówką pojechał do śródmieścia. Wstąpił do baru Mac Donald's, ale na myśl o jakimkolwiek jedzeniu chwyciły go torsje.

Błąkając się po zaułkach Kurfurstendamm, trafił na niebiesko różowe neony World Of Music. Wkroczył do sklepu, nie do końca wiedząc o co mu chodzi. Dowiedział się słysząc własny głos kilkanaście sekund później.

– Kompakt *Helden* Bowiego...

Znudzony pryszczaty ekspedient w czerwonym uniformie machnął mu ręką przed nosem.

– Pod „b".

Co za cenna informacja... Być może w innych okolicznościach Polak by go zabił. Być może z lubością deptałby jego wnętrzności rozlane po lśniącej podłodze.

Pryszczaty musiał dojrzeć w oczach przybysza przebłysk szaleństwa, gdyż powtórzył, już grzeczniej:

– Pod „b"... Proszę szukać pod „b".

Zmęczenie wzięło górę nad złością i architekt grzecznie podreptał między regały. Zawsze irytowała go muzyka, ale dziś irytowała go w dwójnasób. Nie zastanawiał się nad automatyzmem działania. Zanurkował w opalizujących plastikowych okładkach. Chłopak z gitarą w rozchełstanym kombinezonie, rudzielec przed butikiem, wszystkie obrazy zlały się w jeden tętniący wizerunek Demiurga rządzącego życiem Moon. Naiwnie uczepił się natrętnej myśli, że w kompozycjach Bowiego potrafi odnaleźć utracony przed chwilą klucz do Jej serca, odzyskać coś, czego nigdy tak naprawdę nie miał. Wreszcie dojrzał charakterystyczną obwolutę z czarno-białą fotografią upozowaną na autoportret tamtego malarza z muzeum.

Mając w dłoni płytę, pognał po najtańszego discmana. „Kim my właściwie jesteśmy? Bogatymi biedakami?"... Zmięte banknoty znikały z jego kieszeni szybciej niż się w nich pojawiały. Ale to nie było istotne.

Przemył twarz w toalecie wielkiego marketu, przysiadł na galeryjce i obserwując ludzkie mrowie włączył przycisk odtwarzania. Oświecenie nie nadchodziło... Jękliwe gitary, zawieszone pod nieboskłonem, brzmienie klawiszy i zawodzący, irytująco nienaturalny głos opowiadał oksfordzką angielszczyzną wyssane z palca historie, z którymi trudno było się w jakikolwiek sposób identyfikować. Rozczarowany zaczął przelatywać kompakt po łebkach, poszukując ukrytych treści, ale jego rozczarowanie jedynie się pogłębiało. Zmęczony, pogodzony z losem, coraz bardziej zrezygnowany wyłączył w końcu urządzenie i wsadził je z powrotem do reklamówki. Nie tędy droga.

Wskoczył do jednego z setek kremowych Mercedesów czyhających na ofiary bezbolesnych przejażdżek. Tego taksówkarza jeszcze nie znał. Mały, łysy gówniarz. W dodatku milczek. Nie raczył odpowiedzieć na grzeczne „dobry wieczór".

– Proszę na ulicę, której nie ma... Wie pan, niedaleko stąd. Taka atrakcja turystyczna.

– Nazwę ulicy poproszę – dopiero teraz łysy odchylił nieznacznie lusterko i przyjrzał się Mateuszowi dokładniej.

– Oj, Boże... Przecież mówię, że nie ma nazwy. To zaledwie parę kamienic najbliżej muru. Ludzie migali sobie światłami... Zdaje się w bok od...

– W Berlinie nie ma ulic bez nazw. A zresztą ja nie wiem, które kamienice stały najbliżej muru. Jak mur padał miałem dziesięć lat i mieszkałem w Lipsku. Niech pan sobie weźmie przewodnika.

Mateusza nagle chwyciła złość.

– Jest pan pierwszym gburem, którego spotkałem tu na taksówce. A jeżdżę dużo.

– Lata mi to koło pępka.

– Bałwan.

– Spieprzaj austriacki pacanie.

Usiłował trzasnąć drzwiczkami najgłośniej jak tylko można, ale jeśli idzie o Mercedesa to trudna sprawa. Prawie niewykonalna. Z efektownego huku, który tak łatwo było osiągnąć w Polsce, tutaj wyszły nici. W dodatku przyciął sobie boleśnie palec.

– Kurwa jego mać! – Soczysta polszczyzna zwabiła kolejnego z taksówkarzy.

– Jak to miło spotkać rodaka...

Uciekł czym prędzej. Tylko rodaków mu brakowało… „Była miłość, ale się skończyła, a ja zgubiłam drogę"… wydzierała się uliczna blond śpiewaczka przy akompaniamencie taśmy puszczonej z przenośnego magnetofonu. Dlaczego wciąż brali go za Austriaka? Uśpiony na moment ból powracał nową falą. Zaczął pojmować, że tu nie tyle chodzi o miłość, ile o zgubienie drogi. Samotność, tak dojmująca, że aż niewypowiedziana sparaliżowała go znów od stóp do głów a łzy czekające cierpliwie w pogotowiu napłynęły do oczu. Wypił cztery Tequille Sunrise w opustoszałym „Rheingold" po czym pojechał do domu. Dochodziła druga, kiedy na ulicy przed swoją kamienicą po raz trzeci zauważył Świetlistą Postać. Stała odwrócona tyłem, z założonymi za siebie dłońmi, w czarnych bryczesach i płaszczu uszytym z brytyjskiej flagi. I nagle Mateusz pojął, że David Bowie prześladuje go osobiście. Że Bowie jest emisariuszem szarej nadziei. Że pofatygował się osobiście do Berlina, by wyzwolić go z nieszczęścia przegranej miłości.

Podszedł chwiejnym krokiem do Anglika i delikatnie, jak najdelikatniej dotknął jego pleców. A wówczas ten odwrócił się i odezwał znajomym głosem Abdullaha.

– Bum! Bum! Było drinking, co?

* * * * *

Nie mógł, nie potrafił być sam tej nocy. Nie chciał analizować zachowania Arnego, jego życia zapewne pełnego przygód, ekscesów i występków. Nigdy nie miał w sobie mocy człowieka idei, a dziś nie miał w sobie żadnej mocy. Był cieniem cienia i szukał pary przyjaznych oczu, w których mógłby się przejrzeć przed głuchym, głębokim snem.

Zbiegł po schodach i zapukał do mieszkania sąsiada.

Kiedy Moon otworzyła mu drzwi, bez zastanowienia wyciągnął dłoń i dotknął jej włosów. Były autentyczne, zapach też.

Przestraszył się nie na żarty, przymknął oczy i poszukał samego siebie po drugiej stronie rzeczywistości. Plątanina kółek i krzyżyków nie rozjaśniła wątpliwości. Moon nadal stała na progu, w narzuconym na gołe ciało szlafroku. Miała poważną, skupioną twarz. Na drugim planie zamajaczyła półnaga postać Arnego. Przejrzał w pośpiechu sny, które zostały mu na podorędziu. W żadnym z nich nie znalazł tego, czego szukał. Sny zaludniały rajskie postaci, zwierzęta z ludzkimi głowami, demony bez oczu i nosów. Raj jaśniał pustką a piekło wydawało się nudne.

Zbliżali się do niego. Napierali. Otaczali ze wszystkich stron. Wiedział, co powinno robić się w podobnie głupich sytuacjach. Wstrzymał oddech, zaszurał butami, zwilżył językiem usta. Ale nie wykonał żadnego gestu, nigdzie nie poszedł, niczego nie powiedział. Spoglądał tylko w niemym zdumieniu na pomalowane purpurowym lakierem paznokcie u jej nóg, na zarys piersi pod szkarłatnym jedwabiem zbyt obszernego kąpielowego płaszcza i na źrenice szukające zrozumienia i przebaczenia. Próbował uniknąć kolizji z tym pełnym szczerości, odważnym wzrokiem, ale nie przewidział, że Moon chwyci go lewą dłonią za podbródek i siłą zmusi do wstydliwego, poniżającego face to face. Prawa ręka dziewczyny przyciągnęła do siebie Arnego.

– Mateuszu... Hej, Mateuszu – zaśpiewały koralowe usta. – Kocham go od samego początku. Od pierwszej sekundy. Oddałabym za niego życie, swoje i całej mojej zwariowanej rodziny. Kiedy nie mogłam być blisko niego, spotykałam się z tobą, by czuć resztki jego zapachu, odnajdować w tobie jego odrobiny, szpiegować jego marzenia. Po to, ale nie tylko po to. Życie z nim albo z nikim... to moja mantra.

– Kurwa... Nie mogę się ruszyć – nie kojarzył czy powiedział to na głos czy tylko tak pomyślał. – Przecież muszę wracać do siebie. Ale nie mogę sie ruszyć. Całe piękno umarło, a ja nie mogę się ruszyć.

– Piękno ożyje. Teraz nikt już nie dotknie naszej trójki. Jedziemy do Hiszpanii. Bilety będą załatwione jutro. Dzisiaj tyle się wydarzyło. Potrzebujesz odpoczynku. Arne również musi odpocząć od... nieważne. To kawał nieszczęśliwego faceta, uwierz mi. A ja chcę się wami nasycać. Do końca życia. Do upadłego.

Mateusz nie wiedział co odpowiedzieć. Stali tak w milczeniu, zbici w trójkę, otoczeni zasiekami barczystych ramion przyjaźni. Minuta mijała za minutą. Wyrównywały się oddechy, opadał puls. Nikt nie miał ochoty na kontynuację konwersacji. W końcu Moon kichnęła.

Resztki śliny opadły chłodnym prysznicem na wymiętą twarz Polaka. Chłodny deszcz lodowatych igieł był jak powiew nowych, nieznanych doznań, jak obietnica tropikalnego raju. Jak pocałunek blondynki z billboardu.

– Na zdrowie – wyszeptał i wbrew sobie zaszlochał.

Przekroczył próg. Arne kopnął w drzwi, które zamknęły się za nimi z głuchym łoskotem.

Dziennik Arnego

Jak trąbią od rana radio i telewizja „brawurowa akcja agentów urzędu spaw wewnętrznych zapobiegła niewyobrażalnej tragedii. Grupka skrajnie prawicowych ekstremistów szykowała zamach bombowy na uczestników berlińskiej Love Parade. Naszpikowana dynamitem samojezdna platforma, bliźniaczo podobna do tych, które przejeżdżają ulicami Berlina w dzień parady miała zostać zdetonowana w samym sercu naszego miasta o dwunastej w południe".

Brawurowa akcja... Agentów... Akurat...

Kończy się czas powiewania sztandarami. Przechodzę w stan hibernacji. Nie, nie zmieniam poglądów. Nigdy ich nie zmienię. Jeśli prawdą jest twierdzenie, że tylko krowa nie zmienia poglądów, to ja z przyjemnością i należnym temu mądremu zwierzęciu szacunkiem gotów jestem przyjąć miano krowy. Moje poglądy nie ulegają przeobrażeniom ani ewolucji, po prostu nadeszły czasy innych metod. Nieźle piszę, jestem zdrowy i pełen chęci do działania. Żadna z formalnie istniejących partii politycznych ani gazet mnie nie interesuje, ale czyż to nie znak od Boga, iż należy powołać do życia własną, nazwijmy to firmę? Może wrócę do nauczania historii?

Kończy się mój stracony weekend. Weekend tysiąca gniewnych dni, weekend błyskawic i piorunów, weekend rozterek, nienawiści, nadpobudliwości i balansowania nad krawędzią czasów, w jakich przyszło mi żyć. Kończy się era oszukiwania samego siebie. Czasami ze strachem zastanawiam się, czy czeka mnie w przyszłości jakaś kara za popełnione grzechy. Wierzę w to. Choć z drugiej strony mam cichą nadzieję, iż w bilans zysków i strat wliczone będą także moje szczere intencje, czysta ideowość i bezinteresowność. Teraz, kiedy wiem, że zapobiegłem makabrycznemu rozlewowi krwi (który sam przez dłuższy czas osobiście reżyserowałem) liczę na wyrozumiałość.

Kończy się bezruch i stanie w miejscu. Aż kipię z radości na myśl o wyjeździe do Hiszpanii. O wyjeździe całą naszą Trójką. Gdybym tylko mógl podzielić się z Mateuszem Moon, moją Moon, zrobiłbym to. Ale to jest jedyna rzecz, jakiej zrobić dla niego nie mogę. Tak z ręką na sercu, zakochaliśmy się w sobie od pierwszego wejrzenia. Tyle że ja od tej miłości stroniłem... Jak tchórz... Ostatnio wyznała mi, że celowo przebierała się w moim VW, żeby tylko wzbudzić zainteresowanie. A ja usiłowałem odgrywać rolę chmurnego ideowca.

Kończą się Niemcy. Podobno w 2050 roku będzie nas tylko sześćdziesiąt milionów, przy czym drogi memu sercu wyraz „nas" biorę w bolesny cudzysłów. Ale dlaczego akurat ja mam nadstawiać karku, skoro setki tysięcy rodaków w oczekiwaniu

Love Parade stroją kretyńskie miny przed lustrami? Czy warto poświęcać się dla hedonistycznej, zadowolonej z siebie tłuszczy? Odgrywać rolę lustrzanego odbicia Rudiego Dutschke? Świat jak zwykle spóźnił się o kilka barowych kolejek i powoli, miarowo zmierza w stronę klęski. Jeszcze parę tygodni temu marzyłem o przyłożeniu ręki do jego zgonu. Dziś patrzę na otoczenie w inny sposób. Teraz mam znacznie prostsze marzenia: przeżyć uczciwie kawał życia, mieć dziecko. Po co wojować z wydanym już dawno wyrokiem.

Kończy się również ten dziennik. Pamiętnik wariata. Skoroszyt rewolucjonisty. Jutro, zaraz po krótkiej wizycie na Love Parade, wręczę go Moon i ona zadecyduje o jego dalszych losach. Mam nadzieję, że najnormalniej w świecie go zniszczy. Że rzuci go w ogień. Niechaj wraz z niezręcznymi, czynionymi na szybko zapiskami zniknie ów ponury, chybotliwy emocjonalnie, rozgorączkowany facet. Niechaj owionie go spokojniejsza bryza, niechaj odpocznie od myślenia.

Życie jest długą pieśnią. Ja, póki co czuję się tak, jakbym dopiero zaśpiewał pierwszą zwrotkę. Ciągle wierzę w przebudzenie Wielkich Niemiec! Ale na razie – do Hiszpanii. Po małe prywatne zwycięstwo!

Europa po deszczu

Trzynastego lipca rano Mateusz poszedł do biura i bez większej nadziei na pozytywne rozstrzygnięcie sprawy poprosił Gieza o natychmiastowy miesięczny urlop bezpłatny. O dziwo, kostyczny zazwyczaj szef nie tylko zadośćuczynił jego wnioskowi, ale jeszcze dodatkowo obiecał Mateuszowi zapłacić za trzydzieści dni z dala od wydmy.

– W ogóle nie ma o czym mówić – tubalnym głosem zgasił w zarodku wszelkie, choćby i kurtuazyjne próby protestu. – Świetnie panu zrobi trochę wypoczynku, chociaż osobiście polecałbym zamiast Hiszpanii Kubę...

Zniżył głos do szeptu.

– Wszyscy Niemcy teraz tam jeżdżą... Taniooo... Dupcie po dolarze...

– Doskonale szefa słyszałam – sekretarka udała oburzenie, średnio zalotnie zakładając nogę na nogę.

– Każdy usłyszy to, co usłyszeć chce pani Andziu. Coś przykrótka ta spódniczka... Trenuje pani przed Love Parade? – A pro... pro... propos, słyszeli państwo, że jacyś terroryści planowali za... aaaa... mach – czujny jak żuraw Sztaba odegrał swoją codzienną rolę Żywo Interesującego Się Problemami Kolektywu po czym odszedł ku swoim papierowym baranom.

– Dobrze, że ich złapali. *Ordnung muss sein* – podsumował po swojemu Kłosek.

Już po pracy Mateusz podreptał na pocztę. Włożył do kolejnej odesłanej przez rodziców koperty dwieście euro i całość wyjątkowo ruchomego majątku wysłał ponownie na domowy adres. Kiedyś muszą się złamać...

Piętnastego lipca, w dniu Love Parade, ruchliwa zazwyczaj aleja 17 Juni napęczniała jeszcze bardziej, zamieniając się w ludzkie mrowisko. Milionowy tłum żądnych wrażeń tubylców oraz gości po brzegi wypełnił reprezentacyjną arterię Berlina.

Wszyscy przygotowywali się na tę chwilę od dawna, choć każdy inaczej. Policjanci pilnowali spokoju, producenci prezerwatyw liczyli na bieżąco zyski, didżeje szaleli za konsoletami, kierowcy klęli, restauratorzy serwowali specjalne posiłki i drinki o wdzięcznie brzmiących nazwach, naganiacze biegali wte i wewte, dziwki udawały tancerki, złodzieje udawali tancerzy, oszuści kombinowali jak się da, magicy rozkładali swoje teatrzyki sensacji, lekarze udzielali pomocy, dealerzy wspomagali potrzebujących, wytwórnie płyt i manufaktury sprzętu nagłaśniającego testowały najnowsze produkty, politycy chwalili bądź ganili, dyktatorzy mody promovali seksowne wdzianka. Tylko uczestnicy szli i tańczyli. Szli i tańczyli.

Szli i tańczyli. Szli i tańczyli.

Pogrążeni w ekstatycznym telepie i amfetaminowych drgawkach zdążali pod Bramę Brandenburską. Byli zarazem różni w swej jedności i tacy sami mimo różnic. Kroczyli z werwą, poprzebierani specjalnie na tę okazję, ale i ubrani najspokojniej w świecie. Koszulki i dżinsy mieszały się z fantazyjnymi kostiumami o papuzich kolorach, a wieczorowe stroje z manifestowaną radośnie nagością. Weterani przemieszani z przypadkowymi turystami, homo w jednym szeregu z hetero, całkiem młodzi z nie całkiem jeszcze starymi, obłąkańcy z normalnymi.

Główny nurt żywej rzeki napierał do przodu, ale jej odnogi rozlewały się po rozlicznych przecznicach prostopadłych do kierunku hipnotycznej marszruty. Tu na zmęczonych, oszołomionych, szukających odpoczynku bądź ekstatycznego seksu oczekiwały setki punktów umieszczonych zarówno w barach, pubach, burdelach jak i pod gołym niebem. Czasami zamiast stolików i krzesełek, strudzonym imprezowiczom proponowano składane łóżka, leżaki i leżanki wywleczone specjalnie ze strychów, pożyczone od znajomych, wyczarterowane od firm, które za odpowiednie pieniądze wypożyczą wszystko. Odgrodzone od siebie czymś w rodzaju parawanów tworzyły aurę pseudointymności.

Tego lipcowego ranka Berlin wyglądał jak gigantyczny klub techno. Centralne ulice metropolii pełniły funkcję parkietu, podczas kiedy ich peryferie służyły za jeden wielki chill out room, zmysłowy Pokój Odpoczynku.

Specjalnie skonstruowane i wyposażone ruchome platformy niosły nad tysiącem rozgorączkowanych głów zgrzyt mechanicznych melodii. Tym, co obezwładniało najbardziej był rytm. Didżeje, z płytami i puszkami napojów regeneracyjnych w dłoniach, najczęściej dodatkowo w otoczeniu wianuszków urodziwych dziewcząt, mierzyli rozszalałą ciżbę pełnym ironicznej pobłażliwości i przyzwolenia wzrokiem. Na chodniku, wśród morza gapiów stali także Moon, Arne i Mateusz, który, znudzony pewną jednostajnością ulicznego widowiska, odwrócił nieznacznie głowę i omiótł szczęśliwą parę wzrokiem. Pomyślał, że każde z nich zmieniło się trochę ostatnimi czasy. Dziewczyna zaczęła czesać się gładko do góry, a zza ciemnych okularów spoglądały na świat ufne oczy człowieka, który znalazł schronienie przed sztormem. Z kolei Arne po raz pierwszy od lat założył ciuch innego koloru niż czarny. Ostentacyjna biel podkoszulka niemal oślepiała. Ktoś postronny mógłby uznać to za całkowicie nieistotne wydarzenie, ale Mateusz aż pi ychnął ze zdumienia, gdy rano dostrzegł u boku Moon Białego Anioła Miłości.

A on sam? Cóż… Przytył, opalił się, zmężniał, zapuścił brodę. Ale dobrze wiedział, że to szajs. Że to guzik ważne. Najważniejsze, że dzięki innym poznał samego siebie.

Uśmiechnął się do świata. W końcu, choć bez skrupułów odebrał mu dwie wspaniałe dziewczyny, to przecież zostawił obietnicę paru miliardów innych… Zrzucił niewidzialne więzy. Jest wolny niczym ptak.

– Jak się wam podoba? – Moon udało się przekrzyczeć uliczną kakofonię.

Arne machnął z dezaprobatą ręką. Mateusz pogroził mu zartobliwie palcem. Teraz Arne podniósł głos.

– Dobra, byliśmy, popatrzyliśmy… Ruszyli w milczeniu, oddalając się od epicentrum hałasu i zamieszania. Mijali pijane i naćpane, rozochocone grupy młodzieży. Oparci o drzewo chłopak i dziewczyna w bezwstydzie kopulowali oddając się porywom wężowych ruchów. Trzej osobnicy o trudnej do rozszyfrowania płci i tożsamości leżeli pokotem na środku ulicy. Odpoczywali, może medytowali, a może popełnili samobójstwo? Dwunastoletni na oko chłopak w zbyt szerokich spodniach oddawał mocz wprost na witrynę sklepu z rowerami.

Przecięli jedną, potem drugą ulicę. Weszli za róg i po pokonaniu stu pięćdziesięciu metrów znaleźli się już niedaleko placyku, przy którym parkował zielony golf. Spotykali coraz mniej taneczników, choć ruch i tak był większy niż zazwyczaj.

– Ludzie mają prawo się bawić – z naciskiem powiedziała Moon.

– Żebyś tylko wiedziała jak bardzo się z tobą zgadzam w tym punkcie – głos Arnego zabrzmiał dziwnie poważnie i uroczyście. – Tak. Mają prawo i nikt nie może im go odebrać, choćby nie wiem jak chciał.

Odwrócił się ku tłumom i wykonał chrystusowy gest przytulania innowierców do piersi. A potem z całkowitą powagą wycedził cztery wyrazy:

– Wspaniałomyślnie darowuję wam życie.

Brzmiało to jak żart, ale ani Moon ani Mateusz się nie roześmieli.

– Ciągle te twoje granice kompromisu… – westchnął Polak.

Dostali się w strefę cienia, rzucanego przez okoliczne domy i drzewa.

– Owszem… Ciągle i zawsze! Przecież widzę po waszych minach, że czujecie się oszukani. Że zabawa zmieniająca się w przemarsz hunwejbinów przestaje być zabawą. Wiecie, co mieli wypisane na swoich sztandarach członkowie Czerwonej Gwardii? „Jesteśmy krytykami starego świata i budowniczymi nowego". Cała ta Love Parade jest jakąś kosmiczną popłuczyną po rewolucji kulturalnej i…

– Arne, powiedz historykowi, który w tobie siedzi, żeby się zamknął, bo się na niego obrażę – przerwała Moon. – Są wakacje i jedziemy do Hiszpanii.

Właśnie mijali czteroosobową grupę odpoczywających na murku kloszardów. Mężczyźni ujrzawszy maszerującą trójkę, jak na komendę unieśli ku niebiosom butelki z piwem wznosząc toast za to, czego im samym poskąpiło życie. Arne zasalutował im z werwą. I z miejsca wrócił mu dobry humor.

– Fakt, jedziemy. W dodatku z panem M. – Niemiec ni stąd ni zowąd podskoczył ku Mateuszowi. Objął go wpół i podniósł w górę. Zakrzyknął – niech żyje Mateusz, wiecznie skwaszony przybysz z rodzinnego kraju boskiego Chopina!

– Puszczaj łysy zboczeńcu! – Durski wił się, bezskutecznie usiłując wydostać się z żelaznego uchwytu Niemca.

– Chopina…Właśnie! – Moon najwyraźniej o czymś sobie przypomniała. Wyciągnęła Arnemu z kieszeni pęk kluczyków i niczym bogini łowów pędem ruszyła w stronę placyku. Niemiec, nieco dysząc, odstawił Polaka na ziemię. Stojąc ramię w ramię, z uśmiechem zaciekawienia obserwowali dziewczynę, która właśnie otwierała drzwiczki auta. Już siedząc na przednim fotelu posłała im zajączka płytą kompaktową wyjętą przed momentem z torebki. Pochyliła się nad deską rozdzielczą.

– W takich momentach na filmach faceci mówią z miłosnym niedowierzaniem : „Wariatka"… – Arne pokręcił tylko głową.

– A co odpowiadają im faceci, którym się nie udało?

Mężczyźni spojrzeli na siebie. Arne zacisnął pięść w dodającym otuchy geście.

– Że w końcu musi się udać także im.

Przybili piątkę.

– Uwaga: pan Chopin specjalnie dla białych nosorożców! – Dziewczyna najwidoczniej uruchomiła samochodowy odtwarzacz, bo przestała nerwowo gmerać przy kierownicy. Oparła się o siedzenie i przymknęła oczy. Mateusza znowu trochę ukłuło: jakaż ona była piękna, nieosiągalna, niedościgła…

– Kotku, ten odtwarzacz jest zepsuty. – Arne cmoknął, jakby nieco zawiedziony. – Chyba mówiłem ci, że…

Urwał w pół zdania zmuszony przez dźwięki muzyki. Pianista zagrał ognisty wstęp do jednego z polonezów i dostojne nuty wyfrunęły spod maski zielonego, skorodowanego auta. Przystanęli. Moon trwała w bezruchu; tylko palce prawej dłoni markowały ruchy anonimowego wirtuoza. Pijaczki przerwali rozmowę.

– Nie dość, że ładna i mądra, to jeszcze cudotwórczyni – rzucił Durski.

Arne uśmiechnął się. Trwało to jednak zaledwie ułamek sekundy. Potem jego twarz zastygła w napięciu. Zmarszczył brwi i zaczął biec.

– Wyłaź z auta! – Jego wrzask z piekła rodem przestraszył Mateusza, zwrócił uwagę kloszardów. – Wyłaź, ale już!!!

Moon otworzyła oczy, wystawiła nogi na zewnątrz konstrukcji samochodu. W zdumieniu rozłożyła ręce, nie wiedząc o co chodzi.

Arne pędził. Potężnymi susami połykał metr po metrze brukowanej drogi. Kiedy dobiegł zaczął wywlekać dziewczynę na zewnątrz, Mateusz pomyślał, iż jego sąsiad kompletnie zwariował. I wtedy wszystko wybuchło.

Hałas, kosmiczny blask jasności, fala uderzeniowa. Nad ogłuchłym i oślepłym Mateuszem wirowała Europa. Wirowały kraje, postaci, krajobrazy. W powietrzu unosiły się dokładnie widoczne idee i pomysły, materiały budowlane i stare szmaty. Przyglądał się częściom czegoś, co jeszcze niedawno było samochodem. Części te miast opadać na bruk płynęły ku górze, jak wyzwolone. Za to na dół, w całej swojej okazałości spłynęła welwetowa łuna żółtego blasku. Łuna zamieniła się w światło punktowego reflektora, który niespiesznie przeszukał okolicę, by w końcu wydobyć z otchłani ciemnego gryzącego dymu dwie skulone, wczepione w siebie postaci. Dziewczyna spała spokojnie z głową ufnie opartą o pierś muskularnego mężczyzny. Biel jego podkoszulka szybko nasiąkała czerwonym wytrawnym winem.

Mateusz domyślał się, kim są ci dwoje, ale na szczęście nie miał pewności. Nie chciałby się rozpłakać. Nie miał siły i nie potrafił. Zapomniał gdzie jest i co tu robi. Dobrze, że tamci usnęli. Że są razem. Tylko… kim oni są? I co robią w Szczecinie? Jutro zaliczenie, trzeba się wziąć do nauki, zapomnieć o złych rzeczach.

Wczołgał się w cień majestatycznie sklepionej bramy. Jego pamięć posypała się całkowicie. Ujrzał samego siebie idącego zapyziałą uliczką miasteczka młodości. A potem tych dwoje tam…

* * * * *

Po ulicach Berlina wiatr roznosił papierowy śnieg wyrwany z dziennika Arnego. Mniejsze i większe kawałki kartek wirowały w powietrzu i osiadały na gałęziach drzew, na głowach przechodniów, na krzesełkach karuzeli. Kilka miniaturowych latawców doleciało hen, aż ku tłumom wyznawców techno. Tu, przemieszane z barwnym konfetti, wplątywały się we włosy dziewczyn. Jeden z didżejów, krępy Mulat o farbowanych na czerwono włosach, chwycił w locie przelatujący świstek. Rozprostował go i odczytał. Musiało mu się spodobać, bo bez zastanowienia chwycił za mikrofon i w rytm odtwarzanego właśnie utworu zaimprowizował:

I w tym to dziwnym kraju
Jak mogłeś się spodziewać
Wnet zakazano czytać
I zakazano śpiewać
I tylko czarny kruk się unosił na niebie
Gdy w kręgu tępych głów szedł
Jego wysokość Kat

SPIS TREŚCI

REDAKCJA
Elżbieta Malka

OPRACOWANIE TYPOGRAFICZNE
Marek Popielnicki

ZDJĘCIA Z ARCHIWUM WYDAWCY

WYDANIE PIERWSZE

ISBN 978-83-922496-4-1

DZIAŁ SPRZEDAŻY
„M.T.M. FIRMA" – Beata i Marek Motyl
01-219 Warszawa, ul. Zwrotnicza 6
tel./fax:022 632 83 74; e-mail:mtm-motyl@wp.pl

WYDAWCA: BONOBO, Warszawa 2007

DRUK I OPRAWA: Drukarnia Narodowa S.A. w Krakowie